KB188133

긴내 선생의 문향

김태준 지음

이 도서의 국립중앙도서관 출판예정도서목록(CIP)은 서지정보유통지원시스템 홈페이지(http://seoji.nl.go.kr)와 국가자료공동목록시스템(http://www.nl.go.kr/kolisnet)에서 이용하실 수 있습니다. (CIP제어번호 : CIP2014033904)

긴내 선생의 문향

| 김태준 지음 |

머리시

솔술

― 김 교수에게

맥주를 마시던 자리에서 빠져나와

30년 전 친구

김 교수가 담근 솔술을 나누어 마신다.

30년 전 지난 시절

송기 먹던 어린 때의

뜹뜨름한 향기

이빨 사이로 송기를 벗기듯

김 교수와 나는 줄곧 허물을 벗겨왔다.

끈적끈적한 공감대

깔끔히 비운 공복에

맥주 거품 같은 허세가 싫어

우리는 둘이 만나고

조금씩 조금씩 음미하듯

솔술을 마신다.
솔잎을 짓이길 때의 아픔이
진하게 울어난 향기
촉촉히 적시는 우리들의 거리
몽롱히 취해오는 화제
그 중심에 맑은 이슬이 괸다.

시작 노트

나와 김 교수의 우정은 오랜 솔술[松膠] 같은 것이다. 맥주처럼 요란하지 않고, 항시 그리움으로 목마른 공복이듯, 서로가 만나면 약이 되고, 촉촉이 그 향기에 젖는다. 이러한 우리들의 우정은 하루아침에 이루어진 것이 아니다. 학부 시절부터 근 30년을 소리 없이 서로가 서로의 허물을 벗음으로써 좁혀진 거리다.

김 교수여, 이 시를 당신에게 드리는 이유는 어느 날 당신이 권한 솔술이 직접 이 시를 낳게 했기 때문이다.

1984년 10월 김 교수의 가정문집 『망향기』 첫 번째

한국 인문학의 소중한 반려

구중서

문학평론가, 한국작가회의 이사장

요즈음 우리 사회에서 '인문학'을 일으켜 세워야 한다는 주장을 여기
저기서 들을 수 있다. 정치든 경제든 과학이든 다 인간을 위해 있는 것인
데, 되어가는 일들의 결과는 모두 권력이나 물질을 소유하려는 탐욕에
치우치고 있다.

얼마 전까지만 해도 "인간을 위해", "인간답게 살아야 한다" 이런 말을
하는 사람이 거의 없다가, 지금에 이르러 바야흐로 "인간학이 필요하다"
는 말들이 쏟아져 나오는 것 같다. 결국 인간으로 돌아가자는 것이다. 디
지털 공학이 첨단을 달리지만, 그것은 정보의 검색과 재배치 기능일 뿐
이다. 그것으로는 인간 사회의 보편적 가치와 인간 정신의 끝없는 내면
적 깊이를 추구하지 못한다.

그러면 이 인간을 위한 '인간학'은 과연 어떻게 해야 하는가? 막상 이
점을 생각하면 여기에도 어려움이 있다. 종래에 인문 분야 학문이 없었

던 것이 아닌데, 이론화와 관념화로 어려워지다 보니 '가치'의 방향이 거의 잊히고 있다.

요즈음 매스컴 지면들이 '인문학' 특집을 꾸미는 것을 보면 공부하기 싫은 청소년들이 방황 끝에 "왜 사느냐?" 하는 유의 책을 읽고 독후감 토론의 자리를 마련하는 데서 소재를 잡는다. 이를 생철학적 방법론의 일종으로 생각한다면 일리가 없는 것은 아닌 것 같다. 그러나 이렇게 막연한 방황과 지성적 내용의 공백에서부터 출발하는 것은 너무 시간의 소모가 크다.

원로 국문학자 김태준 교수가 그동안 한 신문에 연재한 칼럼들이 이번에 한 권의 책으로 엮여 나오는 것을 보니, 이 내용이야말로 한국 인문학의 새로운 금자탑이 될 만하다. 김 교수는 한국 문화사 전반에 통달한 안목으로 긴요하고 다채한 소양들을 균형 있게 제시한다.

간결한 문장 안에서도 학구의 경륜이 제시하는 전거들이 갖추어져, 독자가 이어서 공부할 수 있는 교재도 된다. 조선조 여성 실학자 빙허각憑虛閣 이씨李氏가 저술한 백과전서『규합총서閨閤叢書』, 19세기 여성 문장가 김금원金錦園의 전국 여행기『호동서낙기湖東西洛記』 등이 문화사적 운치를 보인다.

퇴계退溪·남명南冥·율곡栗谷·연암燕巖·최익현崔益鉉 등의 학덕과 지조뿐 아니라, 박지원朴趾源의 「회우록서會友錄序」가 후학 이덕무李德懋로 하여금 눈물을 쏟게 하는 장면은 심오한 인간성의 경지를 느끼게 한다.

비교문학 전공자이기도 한 김 교수는 폭넓은 안목으로 드문 자료들도 제시한다. 옛 발해渤海가 열일곱 번째로 일본에 파견한 사신들이 일본의 고전『문화수려집文華秀麗集』(818)에 13수의 시를 남겼다. 서정성과 사회 참여 의식을 함께 지녔던 일본 시인 이시카와 다쿠보쿠石川啄木는 1910년에 한일합병을 비판해,「지도 위의 한국에 먹칠을 한다」라는 시를 썼다. 그런데 백년 후에도 일본이 한국의 독도를 빼앗으려 하다니.

인도의 시인 타고르는 1929년에 일본을 세 번째로 방문했을 때, 한국을 생각하며「동방의 등불」이라는 제목으로 시를 썼다고 한다. 김태준 교수도「동방의 등불」에 대해 글을 썼다. "두 개의 등불이 켜졌다. 서울 종로 조계종의 총본산 조계사 일주문 앞에는 역사상 처음으로 예수 탄생을 축하하는 성탄목聖誕木에 불이 켜졌고, 민통선 애기봉에는 7년 동안 꺼졌던 대형 성탄목에 다시 불이 켜졌다."

남북 대결 선전 수단의 제거를 약속하며 껐던 애기봉의 등불은 다시 켜져서는 안 된다. 불교의 조계사 앞 성탄목에 켜진 열린 마음의 등불은 타고르가 예언했다는 '동방의 등불'로 계속 켜져야 한다. 이처럼 역사의식과 열린 마음으로 빛을 발하고 있는 김 교수의 이번 책은 요즈음 갈구되는 한국 인문학의 소중한 보람이라고 할 수 있다.

차례

1부 싹트는 이 땅의 정신

2부 전란을 딛고

1부

싹트는 이 땅의 정신

두세 권의 책

내 우연히 문학을 배우고 가르치며, 문학 속에 살아온 세월이 하마 고희에 이르렀다. 아홉 살 해방 전까지 이루어진 일제의 국어 탄압과, 북쪽에서 남쪽으로 피난하는 혼란스런 교육환경 속에서 내 문학의 환경은 스산했다.

그러나 1년을 넘겨 다닌 몽금포 수산중학교에는 졸업 작품으로 단편소설을 한 편 써야 한다는 엉뚱한 전통이 있었다고 했고, 입학한 해의 여름, 아름다운 명사십리 앞바다에서 보낸 일주일간의 해양실습은 매일 잡아 올린 까나리로 끓인 국 맛과 해양실습의 멋을 내게 알려주었다. 만일 6·25 전쟁이 아니었다면 나는 아마도 마도로스 아니면 해양 소설가가 되었을지 모른다.

그리고 해방이 된 해의 9월, 일본어 대신 처음으로 배운 조선어 시험에서 '구두, 모자, 보자기'를 외워 쓰는 문제 중 '보자기'를 쓰지 못해 담임

한순창 선생에게 회초리를 세 대나 맞았던 부끄럽고 아픈 기억은 나를 국문학으로 인도한 국어의 원체험이었음에 틀림없다.

대학에 와서는 동향의 천재 시인 무애无涯 양주동梁柱東(1903~1977) 선생에게 배우며 자주 감격에 찼는데, 졸업반이던 1960년 뜻밖에도 무애 선생이 연세대학교 대학원장으로, 연세대학교 대학원장이던 영문학자 최재서崔載瑞(1908~1964) 선생이 동국대의 대학원장으로 자리를 바꾸는 희한한 사건이 일어났다.

그러나 이런 소용돌이 속에서 들었던 최재서 선생의 대학원장 취임 강연인 '셰익스피어의 4대 비극론'은 잊을 수 없는 명강의로, '비교문학'이란 학문이 있다는 사실도 이때 처음으로 배웠다. 게다가 이즈음에 나온 그의 명저『문학원론』은 다음과 같은 문학론으로 특히 인상 깊었다.

만약 우리에게 불행한 일이 있어 책을 두세 권만 가지고 피난을 떠나라 한다면 나는 어떤 책을 고를까? 내 전공인『셰익스피어 전집』과『옥스퍼드 영어사전』, 그리고 다른 책을 결정하지 못하고 있는 사이에 동란이 일어나, 과연 1950년 크리스마스 날 아침에 그 두 책을 보따리에 싸 가지고 친구의 지프차에 편승하여 남하南下했다.

아무 주석도 없이 작은 영어사전만을 의지해 읽으니 자연 골똘하게 생각할 수밖에 없었다. 그런 가운데 나는 이 작품들에서 이전에 맛볼 수 없었던 말할 수 없는 기쁨과 위안을 발견했고, 그래서 신산한 가운데서 산

보람과 또 살고 싶은 의욕을 느꼈다. 문학은 체험의 조직화이며 감정의 질
서화이며, 가치의 실현이라는 이론이 추호의 틀림이 없는 진리임을 깨달
았다.

'두세 권의 책' 이야기를 했지만, 두세 권의 책 못지않게 중요한 바는
예술 작품 또한 그림이나 조각품처럼 소유대상으로 삼아서는 토지나 아
파트와 다를 것이 없다는 사실이다. 구체적인 체험의 문학이 중요하며,
좋은 체험이란 일상과 다른 삶의 경험을 말한다. 생명, 그것은 함석헌咸
錫憲 선생의 말처럼 '살라는 명령'일 터이기에.

「아리랑」 민족의 노래, 세계의 노래

한가위 명절이 다가오면서, 옛 중국의 역사책들에 전하는 우리 민족의 명절 풍속을 떠올린다. 한민족은 그 옛날부터 모두 노래 부르고 춤추기를 좋아하며, 특히 씨뿌리기를 마친 오월과 농사가 끝난 상달이면 마을 사람이 모두 모여 가무음주하며 밤낮을 그치지 않았다고 한다.

수십 명씩 모두 일어나 서로 따라가며 발자국을 옮길 때마다 자세를 높였다 낮추었다 하는데, 손발이 함께 잘 어울렸다고 했다. 휘영청 달 밝은 밤에 춤에 맞추어 부른 노래는 「쾌지나 칭칭나네」나, 한민족이 어디서나 부르는 「아리랑」과 같은 그런 돌림노래였을 터이다.

이런 역사 기록은 천 년도 더 지났을 지금 읽어도 머리에 그 풍경이 방불하게 그려지는 한민족의 노래와 놀이의 모습일 터이다. 몇 년 전 근대 올림픽 100주년을 기념해 아테네에서 열린 올림픽에서는 시드니 올림픽에 이어 두 번째로 남북한이 한반도기를 앞세우고 「아리랑」 노래에 맞추어 공동 입장을 했다. 남북이 한 민족임을 이 노래로 알린 것이다. 「아리랑」은 이렇게 갈라지고 흩어진 한민족을 감동으로 묶어주는 민족의 애국가가, 세계의 노래가 되었다. 내가 좋아하는 소리꾼 장사익은 자신의 대표곡 중 하나로 「아리랑」을 부를 때에는 꼭 「애국가」를 부른다고 하며, "아리랑, 아리랑, 아라리요"하는 후렴구에서는 당연히 청중들도 끌어들여 흥을 돋우기 마련이다. 이런 장사익의 아리랑을 따라 부르면 나는 영락없이 눈물이 난다. 그리고 만주벌에 말달리며 불렀다는 독립군 김산의 아리랑은 그 스스로 말하듯이 정말 슬픈 노래이다.

그러나 「아리랑」은 생각하면 기쁜 노래이다. 올림픽에서 남북 선수를 따라 내가 부른 아리랑, 그리고 한일 월드컵 대회에서 눈물의 4강을 이루며 함께 부른 아리랑은 누가 뭐래도 기쁜 노래였다. 벌써 20여 년 전에 일본 민속학회의 회장인 노 교수와 함께 남한 각지를 여행했을 때, 이 이웃나라 민속학자가 한국 노인네들에게 묻는 질문이 꼭 한 가지 있었다. "아리랑은 슬픈 노래예요? 기쁜 노래예요?" 그러면 거의 모두가 "아리랑은 기쁜 노래"라고 대답했다.

그렇다. 지금도 백두산이나 고구려 유적 답사에서 조선족 냉면집에라도 들를라 치면 냉면 한 그릇 먹고도 뒤풀이는 으레 아리랑을 부르며 춤 한바탕 추고야 끝나는 조선족 아낙네의 흥겨움과 만날 수 있다.

세계 125개 나라에 흩어져 사는 교민사회 모두가 함께 애창하는 '조국의 노래' 아리랑. 유네스코가 세계인류무형유산에 등재(2012.12.6)한 우리 문화 「아리랑」은 민족의 노래이자 '역사의 노래'이며 '노래의 역사'가 되었다.

　이런 우리 노래를 무형문화재로 지정하고, 아리랑 박물관을 세워 세계화할 때가 아닌가? 이 추석 절에도 민족의 노래 「아리랑」은 금강산에서 남북 가족 상봉으로 울며 웃으며 민족 통일을 노래할 것이다.

진도 아리랑의 명인 강송대 선생과 진도 아리랑비에서

『춘향전』의 힘

'백년이 지나서도 아직도 읽히는 책이라면 고전'이라는 말이 있다. 할아버지가 읽고, 아버지가 읽고 또 손자가 읽는 책. 그러기에 책을 쓰는 작가나 저자라면 누구나 이런 책을 쓰고자 할 터이다. 근대의 천재라는 육당 최남선도 세상을 마치며 역사에 남을 책을 남기지 못하고 죽는 것을 슬퍼했다고 하는데, 무애 양주동은 육당이 후대 500년 동안 남을 책으로 외솔 최현배의 『우리말본』과 무애 자신의 『고가연구』를 꼽았다는 일화를 자랑으로 전했다. 우리의 고전을 말하자면 가깝게는 『춘향전』이나 박지원의 『열하일기』, 만해萬海의 『님의 침묵』 같은 책을 꼽을 수도 있을 터이다.

특히 한국은 시집詩集이 팔리는 드문 나라라 하고 시를 좋아하는 전통이 대단해서 조선 전기에는 이름 있는 문인을 모두 동원해 당唐 나라 두보杜甫의 시를 몽땅 언해諺解하고, 150년에 걸쳐 중간重刊하는 역사를 남기기도 했다. 또한 자국 역대의 시문을 133권의 본편과 23권의 속집으로 엮어『동문선東文選』이라 해『조선왕조실록』과 함께 각지의 사고史庫에 갈무리하고, 중국과 일본에 보내어 문학의 나라임을 자랑했다.

『춘향전』은 판소리나 소설로는 물론 연극이나 영화, 오페라 등 여러 양식을 넘나들며 재창작되었고, 이에 존망의 갈림길에 선 극단이나 영화사는『춘향전』으로 재기를 모색한다는 말까지 낳았다. 소설을 영화화한 임권택 감독의 〈춘향뎐〉은 미국 언론인 셀리그 해리슨(Selig Harrison)이 2001년 4월 "춘향뎐의 힘"이라는 신문 기고로 높이 평가한 바 있다. 여기서 '힘'이란 세계에 내놓을 수 있는 한국 문화의 힘이란 뜻일 터이지만, 지식을 주는 책들과 달리 문학은 독자로 하여금 그 첫발부터 삶을 변화시키고 향상시킬 수 있도록 하는 힘을 지닌다.

그러나 문학은 향유하는 사람에게 힘이다. 내 친구 정대구 시인은 시를 배우겠다고 찾아오는 사람들에게 좋아하는 시집을 골라 300번 읽고 100번 써오도록 시킨다고 한다. 이런 열성이라야 시를 배울 수 있다는 가르침일 터이다. 정 시인뿐 아니라 그의 돌아가신 어머니 밀양 박씨(1893~1990)는 평범한 시골 아낙이었지만, 아흔다섯이 될 때까지『춘향전』은 물론『유충렬전』이나『삼국지』등 10여 편의 고전소설을 줄줄 외셨다. 이런 어머니에게서 시인 아들이 나오는 것은 당연한 일이리라. 나는 시 한 편 못 쓰는 국어 선생이면서도, 입학 면접 때 언제나 한 가지만 묻는다.

"자네는 시를 몇 편이나 외나?"

그러나 시를 외는 것이 능사는 아니다. 더 중요한 것은 향유하는 일이다. 한국에서도 강의를 한 바 있는 일본의 한국문학자 사에구사(三枝壽勝) 교수의 편지에는, "중국이나 일본에 비해 한국 사람들은 인생을 살아가며 어려움을 느낄 때, 자기 나라 책들 가운데서 찾아 읽는 필독서가 별로 없는 것 같다"라고 쓰여 있었다.

읽을 책이 없을 리는 없다. 시험을 위한 교육을 집어치우고, 고전에서 삶을 배우는 교육을 되살리는 날, 우리 문화의 힘이 되살아날 터이다.

원효의 '한마음' 사상

　신라의 원효元曉(617~686) 스님은 육두품 출신이라는 신분적 제약 속에 살면서 '한마음〔一心〕'을 통해 세계와 사람이 어떤 존재인가를 설파한 불교사상가이며 실천가였다. 중관학파中觀學派에 따르면 모든 법은 공空이며 생멸生滅이 없이 본래 고요하다고 했고, 이에 대해 특히 '마음학'이라 할 수 있는 유식학唯識學은 주관적 인식 그 자체까지 없다고 할 수 없고, 모든 법은 있음有과 없음無에 통한다고 했다.

　인도에서 중국의 불교계까지 이어진 이런 '없음(빔)'과 '있음(참)'의 대립을 소통을 통해 화해시키려 애쓴 사람이 신라의 스님 원측圓測이었고, 원효 스님은 이 대립을 근본적으로 해결할 사상을 '한마음'으로 종합해 우리 마음의 철학의 길을 환히 밝혔다.

　무릇 한마음의 근원은 있음有과 없음無을 떠나 홀로 조촐하고, 삼공三

空의 바다는 참眞과 속俗을 아우르면서 맑으니, 맑아서 둘을 아울러도 하나가 아니며, 홀로 조촐하여 모퉁이邊를 떠났으나 가운데中가 아니다.

가운데가 아니면서 모퉁이를 떠나기 때문에 법을 지나지 않으나 곧 없음에 머무르지 않으며, 상相이 없지 않으나 곧 있음에 머무르지도 않는다. 하나가 아니면서 둘을 아우르기 때문에 참이 아닌 일事도 비로소 속되지 않고, 속되지 않은 이理도 비로소 참眞이 되지 않는다.

— 『금강삼매경론서』에서

존재하는 모든 것은 '있음有'도 아니고 '없음無'도 아니라는 것은 불교의 바탕이 되는 가르침이다. 그런데 원효 스님은 '있음과 없음'과 함께 '참됨과 속됨', '가운데와 모퉁이'라는 짝을 더해, 이런 모든 대립개념의 갈등요소를 뛰어넘어 조화한다는 화쟁和諍의 사상을 마련했다.

참되고 성스러워야 마땅한 종교적 마음의 자리를 세속 세간의 현실적 세계로까지 넓힌다는 있음·없음, 진·속, 중·변의 아우름은 이 7세기 후반에 신라 귀족불교를 대표하는 의상義湘(625~702)과 비교할 때 더욱 두드러진다.

원효는 의상처럼 중국에서 유학하거나 화엄학을 받아들이지 않았다. 그럼에도, 신분적 제약을 받는 가난하고 무지한 사람에게도 불성佛性이 있어 성불할 수 있다는 깨달음을 『대승기신론소』에서 이룩하고 『금강삼매경론서』에서 '일심'으로 뚜렷이 했다.

불교의 역사는 '마음이란 무엇인가?'라는 질문에 답하는 구도의 역사라 할 수 있다. 여기서 마음의 문제를 인식과 삶의 문제로 고민하고 이를 실천하고자 했던 노력의 자취는 불교의 뒤를 이어 발달한 유교를 통해 심성론心性論을 거쳐 실심실학實心實學을 이룩한 우리 철학의 승리였다 할 것이다.

　이것은 '있는 것(존재)'에 대한 놀라움이 철학의 시작이라고 하는 서양 사람과 얼마나 다른 철학의 전통인가? 없음無과 빈탕空과 텅 빔虛에서 영성을 발견하는 것이 불교의 마음, 동양의 영성으로 이어졌다. 그러기에 여기서 하느님도 '없어 계신 이'로 이해했던 다석多夕 유영모柳永模나 함석헌의 '한국 신학'이 나올 수 있었을 터이다.

뭇사람의 말은 쇠도 녹인다

신라 성덕왕(재위 702~737) 때 순정공純貞公이란 사람이 강릉태수로 부임하는 길에 수로水路 부인과 함께 임해정에서 점심을 먹었다. 이때 부인이 바위 끝에 핀 진달래꽃을 탐내자, 암소를 끌고 지나던 노인이 노래를 부르며 꽃을 꺾어 바쳤다 한다. 이 사뇌가가 「헌화가獻花歌」이다.

자줏빛 바위 끝에
잡은 암소 놓게 하시고
나를 아니 부끄러워하시면
꽃을 꺾어 바치오리다.

그런데 이번에는 갑자기 용이 나타나 수로 부인을 바다 속으로 물고들어가 버렸다. 이때 길을 지나던 노인이 '중구삭금衆口鑠金', 즉 뭇 백성의 말은 무쇠도 녹인다 했으니, 백성을 모아 노래를 부르고 막대로 언덕을 치라고 조언한다. 태수는 이에 따라 백성을 모아 노래를 불러 부인을 돌아오게 하니, 이 이야기는 「해가海歌」라는 한역시로 따로 전한다.

『삼국유사』에는 수로 부인을 둘러싼 이 두 가지 사건을 전하고, 두 번 모두 신기한 노인이 나타나서 '중구삭금'으로 천기天機를 발하는 민중의 말을 강조해보였다. 부임하는 태수로서 백성의 말을 들어 정치를 하라는 가르침이었을 터이다. 2008년 봄 새 정부가 들어서면서 미국산 쇠고기 수입을 둘러싸고 이어진 촛불집회에서도 신문들은 이 '중구삭금'의 고사를 이끌어 민중의 말을 중시했다.

10월 상달에는 한글날이 들어 있다. 특히 금년 한글 반포 563주년 기념일에는 세종로에 한글을 창제한 세종 임금의 거대 동상이 세워지고, 초대 이어령 문화부 장관의 절대 반대에도 공휴일에서 빠졌던 한글날의 공휴일 재지정도 공론화되는 분위기이다.

그런데 '나라 말씀이 중국과 달라', 백성이 하늘 뜻으로 말하고자 하는 바를 마음대로 쓸 수 없음을 걱정한 『훈민정음』 창제의 백성사랑 정신은 어디로 가고, 관공서 현판에 버젓이 쓰인 'Hi Seoul', '일어서自!'라는 문구는 도대체 어느 나라의 말이란 말인가?

『훈민정음』이 세계문화유산으로 등재된 지도 10년이 지난 지금, 자랑스러운 한글문화는 일본식 한자문화와 영어몰입교육 풍토 속에서 뿌리채 흔들리고 있으며, 인사 청문회에서 보이는 정치 지도층의 거짓말 공해는 이 나라의 교육 대계마저 무너뜨리려 하고 있다.

말을 보이게 하면 글이고, 글을 들리게 하면 말이다. 말이 글이요, 글이 말이다. 하느님의 뜻을 담는 신기神器요, 제기祭器다.

말이란 정말 이상한 것입니다. 우리말도 정말 이렇게 되어야 좋은 문학, 좋은 철학이 나오지, 지금 같이 남에게 얻어온 것(외국어) 가지고는 아무것도 안 돼요. 글자 한 자에 철학개론 한 권이 들어 있고, 말 한 마디에 영원한 진리가 숨어 있어요.

한글날 세 시 반이면 일어나 목욕재계하고, 이런 정음 사랑을 몸으로 실천했다는 다석 유영모 선생이 그리운 아침이다.

문무왕의 유언

원효와 동시대, 신라 제30대 문무왕文武王(재위 661~681)의 「유조遺詔」
는 『삼국사기』에 전하는 임금의 유언으로, 한국문학사에 남은 자서전의
여명이라 할 만하다. 문무왕은 태종 무열왕의 뒤를 이어 김유신과 함께
삼국 통일을 경영했던 임금이며, 자기가 죽으면 동해 바다 입구의 큰 바
위 위에 장사하라는 등의 유언을 따로 남긴 나라 사랑의 임금이었다.

'과인寡人'이란 겸칭으로 왕은 스스로의 생애를 회고하고 반성하며, 자
기의 치세를 들어 가히 지하의 영령들에게 부끄러움이 없고, 선비들에게
도 버림을 받을 바가 없다고 자평했다.

과인은 국운이 분분하고 전쟁하는 시대를 당하여 서정북벌西征北伐로
써 강토를 정했고, 배반하는 무리를 치고 손잡는 무리를 불러들여 원근의
땅을 평정했으며, 위로는 종사宗社의 돌보심을 위로하고 아래로는 부자의

원한을 갚았다.

전쟁에서 산 자와 죽은 자에게 두루 상을 내리고, 내외에 골고루 벼슬을 내리고, 병기를 녹여 농기구를 만들게 하고 백성들을 인수仁壽의 터전에서 살도록 하였으니…….

—「유조」 중에서

문무왕은 실제로 통일 전쟁 뒤에 당나라의 침략야욕에 끝까지 대항하면서, 삼국시대 때보다 세 배나 커진 강토를 경영하고 나라의 체제를 다잡았다. 그러기에 '스스로' "문득 큰 밤으로 돌아가는 데奄歸大夜" 여한이 없다고 하고, 죽음에 임하는 당당한 모습을 뚜렷이 했을 터이다.

또한 그는 "운運이 가고 이름이 남는 것은 고금의 법칙인데, 문득 큰 밤으로 돌아간들 무슨 유한이 있겠는가?"고 자문했다. 이런 사생관은 죽음이야말로 본래의 거처라고 하는 관념으로 오래 전부터 있어온 동양적 사생관이라 할 만하다. 여기에서 '큰 밤'이란 죽음의 세계, 곧 황천을 말하고 '여한이 없다'는 말은 남은 삶에 미련을 두지 않고 평온하게 죽음을 받아들이는 모습일 터이다.

그러나 "장례가 화려하다고 지하의 혼령을 건지는 것도 아니다"는 대목에 이르면, 앞에서 유한이 없다고 했던 체관諦觀과는 다른 머뭇거림이 느껴진다. 더구나 "고요히 이를 생각하면 마음이 상하여 아프기 그지없다"는 대목에 이르면 당당하던 제왕의 모습도, 유한이 없다던 사생관도

흔들리며, 죽음 앞에 선 나약한 한 사람의 고뇌가 표면화한다. 더구나 '장례가 화려하다고 지하의 혼령을 건지는 것도 아니다' 운운하는 대목은 벌써 지하의 혼령으로 바뀐 자신의 죽음을 꿰뚫어보는 체념을 감추지 않고 있다.

또한 문무왕은 원근의 땅을 평정하는 이 전쟁의 시대를 함께 했던 김유신이 죽었을 때는 비단 1,000필과 구실租 2,000섬을 내려 장례에 쓰게 하고, 군악대 100명을 주어 후장厚葬하게 한 임금이었다(『삼국사기』「김유신전」). 일찍이 안자산安自山이 『조선문학사』의 틀을 잡으면서 이른 시기의 '산문'으로 이 글을 뽑아 실은 뜻을 이해할 만하다.

최고의 사뇌가, 「찬기파랑가」

찬기파랑가

열치매 나타난 달이

흰 구름을 좇아 떠나는 것 아니아?

새파란 나리(내)에

기랑耆郎의 즛(모양)이 있어라!

이로 나리 조약[小石]에

낭郎이 지니시던 마음의 끝을 좇과져

아으, 잣 가지가 높아 서리를 모를 화반이여(양주동 해독)

신라 35대 경덕왕 때의 스님 충담사忠談師가 지은 사뇌가이다. 우리 향
가 연구의 길을 개척한 무애 양주동 선생이 '최고의 사뇌가'로 평가하며

새긴 바에 따르면, 우리 사뇌가의 기상천외한 시법이 놀랍게 다가온다. 지은이는 기파랑이라는 화랑장의 드높은 인격과 지조를 직접 말하는 대신, 돌연히 나타난 달과 문답을 나누며 이를 암유暗喩로써 나타냈다.

좀 더 쉽게 풀자면, '구름 장막을 열어젖히며 나타난 달이여/ 너는 흰 구름을 좇아 서쪽으로 떠가는 것이 아닌가?/ (달이 대답하기를) 나는 흰 구름을 좇아가는 것이 아니로세, 멀리 경주 알천閼川 냇가에 기파랑이 놀던 모습이 있어/ 내 그 화랑이 지녔던 마음의 끝을 좇으려 하옵네'라고 읽을 수 있다. 기파랑의 마음 끝자락을 따르고자, 달님도 매일 낭郞이 가셨을 서방 정토의 그 서쪽으로 간다는 시상이 놀랍다.

이것이 기파랑을 찬미하는 앞의 넉 줄 여덟 구句의 뜻이고, 마지막 한 줄 두 구에서는 서리도 침범할 수 없는 잣나무의 높은 기상으로 정서正敍해 찬미를 강화했다. 화반花判은 화랑의 상징이다. 이렇게 이 시는 시인의 물음, 달의 대답, 감탄의 결사結辭라는 세 단락으로 되어 있고, 특히 시의 벽두에 '냅다 던지듯이 멋들어진 허두虛頭'인 '열치매'(무애의 표현)는 그 발상에서 동서고금의 다른 시가 따를 수 없는 이 시만의 독창성을 보여준다.

더구나 서술어로 시작하는 시법은 우리말의 묘미를 한껏 살린 이 사뇌가의 독창이며, 마지막 '마음의 끝을 좇과져'는 이 노래 최고의 묘기, 기절奇絶한 시상으로, 기파랑의 높은 지조를 눈에 보이듯 선연히 표현했다.

이 같은 기발한 서두는 송강松江 정철鄭澈의 '저기 가는 저 각시'(「속미

인곡」)나 '강호에 병이 깊어'(「관동별곡」)라도 비교가 안 되는 발상이라는 것이 무애 양주동 선생의 지론이다.

경덕왕 24년(765) 삼월 삼짇날, 왕은 나라 제사를 드리기 위해 누각에 올라 지나가는 스님을 모셔오게 했는데, 이때 불러온 스님이 바로 충담사였다. 임금은 낯선 스님에게 그대가 누구냐고 묻고는 충담이라는 대답을 듣자 재차 "내 들으니 기파랑을 기린 사뇌가가 뜻이 매우 높다 하니 과연 그러한가"라고 물었는데, 충담사는 사양 없이 "그렇다"고 대답했다.

임금은 이런 스님이기에 안심하고 나라의 평안을 비는 「안민가安民歌」를 짓게 하였을 터이다. 그러나 국사國師는 온데간데없고 행각승行脚僧을 모셔다 나라 제사를 모셔야 했던 비상 상황에서, 백성만이 아니고 "임금답게 신하답게 할지면 나라 안이 태평하리라"고 하는 「안민가」는 그대로 「찬기파랑가」의 높은 뜻에 이어지는 우리 사뇌가의 정신이리라.

최치원의 '풍류도'

나라에 현묘玄妙한 도道가 있는데, 이를 풍류風流라 이른다. 이 가르침
을 베푼 근원은 선사仙史에 자세히 실려 있는데, 곧 삼교三敎를 포함하여
중생을 교화한다.

國有玄妙之道 曰風流 設敎之源備祥仙史 實乃包含三敎接化群生

— 「난랑비서鸞郎碑序」에서

'풍류도'는 고운孤雲 최치원崔致遠(857~?)이 '나라의 현묘한 도'로 전한
이래 민족 문화의 정신으로 이어진 사상이다. 최고운은 이 현묘한 도를
풍류라 이르며, 특히 이것이 외래 종교인 삼교를 포함해 중생을 교화해
온 고유의 사상이라고 했다.

그런데 『삼국사기』에서는 이 사상을 신라 진흥왕(재위 540~576) 대에
화랑도를 일으킨 바탕 정신이었다 하고, 이를 '풍월도風月道'라 하여 문무

왕 대까지 1세기 동안 특히 융성했다고 전한다. 그리고 이 도를 '가르침을 베푼 근원設敎之源'이라 하고, 세 가지 교과목을 '도의로 서로 연마하고相磨以道義, 노래와 춤으로 서로 즐기며相悅以歌樂, 산천을 찾아 노닌다遊娛山水'고 했다(진흥왕 37년). 이것은 결국 도의로 이룩되는 인간관계, 가무로 이룩되는 예술 생활, 산수 속에서 노니는 자연 사랑의 조화를 목표로 하는 정신문화였음을 보여준다.

이렇게 풍류도는 유·불·선 삼교를 포괄하며 뭇사람을 교화하는 조화로운 정신으로, 최고운은 이것을 공자의 충효사상과 노자의 무위자연, 석가의 제선봉행諸善奉行 사상으로 부연했다. '풍류'나 '풍월'의 '풍風'자 또한 일찍부터 동아시아에서 자연의 한가함이나 예술의 정서, 사람의 품격을 드러내는 뜻으로 존중된 개념이었다.

중국에서도 『시경詩經』 시詩의 첫째 분류인 '풍風'은 국풍國風, 곧 민요를 가리켰는데, 이는 시가 아랫사람을 교화하는 풍화風化와 윗사람을 꼬집는 풍자諷刺의 뜻을 모두 가졌기 때문이다.

삼교를 포괄하는 현묘한 도였다는 해석만으로도 풍류에 다시 주목할 만한 가치가 있다. 이는 세계 종교사상을 자신들의 종교문화로 수렴해온 한민족의 영성靈性을 보여주기 때문이다. 영성이란 사람뿐 아니라 자연과 모든 생명체를 포괄하는 정신적 성품을 나타내는 개념으로, 원효의 화쟁和諍 사상으로부터 현존 종교들 사이의 다원주의 사상으로까지 이어졌다.

일찍이 민족의 영성에 눈뜬 다석 유영모의 종교 다원주의 사상은 유동식 교수의 풍류신학으로 이어지며 한국의 문화신학文化神學을 추동했다. 유 교수는 '포함삼교包含三敎'를 '한'으로, '풍류風流'를 '멋'으로, '접화군생接化群生'을 '삶'으로 풀어 풍류도를 '한 멋진 삶의 문화'라 설명한 바가 있고, 『다시 쓰는 택리지』의 지은이 신정일 선생은 오늘도 풍류 마을을 꿈꾸며 이 세상에서 누리며 살 수 있는 공존의 평화를 유세한다.

　그런데 최근 조계종의 불교계 의식 조사에서는 대상 스님 1,000명의 81%가 종교 갈등이 심각하며, 그 주된 갈등이 정권의 종교 편향 정책과 개신교에 있다고 대답했다 한다. 풍류사상으로 조화하는 평화의 영성이 오늘에 필요한 까닭이다.

발해 사신이 일본에 남긴 시편들

발해는 나당羅唐 연합군에 멸망한 고구려 유민들이 대조영大祚榮을 중심으로 세운 나라이다. 신라로부터 북국北國이라 불렸던 이 나라는 후기 신라와 더불어 '남북국 시대'의 한 축을 맡았던 우리의 역사이다. 고구려 멸망 30년 뒤인 698년에 그 옛 땅에 세워진 발해는 고구려를 따라 스스로를 '천손天孫'이라 했고, 일본은 발해를 '고려'로, 발해로 보내는 사신을 '고려사高麗使'라 불렀다. 당나라로부터는 해동성국海東盛國으로 불릴 만큼 흥성한 나라였다.

그런데 불행히도 후세에 남겨진 발해의 역사 기록과 문학 유산은 얼마 되지 않는다. 조선의 실학자인 유득공柳得恭이 『발해고서渤海考序』에서 "『발해사』와 『남북국사』가 있어야 하는데 나라를 이어받은 고려가 이를 펴내지 않았다"며 한탄한 것이 이 때문이다. 그러나 발해는 당나라에 160차례 이상 사신을 보냈으며 일본과는 마흔일곱 차례 사신을 교환했는데, 일본에 보낸 외교문서 23편과 함께 발해 사신의 시 11수가 대부분 일본 문적에 남아 전해진다.*

이 가운데 758년 발해 사절의 부사副使였던 양태사楊泰師의 시 「밤에 다듬이 소리를 들으며夜聽搗衣聲」는 헤이안平安 시대 초 칙찬삼집勅撰三集의 하나인 『경국집經國集』(827)에 올랐다. 칙찬삼집이란 당대 일본에서 인기를 끌었던 3대 한시집인 『능운집凌雲集』(815)과 『문화수려집』(818), 『경국집』을 이른다.

또한 제17차 발해 대사가 된 왕효렴王孝廉의 시 5수와 녹사錄事 석인정釋仁貞의 시 1수를 포함해 발해 관련 시 12수도 『문화수려집』에 실렸다. 발해 사절이 일본 한시 문화에 끼친 자극은 칙찬삼집이 출간된 데에서 가장 뚜렷이 알 수 있다. 왕효렴이 읊은 「봄날에 비를 보고春日對雨 探得情字」란 시는 그 가운데 한 편이다.

주인이 변청邊廳에서 잔치를 베푸니

손님은 제 나라 서울上京에서처럼 몹시 취하였네

생각건대 우사雨師도 성의聖意를 안듯

단비가 촉촉이 내려 나그네 마음 적시네

---

* 조동일, 『한국문학통사』(서울: 지식산업사, 2005); 송기호, 『발해를 다시 본다』(서울: 주류성, 2008) 참조.

　발해의 서울인 상경上京을 떠난 사신은 지금의 중국 훈춘 땅인 동경東京항에서 배에 올라 겨울바람을 안고 동해를 가로질러 일본 노도能登 반도의 발해 객원渤海客院에 닿았다. 바닷길을 건너 구사일생으로 만리타국에 이른 날, 이른 봄비가 시인의 마음을 적셔온다. 왕효렴은 일본에 머물며 당나라 장안에서부터 친했던 일본 진언종의 개조 홍법대사 공해空海(774~835)와 가까이 사귀며 가을까지 5수의 시를 남겼다. 그러나 불행히도 사신 일행은 고국으로 돌아가지 못하고 일본에서 객사했다. 공해는 이때의 슬픔을 여러 편의 글로 남겼고, 이 역시 칙찬 한시집에 수록되었으니 9세기 초의 빛나는 발해 문학은 일본문학사에 큰 영향을 주었다 할 수7 있다.*

----

* 小西甚一,『日本文藝史』(東京: 講談社, 1985) 2권; 波戶岡旭,『宮廷詩人菅原道眞』
　(東京: 笠間書院, 2005) 중「渤海國の文學」부분.

이규보「햅쌀의 노래」

11월 11일은 '농업인의 날'이고, 이때는 한 해 수확을 마무리해야 하는 추수의 계절이기도 하다. 그런데 풍년가가 드높아야 할 농촌 들녘은 나락 야적 시위 등으로 우울하다. 대북지원이 중단되어 쌀 재고가 100만 톤이 넘고 여기에 수입쌀 문제까지 겹쳐 쌀값이 폭락했다 한다. 농민들의 우려가 마음을 무겁게 하는 이즈음, 고려 시인 이규보의「햅쌀의 노래 新穀行」는 오늘에 오히려 절절한 잠언이다.

> 낟알 알알이 그 얼마나 소중한가
> 사람의 죽살이도 이 낟알에 달려있네
> 농부를 존경하기 부처님을 모시듯 하네
> 굶주린 사람을 부처라 구원하랴
> 기쁘구나, 이 늙은 몸이

올해도 또 햇곡식을 보았으니

이제 죽은들 무슨 한이랴

농사꾼의 덕택이 이 몸에도 미쳤네

이규보(1168~1241)는 고려 시대를 대표하는 대문호로, '햅쌀'을 시제 삼아 낟알 한 알 한 알의 생명성이 사람의 죽살이를 정한다고 읊어냈다.

더구나 불교를 국교로 천년을 이어온 나라에서 농부를 부처에 비기고, 부처도 어찌할 수 없는 굶주림을 농부가 구원한다는 말은 거의 신앙의 경지이다. 단순히 가을이라 햅쌀을 노래한다는 정도의 감각으로는 도저히 미칠 수 없는 시인의 깊은 생명사상을 읽을 수 있다.

「동문 밖에서 모내기를 보면서」라는 다른 시에서는 "마른 흙덩이가 푸른 이랑으로 변하기까지/ 몇 마리 소를 부리고/ 바늘 같은 모가 누른 이삭으로 되기까지/ 일만 사람의 고생이 들리라"고 했다. 쌀 한 알에서 일만 사람의 생명을 보았기에 여기서도 "어찌 한 알이라도 함부로 먹으랴一粒何忍食"고 '한 알'의 생명성을 거듭 읊었을 터이다.

또 다른 애민시愛民詩인 「나라에서 농사꾼에게 맑은 술과 이밥 먹기를 금지했다는 말을 듣고」란 시에서는 "장안에선 구슬 같이 흰 입쌀밥을/ 개나 돼지가 먹기도 하고/ 남김없이 몽땅 빼앗기고 나니/ 농부에겐 내 것이라곤 한 알도 없다"며 농촌 현실을 고발했다.

한편 「쥐를 놓아주며放鼠」라는 시에서는 "사람은 하늘이 낸 물건을 도둑질하고/ 너는 사람이 도둑질한 것을 도둑질하는구나"라고 쥐를 나무라면서도, 다 같이 살기 위해서 하는 짓이라며 잡은 쥐를 놓아준다고 읊었다.

여기서 '다 같이 살기 위해서均爲口腹謀'라고 한 뜻은 「슬견설蝨犬說」이라는 글로 이어져 개·소·말과 같은 짐승, 개미와 같은 곤충들에 이르기까지 다 같은 생명이라는 글쓴이의 사상으로 나타난다.

『한국의 생태사상』을 낸 서울대학교 박희병 교수는 이를 '만물일류萬物一類' 사상이라고 했는데, 서양 사람의 생태사상으로는 담을 수 없는 생명사상이 이 속에 다 들어 있다고 할 만하다.

『살림의 경제학』을 쓴 고려대학교 강수돌 교수는 스스로 "만일 대통령이라면, 유기농업에 종사하는 농민을 특별 공무원 대접을 할 것"이라고 했다. 탁견이다. 우리 사회 모두를 먹여 살리는 생명의 일꾼들을 우리가 살려야 생명이 살기 때문이다.

『삼국사기』 열전:「김유신전」

고려의 문인이자 정치가 김부식의 『삼국사기』(1145)는 고구려·신라·백제 등 세 나라의 역사를 기전체紀傳體 형식으로 쓴 50권의 역사책이다. 기전체란 제왕의 전기를 본기本紀로 하고, 역사적 인물의 삶을 열전列傳으로 다루는 역사 서술 방식으로, 사마천司馬遷의 『사기』에서 유래해 『한서』에서 확립된 중국의 정사正史 기술 방식이다.

김부식은 이 체제에 따라 총 50권의 『삼국사기』 가운데 41~50권까지 10권을 열전으로 채웠다. 이 51개의 개인 전기에 입전立傳된 역사 인물은 80여 명으로, 이는 책 전체의 5분의 1이 넘는 분량이다. 인물을 중심으로 역사를 편찬하고, 특히 열전을 중시한 역사 기술의 뜻을 짐작할 수 있는 흥미로운 대목이다.

더구나 이 열전 10권 가운데 41~43권까지 3권을 「김유신전金庾信傳」에 배당했다는 사실은 『삼국사기』를 이해하는 중요한 열쇠가 된다. 사마천의 『사기』가 열전의 서두를 백이伯夷 · 숙제叔齊로 장식하면서 내비 쳤던 유교주의와 비교할 때 더욱 두드러진 특징이다.

김유신(595~673)은 신라의 삼국 통일을 앞장서서 주도한 군인이었다. 김유신뿐 아니라 이 열전에 입전한 인물의 절반이 넘는 34명이 신라 통일 시대인 7세기의 인물이며, 이중 37명이 군인이고 21명이 이때 순국한 사람이다.

이것은 불교 국가였던 고구려 · 신라 · 백제 세 나라의 역사를 다루는 이 책에서 승려가 단 한 사람도 입전되지 않았다는 사실과 함께, 『삼국사기』의 신라 중심적 · 유교 중심적 성격을 잘 보여주는 대목이다.

『삼국사기』의 열전은 심지어 신라 통일 시대와 관련해서 도저히 뺄 수 없는 원효의 이름까지 과감히 빼버렸다. 이는 『삼국유사』가 고승전 의 성격을 가졌다는 것과 크게 대비되는 유교적 성격이다.

이 「김유신전」은 유신의 현손 장청長淸이 지었다는 『행록行錄』 10권 을 바탕으로 삼았고, 이 행록은 고려 중기까지 널리 읽히는 독서물이었 다고 김부식은 썼다. 그런데 이 전기의 구성에서 두드러지는 특징은 김 유신의 생애와 나라의 역사를 대위법적으로 중첩시켰다는 점이다.

이것은 말할 것도 없이 김유신의 삶과 신라통일의 위업을 함께 드높이 기에 모두 타당한 구성법일 터이다. 그것은 '논찬論贊'의 머리말에서 뚜 렷이 드러난다.

대개 신라가 김유신을 대한 것을 보면 친근하여 틈을 주지 않았고, 일
을 맡기면 두 번 간섭하지 않았다.

　　觀夫新羅之待庾信也 親近而無間 委任而不貳

　　이 글에서는 김유신의 인격이 신라라는 나라와 동격으로 자리한다.
그리고 김유신의 사람됨을 드러내는 일화는 유신이 상장군으로 백제를
쳤을 때 크게 이기고 돌아와 임금을 뵙기도 전에 다시 출정 명령을 받았
다는 데서 두드러졌다.

　　그는 집 앞을 지나면서도 집에 들어가지 못한 채 다시 출정했는데, 집
을 50걸음쯤 지나쳐 말을 세우고, 사람을 집으로 보내 물을 떠오게 했다.
그리고 "집의 물맛이 여전히 옛날 그대로구나"라고 말하며 그냥 떠났다.
이러한 장군의 모범을 본 군사들이 모두 그대로 다시 출정해 백제를 막
았다는 것이다.

『삼국유사』의 「원효불기」

고려의 스님 일연一然(1206~1289)이 지은『삼국유사』는『삼국사기』와 쌍벽을 이루는 우리 고대사의 보고이지만, 홍법興法 · 의해義解 · 감통感通 같은 분류 체계에서 볼 수 있듯 중국 고승전高僧傳의 체제를 따른 승전 문학의 성격이 강하다. 1권 왕력王曆과 2권 기이紀異를 뺀 나머지 7편은 각 편이 「원효불기」와 같이 스님의 이름을 얹어 제목을 삼은 것이 많고, 내용 또한 스님의 전기적 일화를 중심으로 엮었다.

『삼국유사』에서 전기로 다루어진 승려는 '홍법'에서 이차돈 등 6명, '의해'에서 원효 등 13명, '감통'에서 광덕 등 11명, 제5편 '신주神呪'에서 밀본 등 3명이 있다. 이렇게『삼국유사』에서는 모두 250명에 달하는 스님의 이야기를 다루기 때문에, 단 한 명의 스님도 다루지 않고 국가 불교 시대를 쓴『삼국사기』와는 엄청나게 다른 역사책이라 할 수 있다. 게다가『유사』에는 300개의 절과 사찰 연기설화를 다루어 여러 면에서 승전과 중복된다.

이 가운데에서도 「원효불기元曉不羈」는 「의상전교」와 더불어 『삼국유사』의 승전류를 대표하는 전기 작품으로, 『송고승전宋高僧傳』 같은 정전正傳과 달리 향전鄕傳에서 전한다는 한두 가지 이상한 일화를 강조하며 써낸 원효전이다. 그 제목에서 이미 드러나듯 원효는 매이지 않는 성격이었는데, 이는 그의 두 가지 전기적 일화로 널리 알려져 있다. 하나는 요석공주와의 연애담이고, 또 하나는 파계한 원효가 뭇 고을에서 쪽박을 두드리며 춤추고 노래 부르면서 참회의 법화를 크게 한 내력이다. 이로써 「원효불기」는 종래의 원효전들과 다른 전기를 이룩했고, 바다용의 권유에 따라 『삼매경』의 논소論疏를 지었다는 대목에 이르러서는 '의해' 편의 주제를 만족시켰다. 이야말로 '왕생론주往生論註'에 따라 '일체의 거리낌이 없는 자라야 한 길로 생사를 벗어난다一切無碍人一道出生死'는 무애의 경지를 기린 셈이다.

일연이 이러한 원효의 매이지 않는 성격을 원효전의 중심 주제로 강조한 것은 그의 역사의식에서 기인한다. 원효 스님 당대의 신라 불교는 당나라 불교의 파동에 뒤흔들리며 호국불교로서 정치에 야합했고, 신라 또한 국가적으로 고구려와 백제의 협공을 받는 데다 당나라와의 공조도 순조롭지 못했다. 이런 때에 원효 스님은 당나라에 유학하지 않고도 스스로 깨달았고, 매임이 없는 법화로 신라 불교에 새 바람을 일으켰다. 왕실 중심의 계율주의에서 벗어나, 촌락을 찾아가 염불하고 춤추며 몽매한 민중으로 하여금 부처의 이름을 모르는 이가 없게 교화했다. 그리하여 '미혹 속에 있음을 스스로 깨달은 자는 벌써 큰 미혹에 있지 않으며, 어둠 속에 있음을 스스로 깨달은 자는 벌써 극심한 어둠에 있지 않다는 것'을 몸으로 보여주었다.

이렇게 『삼국유사』는 250명이 넘는 스님과 신라 '십대덕十大德' 가운데에서도 원효 스님을 들어, 신라 불교에서 나타났던 민족사적 민중 불교의 의미를 훌륭히 역사로 정립했다.

『삼국유사』기이 편의 '머리말'

『삼국유사』에는 지은이 일연의 '머리말'과 같은 글이 따로 전하지 않는다. 그러나 본문이 시작되는 기이 편의 '머리말〔敍曰〕'에서, 귀신이나 도깨비 이야기 같은 허탄한 이야기라도 그것이 역사적 진실이라면 괴이할 것이 없다는 편찬 방침을 밝혀 놓아 크게 주목할 만하다.

무릇 옛날 성인이 바야흐로 예악禮樂으로 나라를 일으키고, 인의仁義로 교화를 베푸는 데 괴력怪力이나 난신亂神은 말하지 않았다. 그러나 제왕이 장차 일어나려는 때에는 부명符命과 도록圖籙을 받아, 반드시 여느 사람과 다른 데가 있은 후에야 능히 큰 변화를 타서 제왕의 자리를 얻고, 큰일을 이루었다.

'괴력난신'은 괴이한 힘이나 귀신 이야기를 이르는데, 일연은 중국의 사례들을 인용하면서 우리 삼국三國의 시조가 모두 신비스러운 기적으로 탄생했다는 것이 무엇이 괴이하다고 할 것인가를 되물었다.

일연은 이것이 책 첫머리에 기이 편을 싣는 까닭이고, 신이神異를 여러 편의 앞에 싣는 뜻임을 뚜렷이 했다. 이 말은 일연이 이 역사책을 쓰는 뜻과 사관을 밝히는 중요한 대목이어서 다시 곱씹어 논의할 만하다.

그래서 2,000년 전에 곰의 아들이라는 단군 임금이 아사달에 세운 '고조선 - 왕검조선'에서부터 삼한三韓·오가야五伽倻와 부여扶餘 등에 이르기까지, 삼국 이전의 한韓민족 전래 문헌들을 주의 깊게 기록해 세 나라 역사의 전통을 뚜렷이 밝혀주었다.

고조선을 통일된 우리 민족국가의 기원으로 규정하고, 이를 통해 한민족국가 전통의 역사적 개념을 명백히 드러냈다. 게다가 『삼국사기』보다 반세기 이상 앞서 만들어져 이미 실전된 『가락국기駕洛國記』의 귀중한 역사 문헌을 요약함으로써, 고대 네 나라 시대의 역사를 복원시켜준 것은 이 책의 더없는 가치이다.

더구나 이러한 신이한 기사는 나라의 시조들뿐 아니라 신라 역대의 왕들과 스님, 화랑花郎에서 일반 서민에 이르기까지 승속僧俗을 가리지 않는 인물과 소재를 다루었음은 물론, 사람들의 역사 속에 보이는 마음의 작용과 신앙의 능력까지 중시한 것이다.

고려 시대는 역사학의 시대였다. 1145년에 『삼국사기』가 완성되고 1215년 각훈覺訓의 『해동고승전』이 지어진 뒤에, 1281년경 일연의 『삼국유사』가 탈고되기까지 대략 70여 년 간격으로 세 개의 주목할 역사책이 지어졌다.

이러한 고려의 사학사史學史는 『삼국사기』가 불교와 한민족의 신앙의 마음을 뺀 역사책이라는 반성 속에서 시작되었다. 고승전을 중심으로 쓰인 『해동고승전』과 『삼국유사』는 삼국의 역사를 불교적 시각에서 봤으며, 이것은 역사의식의 커다란 변화였다.

그리하여 '괴력난신'을 들고 나온 이 짧은 머리말은 구전설화와 불교사를 새 역사로 통합했고, 이것은 '고조선'과 '사뇌가〔鄕歌〕' 14수와 같은 역사 · 문학과 더불어 한민족 신앙信仰의 역사라는 광대한 문화 광맥을 되살려냈다.

이를 두고 일연의 '신이사관神異史觀'을 말하기도 하는 것은 사관史觀이 역사가의 양심이란 말을 되새겨보게 하는 귀중한 본보기라 할 터이다.

에밀레종의 신비한 소리

『삼국사기』나 『삼국유사』와 같은 역사 기록 외에도 수없이 많은 금석문金石文 또한 역사에 길이 남을 글들이다. 금석문 중에는 고구려의 옛 터전에 남아 있는 광개토대왕비나 충청도 성주산 기슭에 남은 낭혜화상백월보광탑비 같은 국보급이 적지 않고, '에밀레 설화'로 유명한 국립 경주 박물관의 성덕대왕신종聖德大王神鍾은 그 명문銘文이 또한 명문名文이다.

지극한 도리는 형상의 바깥까지를 포함하므로 보아도 그 근원을 볼 수 없고, 커다란 소리는 하늘과 땅 사이에 울리므로 들어도 그 소리를 들을 수 없다. 이러한 까닭에 (부처님께서는) 가설을 세워서 세 가지 진여眞如의 깊은 뜻을 보이고 신성한 종을 달아서 일승一乘(부처님 말씀)의 원만한 소리를 깨닫게 하였다. …… 삼가 생각하건대, 성덕대왕께서는 …… 어질고 충직한 사람들을 등용하여 백성들을 어루만지고 예악을 숭상하여 풍속을 살리시니 들에서는 생업의 근본인 농사에 힘썼고, 시장에는 넘치는 물건이 없었다. 당시 세상에서는 금과 옥 같은 보물을 싫어하였고, 문화를 숭상하였다. …… 이때 …… 신령한 그릇이 이루어지니 모양은 산악이 솟은 것 같고 소리는 용이 우는 것 같았다. (그 소리) 위로는 하늘 끝까지 이르고 아래로 끝없는 지옥까지 통할 것이다. 보는 자는 기이하다 칭찬할 것이고 듣는 자는 복을 받을 것이다.

— 성덕대왕신종 명문에서(김필해 지음, 김상일 교수 번역)

성낙주 선생의 『에밀레종의 비밀』에 따르면, '에밀레 전설'은 신라 당대로부터 구한말에 이르는 어느 사료에도 전하지 않고 천 년 동안 민간 사이에서만 떠돌다가, 알렌·헐버트 등 서양 선교사들의 글에 처음 나타난 이래 성덕대왕신종의 연기설화로 굳어진 것이라 한다.*

그러한 전설이 떠돌게 된 원인은 말할 것도 없이 신종의 '신령한 그릇이 …… 위로 하늘 끝까지 이르고 아래로 끝없는 지옥까지 통하는' 그 소리의 신비한 생명성 때문일 터이다.

실제로 강원대학교 김석현 교수와 서울대학교 이장무 교수가 이 종의 소리와 범종 몸체의 떨림 모양을 분석해 만든 '맥놀이 지도'에 따르면, 종을 치고 9초가 지나 50여 가지의 낱소리들이 다 사라진 뒤에는 숨소리 같

---

* 성낙주, 『에밀레종의 비밀』(서울: 푸른역사, 2008).

은 64혜르츠와 어린이의 울음소리 같은 168혜르츠의 음파만이 에밀레종의 신비한 소리의 세계를 지배한다고 한다.

그러나 이 신종의 백미는 또 하나의 '소리의 신기神器'로 '만파식적萬波息笛'을 종의 머리(종정부)에 있는 한 마리 용龍과 쌍으로 얹은 대목이다. 이것은 두 마리 용을 등지게 앉히는 중국이나 일본의 종과 근본부터 다른 신라 종의 제일 특징이며, 후대 우리 종의 특징이 되었다.

'만파식적'은 백성의 소리의 상징일 터이며, 임금은 백성을 어루만지고 예악을 숭상하여 풍속을 살렸기에 이런 신기가 나올 수 있었을 터이다. 들에서는 농사에 힘썼고, 시장에는 넘치는 물건이 없으며, 사람들은 금은 보물을 싫어하고 문화를 숭상하는 세상. 에밀레종의 명문은 그 소리를 듣기만 해도 복을 받는 이런 가난한 영혼들의 삶과 예술의 비밀을 웅변한다.

길 위의 시인 이제현의 「길 위에서」

고려 후기의 이름난 시인 익재益齋 이제현李齊賢(1287~1367)은 그 시대 사람으로는 드물게 중원中原 땅을 헤매며 길 위에서 산 사람이었다. 몽골이 원나라를 세워 유라시아 대륙까지 휩쓸던 역사의 소용돌이 속에서, 고려는 28년이나 처절하게 항쟁했음에도 끝내는 98년간 몽골의 간섭 속에 수모를 겪었다.

이런 역사의 소용돌이 속에서 고려 26대 충선왕忠宣王(1275~1325, 재위 1308~1313)은 연경燕京에 머물게 되었는데, 이는 그 어머니가 원나라 세조 쿠빌라이의 딸인 제국대장공주였기 때문이다. 이때 충선왕의 부름으로 익재는 10년이나 중원 땅에 살았다.*

익재가 충선왕을 따라 연경에 머문 것은 스물일곱 살 때부터 10년 동

---

* 지영재, 『서정록을 찾아서』(서울: 푸른역사, 2003).

안이었다. 그는 여덟 번이나 연행燕行을 한 데다 상왕上王이 유배된 티베트 땅까지 총거리 4만 킬로미터가 넘는 여행을 한 적도 있기에,『익재집益齋集』제1 · 2권은 자연히 중원 땅을 여행한 것에 관한 시로 채워졌다.

그 가운데에서도 촉나라(사천성) 성도成都 여정을 끝내고 진나라(섬서성) 서안西安으로 들어서는 와중에 명승으로 유명한 아미산峨眉山 길을 걸으며 지은 「길 위에서〔路上〕」란 시는 특히 많은 사람의 사랑을 받았다.

> 말 위에서 끄덕끄덕 촉도란을 읊으면서
> 다시금 오늘 아침 진관으로 들어갈 제
> 푸른 구름 저문 날에 어부수 막혀 있고
> 붉은 나무 아침 숲은 조서산이 여기라네
> 문자는 남아 있어 천고 한을 더하였고
> 명리에 지친 몸은 언제나 한가할고
> 나의 생각 잠긴 곳은 안화사 옛길에서
> 죽장망혜 짚고 신고 오가던 그 일뿐을
> 馬上行吟蜀道難 今朝始複入秦關 碧雲暮隔魚鳧水 紅樹秋連鳥鼠山
> 文字乘添千古恨 利名誰博一身閑 令人最憶安和路 竹杖芒鞋自往還*

----

* 박지원,『국역 열하일기』, 이가원 옮김(서울: 민족문화추진위원회, 1968).

「촉도란蜀道難」을 읊은 이태백의 여정을 따르면서, 촉나라 길이 '푸른 하늘 오르기보다 어렵다'는 시구를 떠올림은 당연한 용사用事일 터이다. 그러나 수천 리 남의 땅을 헤매는 시인은 금세 고국의 개성 송악산 자핫골을 떠올리며, 죽장竹杖을 짚고 망혜芒鞋를 신은 채 안화사安和寺를 오갔던 일로 향수를 달랜다.

송나라 사절 서긍徐兢이 쓴 『고려도경』(1123)에는 개성에 절이 300개도 넘었다고 했지만, 지금은 관음사, 대흥사와 함께 안화사가 복원되어 있을 뿐이다. 그리고 안화사 길은 연암 박지원이 머물던 연암燕巖 뒷산 기슭에서 한 재 마루밖에 떨어지지 않은 곳이다.

연암은 안화사 옛터를 오르며 이 「길 위에서」라는 시를 노상 외고, '촉나라 길'을 생각했다고 썼다. 또한 『열하일기』의 「피서록」에서는, 연행 때 열하熱河의 피서산장避暑山莊에서 이 시를 다시 읊으며 익재도 이르지 못한 열하를 걷는 기쁨을 자랑했다.

익재는 연경에서 충선왕의 만권당萬卷堂 서재를 중심으로 조맹부趙孟頫 등 원나라 명사들과 사귀었고, 운율의 속박에서 벗어난 장단구長短句와 국어시를 한시로 번역한 소악부小樂府를 창안한 시인으로 고려 한문학사의 외연을 크게 빛낸 문인이다.

'정음'과 '세종'의 수난시대

세종 임금의 『훈민정음 서문』을 다시 읽으며 2010년 경인년庚寅年 새해를 맞는다. 대명천지 대한민국에서 나라의 글인 한글〔正音〕과 이를 만드신 세종 임금의 이름이 모두 수난을 당하고 있기 때문이다. 정음이 어떤 글인가? 세종 임금이 몸소 쓰신 이 머리말에 잘 밝혀져 있다.

나랏말쏨이 중국과 달라, 글로는 그 뜻이 서로 통하지 않는다. 이에, 어리석은 백성이 말하고자 할 바가 있어도 제 뜻을 실어 펴지 못할 사람이 많다. 내 이를 어여삐 여겨 새로 스물여덟 자를 만드노니, 사람마다 널리 익혀 날로 씀에 편안케 하고자 할 따름이다.

나라말이 중국과 다르기 때문에 글자도 달라야 한다는 뜻은 훈민정음의 제일 전제이며, 민족 문화의 독립 선언이다. 이 사실을 가장 잘 알았던 사람들이 어리석은 백성이고, 그 백성의 마음을 가장 잘 실어 펼 수 있는 글자가 훈민정음이며, 훈민정음을 만든 뜻을 천하에 알리는 선언이 이 머리말이다.

예부터 "하늘이 듣는 것은 백성이 듣는 데서 시작한다"고 일렀다. 이것을 『훈민정음해례訓民正音解例』에서는 "아마도 하늘이 성군聖君의 마음을 여시고 그 손을 빌린 것이리라"고 했다. 『뜻으로 본 한국역사』를 쓴 함석헌 선생은 훈민정음 창제를 한국 역사 최대의 사건으로 평가하고, 그 뜻을 "씨알의 자각운동이 싹트는 민족 역사 사건"으로 풀었다.

하늘이 하는 일이겠지. 씨알이 죽지 않은 증거겠지. 세종이 어질기도 하지만, 이것이 씨알의 요구인 것을 어찌하나? …… 이제는 민중을 가르치지 않고는 할 수가 없게끔 역사의 행진이 거기까지 온 것이다.

역사 사상가로서 그가 '씨알'이란 말을 처음 쓴 것이 이 대목에서였다. 씨알이 누군가? 말하고 싶은 말이 있어도 다 하지 못하는 백성, 아낙네며 서민이다. 그래서 정음을 '언문'이라 하고 '암클'이라고도 했을 터이다. 19세기에 이 땅에 들어온 서양 선교사들은 이 '암클'에 주목해 아낙네들과 서민들을 가르쳐 선교하고, 한글 보급에도 공을 세웠다.

문자의 생명은 그것의 실용성에 있다. 『한글: 세종이 발명한 최고의 알파벳』을 쓴 서울시립대학교의 김영욱 교수는 LG전자 휴대전화의 '획

추가' 원리와 삼성전자의 '천지인' 원리를 들어 한글 창제와 쓰기의 원리를 명쾌하게 풀었다. 한국 신학神學 철학 쪽에서도 이런 정음 창제의 원리와 중요성이 우리말로 신학하기(김홍호 · 이정배 목사), 우리말로 철학하기(이기상 교수) 등에서 새 바람을 일으켰다.

대부분의 한국 사람은 초등학교에 입학도 하기 전에 한글을 깨우친다. 그런데 요사이 글을 보면 평생 국어를 가르쳐온 나로서도 모르는 말투성이다. 공공문서 공공언어는 어려운 한자어로 가득한 데다 법률 용어는 일본어 찌꺼기이고, 영어 몰입교육 소동으로 교육은 영어 망령이 들렸다. 여기에 '세종시' 문제까지, 지금 한국 사회는 그야말로 '정음'과 '세종'의 수난시대이다. 한글이 살아야 민족이 살고 역사가 산다.

김시습의 시 「무제삼수」

온종일 짚신으로 되는 대로 거니나니

한 산을 걸어 다하면 또 한 산이 푸르네

마음에 생각 없거니 어찌 몸에 불리우며

도道는 본래 이름 없거니 어찌 거짓 이뤄지리

밤이슬은 마르지 않았는데 산새는 울고

봄바람이 끝이 없으매 들꽃이 아름답다

짧은 지팡이로 돌아오매 봉우리마다 고요한데

푸른 절벽에 어지러운 놀이 볕에서 난다

— 「무제 삼수」의 첫 수(김달진 옮김)

매월당梅月堂 김시습金時習(1435~1493)은 조선 초의 대표적 방외인方外
人으로, 허균許筠이 "진여眞如를 깨달은 경지"라고 평했다는 이 시를 읊으며 방랑길에 올랐다. '방외인'은 속세를 벗어난 테 밖의 사람을 이르는 말이다. 매월당은 삼각산 절 방에서 과거 공부를 하던 중, 수양대군〔世祖〕이 조카 단종端宗의 왕위를 빼앗았다는 소식에 책을 불사르고 뛰쳐나와, 사육신死六臣의 시신을 수습해 노량진鷺梁津에 묻고는 유랑객이 되었다.

스물한 살 때부터 떠돌기 시작해 호남을 거쳐 경주 금오산실金鰲山室에 한동안 정착했을 때 그의 나이는 스물아홉이었다. 여기서 지은 『금오신화金鰲新話』 5편의 주인공들은 하나같이 절대 고독한 인물상으로 방랑자의 고독한 내면을 반영한다. 그러나 방랑은 거기서 그치지 않고 평생을 이어졌다.

강릉과 양양에 머물던 쉰한 살 어름에 쓴 『동봉육가東峯六歌』에서는 첫 구절부터 "나그네여, 나그네여, 그 이름은 동봉"이라 했고, 둘째 수에서는 아예 "지팡이여 지팡이여"라고 했다. 직률나무 지팡이야말로 반생의 반려이자 표상이었다. 그리고 그의 발자국은 부여 무량사에 묻힌다.

그는 평생을 산에 의지했다. 그의 호인 동봉東峰에는 수락산이, 설잠雪岑에는 겨울 산이 있다. 그에게 있어 겨울 산은 한계산寒溪山과 설악산으로, 특히 설악에 남긴 고독과 절의의 자취는 오세암을 영원한 그의 유허遺墟로 전하는데, 지금도 안동 김씨의 후대가 지키고 있을 영시암永矢菴은 오세암에서 지척이다. 삼연三淵 김창흡이 즐겨 머물렀던 가평의 벽계碧溪에서 북한강을 따라 청평산과 춘천을 거쳐 설악산으로 이어지는 길은 매월당의 자취가 짙게 서린 곳이다.

"금강산은 수려하기는 하나 웅장하지 못하고, 지리산은 웅장하기는 하나 수려하지 못하다. 이에 비해 설악산은 수려한 데다 또한 웅장하다." 이것이 매월당의 평이라 전하는데, 과연 원통의 백담사 계곡으로 오르는 1,700여 미터의 내설악은 서른여섯 번이나 내를 건너야 대청봉에 이를 수 있고, 여기에서 다시 비선대로 내려가는 천불동 계곡은 금강산의 만물상과 비겨 손색이 없는 장관이다. 내외 금강을 다 오르고 설악을 새로 넘은 사람이라면 수긍하고도 남을 평가이다.

김시습의 전기를 쓴 율곡 이이李珥가 매월당의 삶을 평하여 '선비의 마음에 스님의 발자취〔心儒迹佛〕'라고 한 이 한마디에 그의 삶의 고뇌와 평생의 방황은 물론 사상의 너비까지 잘 갈무리되어 있다. 눈 쌓인 사육신 묘에 다시 서니, 50년을 이 언저리에 산 인연이 오늘 더욱 다사롭다.

김시습의 '귀신론'

방외인 김시습은 뛰어난 시인이었을 뿐 아니라 기일원론氣一元論을 설파한 주목할 만한 자연철학자였다. '귀신론鬼神論'이라면 낯선 느낌을 줄지도 모르지만 이것은 일종의 철학 산문으로서, 유교입국儒敎立國이란 정치사회적 배경에서 발달했다. 조선 초기의 학자 성현과 김시습에서 시작해 서경덕·이율곡을 거쳐 19세기의 최한기에 이르기까지, 여러 유학자들이 귀신에 관한 글을 40편 넘게 써냈다.

귀신론은 조선 건국 초기에는 주로 고려 불교의 귀신 풍속을 공격하며 유교적 제사의 질서를 확립한다는 논거를 마련했고, 15세기에는 김시습에서 서경덕으로 이어지는 기일원론의 자연철학을 성숙시키기도 했다.

김시습은 「신귀설神鬼說」과 소설 「남염부주지」를 통해 기氣가 변하는 이치로 귀신론을 폈다. 여기서 그는 "하늘과 땅 사이는 오직 하나의 기의 풀무이다"라는 명제 아래, 제사 받는 신〔祭祀之神〕과 조화의 신〔造化之神〕

곧 하느님이 둘이 아니고 하나라는 논리를 체계화했다. 따라서 천지만물은 본체가 하나이기에 결국 사람이 죽어 기가 흩어진 뒤에 저승에 가거나 응보를 받을 어떤 존재가 따로 있는 것이 아님을 뚜렷이 했다.

김시습은 「체원찬體元贊」에서 '신神'이 바로 자연의 순환작용을 뜻한다고 쓰고 있다. 곧 음양이기陰陽二氣의 작용하는 이치가 도道이며, 도에서 나왔으므로 작용이 생긴다는 뜻이다. 기의 작용은 돌고 도는 것이 이치인데, 이렇게 쉼 없이 변화하는 것이기에 신묘하여 신神이라 한다. 그는 "만민은 나의 동포이며, 만물은 나의 동반자다"라는 북송의 기철학자 장재張載의 말을 이끌고 있는데, 이는 그의 자연철학과 사회철학이 둘이 아니고 하나임을 뚜렷이 해주는 대목이다. '나'라는 미미한 존재가 하늘 아버지와 땅 어머니 가운데 살고 만민과 동포가 되니, 우리의 몸이 우주의 몸이 되고 우리의 성性이 우주의 성이 된다.

부모를 섬기는 도리로 우주에 제사하는 이치가 여기에 있고, 자연 순환에 따르는 천인합일의 사상이 여기에서 나온다. 따라서 조상 제사나 천지 산천에 드리는 감사의 예도 천지만물과 생명의 일체감을 나타내는 제사의 원리라 할 수 있다. 이러한 조선조의 귀신론은 기철학氣哲學이자 우주론이며 삶과 죽음의 철학이기에 '사생死生'이란 말을 앞에 붙여 '사생 귀신론'이라고도 썼다.

김시습과 같은 생육신生六臣의 한 사람이자 그와 가장 친했던 남효온南孝溫의 『귀신론』을 함께 읽으면 귀신론이 본체론과 인성론에 걸쳐 있고,

조선 성리학의 사생관이 기철학으로 발전된 모습을 가늠할 수 있다.

　　귀鬼란 돌아간다〔歸〕는 뜻이며, 신神이란 펼쳐진다〔伸〕는 뜻이다. 그
렇다면 하늘과 땅 사이에 와서 펼쳐지는 것은 모두 신이며, 흩어져 돌아가
는 것은 모두 귀신이라 할 수 있다.

　　鬼者歸也 神者伸也 然則天地之間 至而伸者 皆神也 散而歸者 皆鬼也

　　　　　　　　　　　　　　　　　　　　　　　　　　—『귀신론』에서

　　남효온은 성리학 전통의 글자풀이로 귀신의 개념을 설명하면서, 천지
사이에 펼쳐지고 흩어져 돌아가는 자연 변화의 개념으로 김시습의 기일
원론을 이어 후세에 전했다.

남효온의 『육신전』

추강秋江 남효온(1454~1492)은 죽음을 무릅쓰고 『육신전六臣傳』을 지은 생육신의 한 사람으로, 김시습과 함께 평생 사우師友로 지내며 세속과 짝하지 않은 방외인이었다. 단종의 어머니 현덕왕후의 소릉昭陵을 복위하라는 상소를 올려 받아들여지지 않자, 20대에 세상 뜻을 버리고 산천을 두루 찾아 그의 발자취가 미치지 않은 곳이 없었다는 방랑자였다.

의식衣食이 거칠고 술을 그치지 않아 서른아홉 아까운 나이로 세상을 버렸다. 가을 강의 뜻을 담은 '추강'이란 그의 아호는 김시습의 '설잠雪岑'처럼 단종과 소릉의 한을 담은 방외인의 차가운 삶의 고뇌를 드러낸다.

스스로 「자만 4장自輓四章」이란 긴 만사輓詞를 쓴 추강은 '여섯 가지 액'을 읊어 스스로의 삶을 반어법으로 희화화했다. 특히 술 때문에 병에 걸린 그가 김시습에게 보낸 편지에서는 '주덕송酒德頌'이라 할 사연이 지극한 경지에 이르렀다.

어머니의 꾸지람을 듣자「지주부止酒賦」를 짓고 10년 동안 정말로 술을 마시지 않았다고 하며, 중풍을 앓아 다시 술을 마시다가 병이 그치자「부지주부復止酒賦」를 짓고 다시 5년 동안 마시지 않았다고 한다.

추강은 스스로 "36년을 지나는 동안에 언제나 사람들의 시기를 받았다"고 했는데, 그는 실로 죽어서도 부관참시까지 당했다. 허균은「남효온론」을 쓰면서, 추강이 겨우 스무 살 때부터 항소해서 서둘러 스스로를 곤궁한 몸으로 내쳤다고 애석해하면서도, 벼슬에 연연한 그의 스승 김종직을 혹평하여 추강의 기개와 강개한 인품을 높이 기렸다.

추강이 남긴『육신전』과『허후전許詡傳』이 모두 충신전이다. 그중 특히『육신전』은 각각이 독립된 전을 이루는 통일된 주제의 집전集傳으로 지은이의 인물관과 역사의식을 대변한다.* 그 가운데에서도『육신전』의 머리를 이루는「박팽년전」은「성삼문전」으로 이어지는데, 고문을 당하면서도 농담을 즐기고 앉고 눕는 것에 절도가 없는 성삼문과 대비해 종일토록 단정히 앉아 의관을 풀지 않는 박팽년의 지사적 성격을 강조했다. 그러면서도 달군 쇠창에 다리가 뚫리고 팔이 잘리는 형벌에도 '안색불변'하는 성삼문의 의연한 지조 역시 높이 평가했다.

『육신전』의 후반은 남은 네 명의 전으로 간략하나, 몸이 쇠약한 이개가 곤장 밑에서도 '안색불변'의 지사로 장하게 그려지며, 유성원의 경우

---

* 박희병,『한국고전인물전연구』(서울: 한길사, 1992).

에도 사건이 나자 부인과 술을 나누어 영결하고 사당에 올라 자결한 사실을 현창했다.

하위지는 세종 이후 인재를 논할 때 첫째로 꼽혔다는 세간의 평가를 실었으며, 유응부는 무인으로 선비와는 더불어 일을 도모할 수 없다고 한 기개를 높이 샀다. 특히 그는 달군 쇠를 가져다 배 아래에 놓아 기름과 불이 함께 일어났는데도 '안색불변'으로 끝내 불복하고 죽었다 하여, 이 『육신전』의 대미로 삼았다. 이야말로 '선비전'의 교과서일 터이다.

『두시언해』 절구 한 수

가람이 파라니 새 더욱 희고

산이 푸르니 꽃빛이 불붙는 듯하다

올 봄이 보건대는 또 지나가나니

어느 날이 내가 고향으로 돌아갈 해인고

江碧鳥逾白 山青花欲然 今春看又過 何日是歸年

당나라 시인 두보(712~770)의 무제無題시 두 수 가운데 둘째 '절구絶句'로, 안녹산의 난을 피해 성도成都에서 지은 명편이다. 색채를 곁들여 기교를 다한 시화詩畵는 아름다운 봄 경치에서 일어난 느낌이 고향에 돌아가지 못한 채 "또 지나가는" 봄에 머물렀다. 일찍이 육당六堂이 시조로 옮겨 "강산이 때를 만나 푸른빛이 새로우니/ 물가엔 새 더 희고 산에 핀 꽃불이 붙네/ 올 봄도 그냥 지낼 사 돌아 언제 갈거나"라 읊었고,* 미당未堂

서정주徐廷柱(1915~2000)의 "천둥은 먹구름 속에서 '또' 그렇게 울었나 보다"고 한 시상은 이 시의 "또 지나가나니"를 연상시킨다.

두시는 중국에서도 성당기盛唐期의 정점으로 평가되었고, 송宋나라에 와서는 아예 시 공부의 모범으로 여겨져 과거제도와 함께 고려조에 전해졌으며, 조선 시단에서 최고조에 이르렀다. 특히 두시에 관한 시험문제가 많이 나왔는데, 이퇴계李退溪도 두시를 논평하라는 과제를 '시사詩史'의 뜻으로 해석해 급제했다. 두시는 지금까지 우리에게 시 공부와 시험문제로 가장 많은 영향을 준 문학 작품이자, 시의 역사라 하리라.

언해諺解 사업을 주도한 조위曹偉의 『두시언해』(1481)는 서문에서 시를 공부하고자 하면서도 두보를 어렵게 여기는 사람들을 위해 주석을 달고 언해를 한다고 밝혔다. 훈민정음 창제 뒤 조선조의 언해 사업은 불경과 유교 경전을 넘어 두시로까지 확장되었는데, 이는 150년간 27권 17책의 『두시언해』를 중간重刊하는 대사업이었다.

게다가 두시는 높은 주제의식과 정치한 용사用事, 박력 있는 시격詩格과 전쟁의 체험으로 인간의 근원적 비애를 흉내 낼 수 없는 경지로 표현했다는 평가를 받았다. 한국문학사에 수용된 두시는 그대로 중국문학 전체를 대표했다. 이것은 일본의 한문학이 백락천白樂天의 독무대였다는 사실과 크게 대비된다. 일본의 백시白詩 편향은 평명한 말과 불교에 호의

---

* 이병주, 『두시언해비주』(서울: 통문관, 1970).

적인 시풍이 일본의 취향에 맞았기 때문이라 한다.

　수백 년간 일본문학의 교과서였다는 『화한낭영집和漢朗泳集』에 실린 중국 한시 234수 가운데 백락천의 시가 139편으로 두 번째인 원진元稹의 11편을 크게 따돌리는데, 정작 이 책에는 이태백이나 두보의 시가 한 편도 수록되지 않았다. 이런 한시 수용의 차이는 각각 백시의 낭만시와 두시의 사회시를 선호한 두 나라의 문학적 기호 밖에도, 과거제도의 유무라는 문학 사회학적 환경이 크게 관련되어 있었음에 틀림없다.

　연전에 두보초당杜甫草堂을 방문한 체험은 시 한 편 제대로 못 쓰는 나로서도 우리 문학사 속에 살아있는 두시 수용의 전통을 실감케 했다. 더구나 60년 떠돈 봄이 보건대는 또 지나가는데, 내가 고향으로 돌아갈 봄은 어느 봄이란 말인가?

화담 서경덕의 시 「유물」

유물有物

존재하는 만물은 오고 또 와도 다 오지 못하니

다 왔는가 하고 보면 또다시 오네

오고 또 오는 것은 시작 없는 데로부터 오는 것

묻노니 그대는 처음에 어디로부터 왔는가

존재하는 만물은 돌아가고 또 돌아가도 다 돌아가지 못하니

다 돌아갔는가 하고 보면 아직 다 돌아가지 않네

돌아가고 또 돌아가고 끝까지 해도 돌아감은 끝나지 않는 것

묻노니 그대는 어디로 돌아갈 건가(김학주 · 임종욱 옮김)

有物來來不盡來 來纔盡處又從來 來來本自來無始 爲問君初何所來

有物歸歸不盡歸 歸纔盡處未曾歸 歸歸到底歸無了 爲問君從何所歸

우리 역사에 두드러진 자연철학자 화담花潭 서경덕徐敬德(1489~1546)
은 창강 김택영金澤榮이 『송도인물지』에서 '조선 인문의 본보기〔人文之
表〕'라 평가한 지성이다. 여기 보인 「유물」이란 철리시哲理詩는 이 서화
담이 송나라 성리학자 소옹邵雍(소강절)처럼 시 읊기를 좋아하지 않는다
며 남긴 몇 편의 시 가운데 하나이다.

　시의 첫 편은 단도직입으로 '만물의 근원'을 읊어, 오고 오고 또 와도
다 오지 못하는 생명의 흐름 속에 "그대〔君〕가 어디로부터 왔는지" 그 '시
작 없는 데〔無始〕'를 묻고 있다. 생명의 바탕을 묻는 것이다. 그리고 둘째
편에서는 끝없이 가고 또 가서 끝이 없는 만물의 '돌아감〔歸着〕'을 읊으면
서 사람의 죽살이와 우주의 이치를 모두 읊어냈다.

　이렇게 그대〔인간〕의 오고 또 오는 '옴〔來〕'과 돌아가고 또 돌아가서 끝
이 없는 '돌아감〔歸〕'의 원리는 그의 「귀신사생론」에서 좀 더 구체적으로
설명되어 있다. 곧 "죽음과 삶 및 사람과 귀신은 하나이면서 둘이고, 둘
이면서 하나라고 하였는데, 이것으로 충분히 설명된 것이다. 내 생각으
로는 죽음과 삶 및 사람과 귀신은 다만 기氣가 모이고 흩어지는 것의 차
이가 있을 뿐이다"라는 것이다.

　이렇게 오고 가며 살고 죽는 것이 '기'가 모이고 흩어지는 변화 곧 기의
취산聚散일 뿐, 소멸하는 것이 아니라는 그의 기일원론 사상이야말로 생
명사상이다. 곧 모든 죽음이 바로 소멸이 아니라 돌아감〔歸〕이라는 것이
다. 그래서 「사람이 죽음을 슬퍼함〔挽人〕」이란 시에서는 "사람의 죽음은

구름이 생겼다 없어지는 이치"와 같다 하고, "제 집으로 돌아가듯 본래의 상태 곧 '큰 빔〔太虛〕'으로 돌아가는 것이니, 장자莊子가 아내의 죽음에 항아리를 두드리며 노래했다는 고사의 깨달음을 이해할 만하다"고 했다.

> 한이 없는 것을 태허太虛라 하고 시작이 없는 것을 기氣라 하는데, 허공은 곧 기인 것이다 …… 기의 근원은 그 처음이 하나〔─〕이다. 벌써 기라 한다면 '하나'는 곧 둘〔二〕을 품게 되며, 벌써 둘이 되었다면 이제는 열림과 닫힘〔開闢〕이 없을 수 없고, 낳음과 극복〔生克〕이 없을 수 없다.
>
> ─「이기설理氣說」에서

이것이 화담의 이기론의 골자이고, 생극론生克論의 요체이다. 이런 생명사상의 멀고 깊은 뜻을 명상하며, '나'여, 모든 온 것들과 함께 기로 돌아감이 어찌 자연이 아니랴?

이퇴계『자성록』머리말

퇴계 이황李滉(1501~1570)의『자성록』은 제자들에게 답한 22편의 편지글을 모은 책으로, 여기 붙인 머리말은 도학자道學者로서 퇴계의 겸손한 자성적 모습이 물씬 풍기는 글이다.

옛사람이 말을 함부로 하지 아니한 것은 자기의 실천이 그에 미치지 못함을 부끄러워했기 때문이다. 이제 벗들과 편지 왕복으로 진리를 탐구하게 됨에 따라 이러한 말을 하게 된 것은 부득이한 일이기는 하나, 스스로 부끄러움을 이기지 못하기 때문이다.

하물며 이미 말해버린 뒤에도 저쪽에서는 잊지 않고 있는데, 나는 잊은 것도 있고, 저쪽과 내가 함께 잊은 것도 있다. 이야말로 부끄러운 일일 뿐만 아니라, 기탄이 없는 자에 가까운 것이니, 두렵기가 그지없다. 그동안 옛 책장을 찾아서 보존되어 있는 원고들을 다시 베껴서 책상 위에 두고 때

때로 열람하면서 여기에서 반성하기를 그치지 아니했다.

―『자성록』 서문(도광순 옮김)

조선의 도학파는 벼슬하는 글쟁이들〔詞章派〕과는 다른 지방의 선비층〔士林層〕으로, 천도天道에 따라 수기修己를 목표로 마음 수양에 몰두했던 실천적 선비들이다. 도학자로서 퇴계는 이 짧은 글에서도 "부끄럽다"는 말을 여러 번 되풀이해서 스스로의 말과 실천을 반성하는 겸손한 모습을 보여준다.

그는 자신이 벗들이라 지칭한 제자들에게 부끄럽다고, 그것도 두렵기 그지없을 정도로 부끄럽다고 했는데, 이런 반성을 거듭하는 것이 편지글로 쓴 『자성록』의 목표이며 가치였을 터이다. 이런 뜻은『자명自銘』으로 이어졌는데, 스스로 쓴 이 묘지명墓誌銘에서도 그는 "만년에 어찌하여 벼슬에 나갔던고/ 학문은 구할수록 더욱더 아득하다"고 고백한 바 있다.

그리하여 도산서원陶山書院을 지은 예순 뒤로는 7년간이나 서원에 숨어 연구에 정진했는데, 이 시기에 기대승과 나눈 '사단칠정四端七情 논쟁'은 특히 압권이다.

특히 사단칠정론은 그의 사상의 독창이며 그의 성리학의 핵심이었다. 그러나 퇴계가 일생 동안 강조한 자성과 연구의 진면목은 세상을 떠나기 23일 전 병상에서 기대승에게 보낸「격물치지格物致知에 대한 편지글」에 나타나는데, 여기에서 그는 자신의 해석에 잘못된 부분이 있음을 인정하고 이를 고쳤다.

퇴계는 1501년 출생으로 동갑내기인 남명 조식曺植(1501~1572)과 함께 도학을 이끌어나갔는데, 두 사람의 기질은 아주 달랐다. 남명은 퇴계와 달리 도학에 매진하며 풍자와 비판으로 백성의 편에서 할 말을 쏟아낸 평생 산림처사山林處士였다. 조남명은 퇴계를 가리켜 "임금을 도울 수 있는 학문을 가졌다"고 평가하면서도 학자들이 물 뿌리고 청소하는 소학小學의 절차도 모르면서 헛되이 천리天理를 논한다고 비판하는 편지를 보냈고, 퇴계는 "남명이 우리를 비판한 말에 스스로 경계하고 조심하지 않을 수 없다"고 자성하며 제자들을 타일렀다.

이에 비하면 지금은 부끄러움을 잃어버린 시대이다. 무거운 마음으로 퇴계와 남명의 선비 정신을 다시 읽는 까닭이다.

허응당 보우의 「임종게」

허응당虛應堂 보우普雨(1515~1565)는 명종 임금 대에 혜성처럼 나타나 조선 불교를 전성시대로 끌어올린 역사적 인물이다. 유교 세력으로부터 '희대의 요승妖僧'으로 매도되는 상황에서, 보우 스님은 50년 남짓한 삶의 흔적을 짧고 굵은 목소리의 「임종게臨終偈」로 남겼다.

허깨비가 허깨비 고을에 들어
오십여 년을 미치광이처럼 놀았네
인간의 영욕을 다 겪고
중의 탈을 벗고 푸른 하늘에 오른다
幻人來入幻人鄕 五十餘年作戱狂 弄盡人間榮辱事 脫僧傀儡上蒼蒼*

----

* 대한불교조계종역경위원회 편, 『한글 대장경』, 김상일 옮김(서울: 동국역경원,

이렇게 두어 구절로 요약된 보우 스님의 생전 시대는 불교 탄압의 시대였다. 고려로부터 이어온 승과僧科가 중종(재위 1506~1544)의 즉위와 함께 폐지되었고, 중종 33년(1538)에는 『동국여지승람』에 이름이 오르지 않은 절들은 모두 불태우는 훼불毁佛이 이루어졌다. 종로에 세워졌던 최대의 사찰 원각사는 청기와를 8만 장이나 썼다는 큰 법당과 5만 근에 이르렀다는 구리종이 모두 헐려 민가에 흩뿌려졌고, 불상 또한 녹여져 군기로 쓰이는 등의 비운을 맞았다.

하지만 "오십여 년을 미치광이처럼 놀았네"란 말 속에는 명종 3년(1548) 9월 어느 가을 여행길에서 문정대비文定大妃의 지우知遇를 얻어 궁중에 거처하며, 봉은사의 주지를 맡고 대도선사大道禪師와 선종판사禪宗判事가 되어 조선 불교의 진흥에 몰두한 8년의 세월이 있었다.

그리하여 연산군 이래 48년 동안 폐교廢敎되었던 불교를 부흥하기 위해 여러 고을의 300여 정찰淨刹을 나라의 공인으로 높이고, 도첩제를 부활해 2년 동안에만 4,000여 명의 스님에게 도첩度牒을 내렸다. 임진왜란을 맞아 큰 공을 세우고 조선 불교를 중흥시킨 서산대사 휴정休靜과 그 제자 사명대사 유정惟政 모두 이때 승과 첫 회로 배출된 인물들이었다.

물론 유림 쪽에서는 선·교 양종을 반대하며 "보우를 죽이라"는 상소를 쉼 없이 올렸고, 성균관 학생들 역시 동맹휴학을 하는 등 큰 소란이 있

1965~1985).

었다. 그러나 이런 소용돌이 속에서도 봉은사는 하루 10섬의 밥을 지을 만큼 인마人馬로 들끓었다 했고, 보우는 일대의 법왕法王으로 조선 불교계를 통솔했다. 그뿐이 아니고 유교의 상도常道와 불교의 권도權度가 둘이 아니고 하나라는 "유석무애儒釋無礙·선교무애禪敎無礙"의 사상을 천명하는 권위 역시 있었다.

그러나 명종 20년(1565) 4월 문정왕후가 죽자, 보우를 비난하는 유교쪽의 탄핵상소가 무려 1,000여 통이나 몰려들었고, 왕후의 아우로 권신이었던 윤원형尹元衡마저 보우를 규탄하는 지경에 이르렀다. 유학계를 대표하는 율곡 이이는 언관으로 그를 멀리 귀양 보내도록 상소했고, 결국 제주도로 압송된 보우는 처참하게 죽임을 당하는 운명에 이르렀다.

"인간의 영욕을 다 겪고"라는 한 마디 말에는 보우 스스로의 정치적 부침의 역사가 요약되고, "중의 탈"이라는 말 속에는 양종판사兩宗判事라는 종교적 위엄마저도 탈바가지로 희화하는 자기비판이 서려 있다. 스님들 중에는 이러한 임종게를 남긴 이가 드물다.

상촌 신흠의 군자 · 소인론

상촌象村 신흠申欽(1566~1628)은 조선조 중기의 뛰어난 문인 학자로, 월사月沙 이정구李庭龜 · 계곡谿谷 장유張維 · 택당澤堂 이식李植과 함께 문장사가文章四家로 이름이 높았던 사람이다. 그는 영의정에 오른 정치가인 동시에 상수학象數學과 유 · 불 · 도를 넘나드는 회통사상會通思想으로 심학心學을 종합한 철학자였다. 상촌이 쉰두 살 때 유배지에서 썼다는 저술 가운데『구정록求正錄』은 옥사獄事로 쫓겨나고 유배당한 10년 동안의 가난과 고통 속에서 쓴 산문집으로, 특히 심학과 노장老莊 사상으로 현실 정치 사회를 비판하는 글들이 격조 높다.

사물의 이치를 두루 궁구窮究하기는 쉽지 않다. 그런데 나의 마음에 대해서는 스스로 깨달아 이를[了達] 수 있으니, 마음을 깨달아 이르는 것이 바로 이치를 궁구하는 것이다. 사람이 볼 수 있는 것은 모습이고, 볼 수 없는 것은 마음이며, 알 수 있는 것은 그 처음이고, 알 수 없는 것은 그 마지막이며, 헤아릴 수 있는 것은 바깥이고, 헤아릴 수 없는 것은 안이다. 속마음이 바르고 안의 행실을 닦아 유종의 미를 거둘 수 있게 되면, 군자君子의 도가 어지간히 성취되었다고 할 만하다.

— 『구정록』*

조선 전기와 후기가 교차하는 시대를 살았던 신흠은, 일곱 살의 어린 나이에 양친을 잃고 고군분투하며 살아야 했다. 벼슬에서 쫓겨난 그가 그때까지 스스로 터득한 삶과 학문의 반성적 지혜를 갈무리한 것이 이 글로, 사물을 두루 살펴 심학의 이치에 이르는 군자의 도를 밝히고 있다.

이렇게 사물의 찌꺼기인 문자를 벗어나, 사물 그 자체에서 이치를 깨닫기를 촉구하는 뜻은 「잡저雜著」와 「야언野言」 등 여러 글에서 나타나는 군자·소인론으로 이어졌다.

자기의 허물만 보고 남의 허물은 보지 않는 이는 군자이고, 남의 허물만 보고 자기의 허물은 보지 않는 이는 소인이다. 몸을 참으로 성실하게 살핀다면 자기의 허물이 날마다 앞에 나타날 것인데, 어느 겨를에 남의 허물을 살피겠는가? 남의 허물을 살피는 사람은 자기 몸을 성실하게 살피지

---

* 신흠, 『국역 상촌집』, 제6책(서울: 민족문화추진회, 1994).

않는 자이다. 자기 허물은 용서하고 남의 허물만 알며, 자기 허물은 묵과하고 남의 허물만 들추어낸다면 이야말로 큰 허물이다.

—「검신편檢身篇」에서

시골 마을에서 오막살이를 하며 거친 옷에 짚신을 신고 다니는 보잘 것 없는 사람일지라도 친구를 구할 적에는 먼저 그 사람됨이 괜찮은가를 살펴 어질면 사귀고 그렇지 않으면 사귀지 않는다. 그런데 하물며 한 국가에서 나라 사람들이 모두 추하게 여기는 자를 관리로 앉혀놓고 웅대한 계획을 세우게 하다니.

—「사습편士習篇」에서

17세기 초반 조선 주자학의 황금기를 나무랐던 상촌의 시대 비판은 지금 우리의 소인 문명에도 통렬한 꾸짖음이다.

천하 명기 황진이의 시조 한 수

황진이黃眞伊(1522~1566?)라면 천하 명기名妓로서 전설적인 인물일 뿐
아니라, 우리 문학사를 대표하는 여류 시조 작가로도 평가가 높은 인물
이다. 용모와 재주가 뛰어났을 뿐 아니라 성질이 고결高潔하며, 스스로를
박연폭포朴淵瀑布, 서화담徐花潭과 함께 송도삼절松都三絶이라 자부할 정
도로 기품 또한 높았다.

신분이 비록 기생이었지만 글공부를 좋아했고, 덕이 있는 선비들과 널
리 사귀며 산수 사이에서 놀기를 좋아해 일찍이 여성으로 금강산에 올랐
다. 죽천竹泉 이덕형李德泂(1566~1623)이 갑진甲辰(1604)년에 암행어사로
송도에 가서 보고 들은 황진이의 명성도 높아『송도기이松都記異』에서는
'선녀'이며 '천재'라고 칭송했다.

이렇듯 황진이에게 헌사된 칭송이 무색하게도, 남아 전하는 그미의 문
학 작품이라고는 시조집『청구영언』과『해동가요』에 오른 시조 4수와

한시漢詩 2수가 고작이다. 그러나 이 시편들은 하나같이 천추에 빛날 일당백의 천품天稟이어서, 이것만으로도 우리 시조사의 한 남상濫觴이자 역사이자 교과서라 할 만하다.

일찍이 현대 시조의 아버지라 할 가람伽藍 이병기李秉岐(1891~1968) 선생은 자신에게 시조를 가르쳐준 스승의 이름이 좀 길다며, 황진이의 다음 시조 한 수를 두세 번 읊었다는 일화도 있다.

어져 내 일이여 그릴 줄을 모르든가
이시라 하드면 가랴마는 제굿하야
보내고 가는 정은 나도 몰라 하노라

가람은 스스로 시조 가운데 이 작품만큼 형식과 기교와 구성 모두를 갖춘 것을 못 보았다고 했고, 그 다음으로 송강 정철(1536~1593)에게서는 기개氣槪를 보았다고 했다.*

실제로 우리 시가의 3대 작가라 할 송강 정철과 고산孤山 윤선도尹善道와 노계蘆溪 박인로朴仁老 등이 모두 황진이의 뒷시대에 나왔으며, 이들에게서는 황진이의 시 전통을 확인할 수 있다.

---

* ≪동아일보≫, 1938년 1월 29일 자.

동짓달 기나긴 밤을 한 허리를 버혀내어

춘풍 이불 아래 서리서리 넣었다가

어룬님 오신날 밤이어든 구뷔구뷔 펴리라(황진이)

내 마음 버혀내어 저 달을 맹글고져

구만리 장천長天에 번듯이 걸려 있어

고운 님 계신 곳에다 비취어나 보리라(정철)

잔 들고 멀리 앉아 먼 뫼를 바라보니

그리운 님이 오다 반가움이 이러하랴

말씀도 웃음도 아녀도 못내 좋아 하노라(윤선도)

외오 두고두고 그리워하던 그대

다만 믿어 오기 고운 그 맘이러니

이제야 보는 얼굴도 맘과 다름없구나(이병기)

황진이 시조의 '님'의 정서만으로도 '고운 님'과 '그리운 님', '고운 맘'에서 시작해 정송강과 윤고산을 거쳐 가람과 만해의 '님'에 이른 우리 시의 심상心象의 전통을 볼 수 있다.

이율곡의『학교모범』

율곡 이이(1536~1584)는 16세기 후반 이퇴계와 함께 조선 사상계의 쌍벽을 이루었던 인물이다. 임진왜란을 코앞에 둔 폭풍 전야의 시점에서, 그는 조선 사회가 안고 있던 모순에 끊임없이 대안을 제시하며 몸소 활동했던 문신인 동시에 철학가이자 교육가였다. 그의 학문적 업적은 기호학파畿湖學派를 이끈 유학 사상에서 가장 두드러지지만, 성인聖人의 도를 편『성학집요聖學輯要』와 교육 사상을 요약한『학교모범學校模範』등 교육 관련 저서에서도 실제적이고 주목할 업적들이 적지 않다. 그중『학교모범』에서는 풍습이 경박해지고 양심이 마비되어가는 사회를 비판하고, 뜻 세우기〔立志〕로부터 독서와 학교생활에 이르는 열여섯 가지 구체적 덕목을 논하며 정의사회 구현의 꿈을 펼쳐보였다. 여기에「의를 지키는 일〔守義〕」의 한 대목을 보인다.

배우는 자는 무엇보다도 의義와 이利의 분별을 밝게 하여야 한다. 의란 것은 무엇을 위해서 하는 것이 아니다. 조금이라도 무엇을 위해서 하는 것이라면 그것은 곧 도둑의 무리이니 어찌 경계하지 않으랴? 선을 행하면서 이름을 구하는 자는 또한 이利의 마음이니, 군자는 그것을 구멍을 파는 도둑보다도 더 심하게 보거늘, 하물며 불선不善을 행하면서 이득을 보겠다는 자이랴? 배우는 자는 털끝만큼의 이욕이라도 가슴 가운데 머물러두게 해서는 안 된다. 옛사람은 부모를 위해서 노무勞務에 종사해서 품팔이와 쌀을 짊어지기도 하였지만, 그의 마음은 항상 개결介潔하여 이利의 더러움에 물드는 일이 없었건만, 오늘날의 선비는 온종일 성현聖賢의 글을 읽고도 오히려 이익을 버리지 못하니 슬프지 않을 수 없다.

— 「의를 지키는 일」*

'의'란 마땅하다는 뜻이며, '의를 지키는 일'을 강조하는 것은 "의가 곧 바른 길"이기 때문이다(『성학집요』 2권). 교육을 말하면서 강조하는 '의'는 옳음, 곧 정의正義이며, 의리義理이며, 또한 '의미'의 뜻이 있다. 이것은 사람이 갖추어야 할 인격의 바탕이며, 따라서 사람을 키우는 교육의 가장 중요한 목표이며, 그 자체로서 목적이다. 행장行狀에 따르면, 율곡은 "한결같이 성인聖人을 표준으로 삼아 '경敬'과 '의'를 아울러 힘써서 가르

* 이이, 『국역 율곡집』 I(서울: 민족문화추진회, 1977).

침 없이 스스로 학문을 이루었다"고 했다.

여기서 율곡이 '의'와 함께 '이利'를 말하는 데 주목할 일이다. 「어록」
에 따르면 "'의'와 '이'는 본디 하나였고, 옛날에는 선善을 행하면 복이 되
었으며, 선은 이롭게 하는 일이었다. 그러나 뒷시대에 악을 행하는 사람
이 이익을 보고 선을 행하는 사람이 이롭지 못한 세상이 되면서 의와 이
가 나누어졌다"고 했다.

지금 세상은 정치가는 물론 서울의 선출직 교육감과 백여 명 교장들까
지 사리私利를 탐하다가 구속 혹은 입건되고, 무상급식을 추진하는 지방
교육감은 사리를 위한 것이 아닌데도 고발당하는 현실이다. 더구나 학생
들이 오늘도 '수단[利]'을 위해서 무한경쟁에 내몰리는 현실에서, 율곡
선생의 500년 전의 가르침이 '정의'를 세우는 우리 시대의 『학교모범』으
로 새삼 절절한 까닭이다.

정철의 「관동별곡」

송강 정철(1536~1593)은 임진왜란 앞뒤 시대에 활동한 문신으로, 한국 시가문학사를 빛낸 대표적 문인이다. 「관동별곡關東別曲」과 「사미인곡思美人曲」 등 4편의 가사歌辭와 단가[時調] 74수를 남긴 조선조 제일의 시인으로, 임억령·김인후·기대승의 성산가단星山歌壇에서 배우고, 호남가단湖南歌壇의 중심이 된 문인이다. 특히 그의 국문 시가는 우리말의 구사와 조어에 뛰어나서 홍만종은 『순오지旬五志』에서 "악보樂譜 가운데 으뜸 노래[絶調]로 제갈공명의 「출사표出師表」"에 비견된다 했고, 김춘택 역시 『북헌집北軒集』을 통해 "동방의 「이소離騷」"라며 정철을 굴원屈原에 비유했다.

특히 「관동별곡」은 송강이 마흔다섯이 되던 해(1580년)에 강원도 관찰사가 되어 관동팔경을 구경하고 쓴 기행가사로, 294구로 쓴 장가이다.

소향로 대향로봉 눈 아래 굽어보며

정양사 뒤 진헐대에 다시 올라 앉아보니

금강산 참 모습이 여기서는 다 뵈는구나

어와 조물주가 야단스럽기도 야단스럽구나

날거든 뛰지 말거나 섰거든 솟지 말거나

부용을 꽂아놓은 듯 백옥을 묶어놓은 듯

동해를 박차는 듯 북극성을 괴고 있는 듯

높을시고 망고대 외로울사 혈망봉이

하늘에 치밀어 무슨 일을 아뢰려고

천만 겁 지나도록 굽힐 줄 모르는가

아아 너로구나 너 같은 것이 또 있는가

— 「관동별곡」에서

금강산 정맥正脈 볕 바른 곳에 자리 잡은 정양사正陽寺는 내금강의 40여 개 봉우리를 한눈에 볼 수 있다는 최고 전망으로 이름난 곳이다. 이 절 뒤 진헐대에 올라 앉아 금강산을 내려다보며 읊어낸 송강의 노래는 "이태백李太白이 다시 나서 고쳐 의론하더라도 여산廬山이 여기보다 낫단 말은 못하리라"고 했다. 겸제謙齋 정선鄭敾(1676~1759)이 1734년에 그렸다는 〈금강전도〉(국보 제217호)는 그림의 왼쪽에 무성한 숲이 어우러진 정양사와 진헐대를 배치해 「관동별곡」의 영향을 짐작할 수 있게 했다. 그림 위에 붙인 제화시題畵詩에는 "만 이천 봉 개골산을 누가 참모습 그릴 건가? …… 몇 송이 연꽃 해맑은 자태 드러내고 솔과 잣나무 숲에 절간은 가려있네"라 하였다.*

송강의 이 기행가사는 25년 앞서 나온 백광홍白光弘(1522~1556)의 「관서별곡」에서 영향을 받았는데, 우리말을 맘대로 주물러서 구사한 솜씨는 그가 젊어서부터 익힌 호남가단의 시적 전통과 이어져 있음에 틀림없다. 그것은 "이고 진 저 늙은이 짐 풀어 나를 주오/ 나는 젊었거니 돌이라 무거울까"(「훈민가 제16」)나, "한 잔 먹세거녀, 또 한 잔 먹세거녀 꽃 꺾어 산算 놓고 무진무진 먹세거녀……"(「장진주사將進酒詞」) 등 시조에서 더욱 빛났다.

보덕굴 벼랑 밑으로 이영로 박사를 따라 천연기념물 제232호 금강국수나무꽃을 찾던 내금강 기행을 떠올리며, 내외금강 길이 다시 열릴 날을 손꼽는다.

---

* 유준영, 「겸재 정선의 "금강전도" 고찰: 송강의 관동별곡과 관련하여」, ≪고문화≫, 제18호(1980), 13~24쪽.

2부

전란을 딛고

임란 포로 강항의 『간양록』

수은睡隱 강항姜沆(1567~1618)은 임진왜란 때 일본에 끌려갔던 전쟁 포로로, 에도 막부江戸幕府 치하의 일본에서 처음으로 유교를 가르치며 죽살이치는 포로 생활을 『간양록看羊錄』으로 남겼다. 강희맹姜希孟의 5대손으로 호조랑戸曹郎이었던 그는 정유재란을 만나 군량미를 독려하는 직책으로 고향에 내려왔다가 왜군의 포로가 되었다. 정유丁酉(1597)년 9월 14일에 가족과 함께 영광靈光 앞바다에 피난의 배를 띄우고 23일 왜적에 잡혔는데, 「적중봉소敵中封疏」에 따르면 이때 무안 앞바다를 메운 600~700척의 거의 절반이 포로로 잡힌 우리나라 남녀를 실은 배였다고 한다.

문벌이 높은 문인학자였던 강항은 왜倭의 땅에서도 지방 토호의 보호 속에 일본에 퇴계학退溪學을 전한 유학의 스승이 되었으니, 그 옛날 백제의 왕인王人 박사가 천자문을 전했던 뱃길을 타고 다시 조선 유학의 씨를 뿌린 제2의 왕인 박사라 할 수 있다.

    그러나 4년이나 이어진 포로 생활 속에서 당연히 고국을 향한 망향望鄉과 도망할 노력이 이어졌고, 가토 기요마사加藤淸正에게 잡혀 도요토미 히데요시豊臣秀吉에게 보내졌다는 무관 이엽李曄이 도망하다 잡혀 자결하며 남긴 한 편의「절명사絕命辭」에 큰 감명을 받았다.

       봄이 금방 동으로 오니 한恨이 금방 길어지고
       바람 절로 서쪽으로 부니 생각도 절로 바쁘구나
       밤 지팡이 잃은 어버이는 새벽달에 부르짖고
       아내는 낮 촛불처럼 아침볕에 곡을 하리
       물려받은 옛 동산에 꽃은 응당 졌을 게고
       대대로 지킨 선영先塋에는 풀이 정녕 묵었으리
       모두 다 삼한三韓이라 양반집 후손인데
       어찌 쉽게 이역에서 우양牛羊과 섞이리
        春方東到恨方長 風自西歸意自忙 親失夜筇呼曉月 妻如畵燭哭朝陽
        傳承舊院花應落 世守先塋草必荒 盡是三韓侯閥骨 安能異域混牛羊

    전라 좌병영左兵營의 종3품 우후虞侯 벼슬로 포로가 된 이엽은 고국 동포들과 결탁해 배를 산 뒤 하관下關까지 가서 왜적의 추적을 받자, 칼을 빼 자결하며 이 시를 남겼다고 했다. 강항은 이 시를 얻어 보고 이마에 땀을 흘리며 이렇게 차운次韻했다.

> 만권의 책을 읽은 서생이 면목 없네
>
> 두 해나 궁발窮髮에서 숫양羝羊을 먹이다니
>
> 인仁을 이루고 의를 취하는 것은 우리의 가훈家訓인데
>
> 아이들까지 개와 양에게 절하는 것 부끄럽네
>
> 萬卷書生無面目 兩年窮髮牧羝羊 成仁取義吾家訓 童子猶慚拜犬羊

'궁발'은 초목이 나지 않는 모진 땅을 말한다. 이 땅에서 포로가 된 동포들에게 그는 격문을 보내 귀국을 독려하고, 「적중봉소敵中封疏」라는 비밀문서를 조선 임금에게 보냈다. 물론 스스로도 귀국을 감행했다. 이 정유년에 포로가 되었던 정희득鄭希得은 이때 일본에 끌려간 조선 사람이 10만 이상이리라고 했는데(『월봉해상록月峯海上錄』), 고국으로 쇄환刷還된 수는 7,500여 명에 지나지 않았다고 한다.*

『간양록』은 같은 이름의 방송극과 조용필의 애끓는 주제곡으로도 널리 알려진 임진란 실기문학이며, 강항의 자취는 그가 머물렀던 일본 땅 에히메 현愛媛縣 오즈 시大洲市에 지금껏 역력하다.

---

* 内藤雋輔, 『文祿慶長役被擄人の研究』(東京: 東京大學出版會, 1976).

이수광의 「조완벽전」

우리 역사의 일대 사건으로서 임진왜란은 정유재란까지 무려 7년이나 이어진 장기전으로 문학사에 끼친 영향도 두드러진다. 이 시대의 문인 실학자인 지봉芝峰 이수광李睟光(1563~1628)은 이 전쟁 체험과 시대적 반성의 기틀을 『지봉유설』 20권으로 정리하면서, 백과사전적 내용 가운데도 세계의 지리와 지도에 두드러진 관심을 보인 사람이다.

그 가운데 임진란 포로로 일본 무역선의 서기가 되어 안남安南(베트남) 등 해외에서 활약했던 조완벽趙完璧의 사적은 이 책「이문異聞」편에 전한다.「조완벽전」이라고 한 이 글에서는 완벽이 약관에 정유재란을 만나 일본에 포로로 끌려갔고, 장사하는 왜인의 서기가 되어 세 번이나 안남에 다녀온 뒤에 고국에 돌아와 탈 없이 살았다고 전한다. 이 밖에 조완벽의 말이라 하여, 일본과 안남의 여러 이상한 이야기를 소개해 임진란 이후에 한국문학에서 지리개념과 세계인식이 확대된 모습을 두루 전한다. 이 조완벽의 전기는 이지항李志恒의 『표주록漂舟錄』에도 전하며, 안정복安鼎福의 『목천현지木川縣志』에는 더 자세하게 실려 있다. 특히 안정복의 글에는 조완벽이 안남의 총대감文理侯 문리후 정초鄭勦의 환대를 받을 때, 이수광의 한시집이 안남에서 없는 집이 없을 만큼 널리 읽히는 문학 교과서라는 사실을 알게 되었다고 쓰여 있다. 지봉은 일찍이 진위사鎭慰使로 명나라 북경北京에 갔던 1597년, 안남의 연행사燕行使 풍극관馮克寬과 숙소 옥하관玉河館에서 50여 일간 함께 머물며 사귄 바 있고 이때 창수시唱酬詩가 두 나라에 회자膾炙되었는데, 특히 안남에서 지봉의 명성을 높였다.

두 사람의 옥하관 창수唱酬는 그보다 2세기가 지난 1790년(정조 14) 열하에서 조선 연행 부사副使 서호수徐浩修와 월남 이부상서 반휘익潘輝益이 만났을 때 "천고의 기이한 만남[千古奇遇]"으로 반추反芻된 바 있었다(서호수의 『연행기』 제2편). 이때 서호수가 조선의 지봉과 안남 사신의 창수시를 외웠고, 반휘익 또한 "지봉의 시는 운치가 순아醇雅하고, 풍극관의 시는 의장意匠이 굳세다"고 평해 두 나라 문학 교류 200년의 역사를 재확인했다. 「조완벽전」은 이렇게 『지봉유설』을 통해 조선과 월남의 문학 교류사를 전한다.

이 임란 전쟁 후 나가사키長崎 노예시장에서는 포르투갈 상인들에게 팔려나간 조선 포로의 수가 적지 않았다 하며, 조선 소년 다섯 명을 사서 인도의 고아(Goa)까지 데리고 가 풀어주었다는 피렌체 상인 카르레티의

증언(『동방견문록』)도 전한다. 그 소년들 가운데 한 명은 안토니오 꼬레아라는 이름으로 로마에 이르러 신부가 되었다고 하며, 이 소년을 모델로 그렸다는 루벤스의 〈한복을 입은 남자〉는 또 다른 「조완벽전」일 터이다. 「조완벽전」은 〈한국사 전傳〉으로 방송된 바 있지만, 작고한 소설가 한무숙韓戊淑 선생이 소설 작업으로 나에게도 의견을 물으셨던 미완의 「조완벽전」은 일본의 조선병합 100년을 뼈아프게 되돌아보는 한일관계사의 한 단면이며, 또한 한국으로 시집오는 수많은 월남 아가씨의애환이기도 할 터이다.

허균이 지어 올린 사명당의 시호

2010년은 임진란의 승병대장僧兵隊將으로 일본으로 끌려간 조선 포로 쇄환刷還에 몸 바쳤던 사명당四溟堂 유정惟政(1544~1610)의 입적入寂 400 주년이 되는 해이다. 임진란의 뒷수습을 위해 조선 조정이 일본으로 갈 사신으로 사명당을 뽑았을 때, "성세盛世에 이름난 장수도 많았지만/ 기이한 공功은 노스님이 으뜸이었네"라 노래한 젊은 문인 이수광의 송별시가 널리 회자膾炙되었다. 이 시는 사명당이 이 전쟁에서 보여준 지도력과 왜국을 상대한 외교 능력을 칭송하고, 스스로 "허리춤에 찬 한 자루 긴 칼/ 오늘날 남아男兒 된 것 부끄러워라"(『지봉유설』)라고 끝맺고 있다.

그런데 이런 승병대장 사명당이 해인사 홍제암에서 입적하자 그와 함께 서산대사 문하에서 배운 동문 후배이자 호남에서 의승병義僧兵을 일으켰던 처영處英이 그의 문집을 펴내고 비碑를 세우면서, 서문과 비문을 모두 교산蛟山 허균(1569~1618)에게 쓰게 했다. 허균은 전 해의 귀양에서

풀려나 전라도 부안扶安의 농장에 있으면서, 문집의 서문을 쓰고 또 비문을 지었다고 했다.

사명당이라면 임진란 7년 전쟁 때 승병僧兵을 일으켜 싸웠을 뿐 아니라 임란 뒤 3,000여 명의 포로 송환과 전쟁 뒤처리까지 도맡아 "그 기이한 공은 노스님이 으뜸"이라는 평을 받았음에도, 스님이기에 비문에 시호諡號를 쓸 수 없다는 것이 교산의 마음을 짓눌렀다. 시호는 지체가 높은 사람이 죽었을 때 임금이 내리는 존칭인데, 허균은 임금에게 이를 건의할 자리에 있지도 않았다. 그래서 사적私的으로 사명당에게 시호를 지어 올리기로 하고, '자통홍제존자慈通弘濟尊者'라 이름 지었다. 그리고 설명을 붙여, "말법末法을 받들어 구한 것을 자慈라 하고, 한 교敎에 구애되지 않는 것을 통通이라 하며, 은택을 많은 백성에게 끼친 것을 홍弘이라하고, 그 공이 국토를 거듭 회복한 것을 제濟라 하니, 이것이 시호를 정한뜻이라 했다.

허균은 불교와 나라에 아울러 공덕이 많은 큰 스님의 비를 세우면서 시호를 머리에 쓸 수 없는 것이 한스러웠다는 말로 "참람僭濫되게" 개인적으로 시호를 지어 올리는 것의 변辨을 삼았다.* 이 시호를 올리는 글에서는 종교의 구실을 피안彼岸에 이르는 길로 한정하지 않고, 사바세계의 고통과 함께 하고자 했던 사명당의 번뇌와 진정을 고스란히 담았다.

....

* 조영록, 『사명당평전』(파주: 한길사, 2009), 665~667쪽 참조.

한편 시호의 새김은 허균 스스로의 삶의 자세로 읽어도 무리가 없을 터이다. 대중을 구제하고 생명의 땅을 회복하고, 모든 종교에 회융會融하고자 한 것은 『홍길동전』과 「호민론豪民論」 등을 지은 허균의 뜻과도 일맥상통한다.

허균은 중형〔許筬〕을 따라 봉은사奉恩寺에서 처음 사명당을 만났는데, 그의 인상을 "훤칠한 키에 뜻은 원대했다"고 했다. 이제 '훤칠한 키에' "진실이 곧 도반道伴이라"는 봉은사 현 주지 명진明進 스님은 사명대사 입적 400년에 맞는 어떤 바깥바람에도 '자통-홍제'하시기를.

허난설헌의 꿈과 세 가지 한

조선 선조 때의 학자 초당草堂 허엽許曄과 후처 김씨 사이에서 태어난 봉篈과 균筠, 초희楚姬(1563~1589)는 모두 문학적 감수성이 뛰어난 남매 문인이었다. 동시에 세상과 어울리지 못하고 이상 속에서 부딪히다가, 모두 일찍 세상을 버리는 치열한 삶을 살았다.

그 가운데 허난설헌으로 더 잘 알려진 초희는 무한한 꿈과 넘치는 자의식 속에서 세 가지 한恨을 품고 27년의 짧은 삶을 살았다. 난설헌은 여덟 살에 「광한전백옥루상량문」을 지었다는 천재로, 일찍부터 신선 세계를 꿈꾸었다. 열너덧에 안동 김씨 명문가의 김성립金誠立에게 시집갔지만, 그는 난설헌이 죽던 해에야 겨우 문과에 합격했다는 평범한 남자로, 이들 부부는 물과 기름과 같은 관계였다고 한다.

이런 가정 분위기에서 임진왜란 이전 시대를 살았던 난설헌은 자의식이 넘치는 이른바 세 가지 한을 가졌다고 전한다. 첫째, 이 넓은 세상에서 왜 하필이면 조선에 태어났는가. 둘째, 왜 하필이면 여자로 태어나 아이를 갖지 못하는 서러움을 지녀야 하는가. 셋째, 수많은 남자 가운데 왜 하필이면 김성립의 아내가 되었는가.

16세기의 끝자락을 산 깨어있는 조선 여성으로 난설헌의 이런 생각에는 어디까지나 중국과의 관계, 혹은 남편과 자식과의 관계에서 드러나는 존재의식이 뚜렷이 배어 있다. 최초로 조선 여성 지성사知性史의 체계를 세운 이혜순李慧淳 교수는 조선 후기 여성 지성사를 여는 인물 김호연재 金浩然齋(1681~1722)를 중심으로, 임병양란壬丙兩亂을 한국 여성사의 한 획기劃期로 삼은 바 있다.*

그리고 예술사의 면에서 본다면 허난설헌에 대한 평이 훨씬 높다. 조선 후기 시인 자하紫霞 신위申緯가 난설헌의 시를 규수시閨秀詩의 으뜸으로 꼽았고(「동인논시절구東人論詩絶句」 35수), 중국에서도 『열조시집列朝詩集』에 난설헌의 시 19편이 소개되었으며, 1606년에는 『난설헌시집』이 간행되었다. 일본에서도 1711년 난설헌시집이 간행되었으니 한 많고 짧은 생애와 대조적으로 그미의 이름은 동아시아 세 나라에 알려졌다. 여기 한두 수 한시 작품을 소개한다.

---

* 이혜순, 『조선조 후기 여성 지성사』(서울: 이화여자대학교출판부, 2007).

봄비

보슬보슬 봄비는 못에 내리고

찬바람이 장막 속 숨어 들을 제

뜬 시름 못내 이겨 병풍 기대니

송이송이 살구꽃 담 우에 지네

春雨暗西池 輕寒襲羅幕 愁意小屛風 墻頭杏花落

수양버들 가지에 楊柳枝詞

안개랄까 봄비에 어리운 버들

해마다 가지 꺾어 가는 임 줬네

봄 바람은 이 이한 離恨 모르노란 듯

낮은 가지 휘둘며 길만 쓰나니

楊柳含煙灞岸春 年年攀折贈行人 東風不解傷離別 吹却低枝歸路塵

— 안서 岸曙 김억 金億의 『꽃다발: 조선여류 한시선역』

「봄비」에서는 "뜬 시름 못내 이겨 병풍에 기대는" 아픔이 있고, 「수양
버들 가지에」에서는 "해마다 가는 님"과 "이한 離恨" 곧 헤어짐의 '한'이 있

다. 난설헌의 세 개의 한은 그대로 한국 여인의 한일 터이며, 이 한을 품으며 풀어가며 한국 여인은 살아왔고, 또 그렇게 살아가리라.

신흠의 교우록과 '선비의 교우론'

　　수많은 인파 속에 놀면서 제일가는 사람과 벗을 삼지 못하면 선비가 아
니다. 자신이 제일가는 선비가 된 다음에야 제일가는 사람이 찾아오는 법
이다. 제일가는 사람과 벗을 삼고자 한다면 먼저 스스로 제일가는 사람이
되어야 한다. 제일이라 하는 것도 한 가지가 아니다. 문장에서 제일가는
것도 제일이고, 재주 중에서 제일가는 것도 제일이고, 말을 잘하는 것도
제일이니, 제일인 것은 마찬가지지만 모두 내가 말하는 제일은 아니다. 내
가 말하는 제일은 오직 덕이 제일가는 것과 학문이 제일가는 것이다.

—『상촌집』 제39권, 「잡저雜著」 「택교편擇交篇」

　　상촌 신흠의 교우론은 벗 사귀는 도리와 함께 글쓴이의 사람됨을 가장
뚜렷이 보여주는 글이다. 이 글은 그 벗을 사귀고 벗이 되는 도리와 함께
스스로의 사람됨을 성찰하는 교우론이다. 그것은 "제일가는 사람과 벗

을 삼고자 한다면 먼저 스스로 덕과 학문에서 제일가는 사람이 되어야 한다"는 말 속에 드러나 있다.

신흠은 스스로 문장으로 혹은 하는 일로 사귄 벗이 모두 당대의 명류들이었다고 하면서도, 특히 백사白沙 이항복李恒福 한 사람만을 들어 그와의 사귐을 소중히 한 사람이다. 신흠이 이항복을 위해서 쓴 다른 글에서는, 두 사람이 한 번 보고 곧 망년지우忘年之友가 되었으며, 마을을 마주하고 30년을 살았다고 했다. 망년지우는 나이의 차이를 잊고 친구가 된 사이로, 백사 이항복은 신흠보다 열 살 손위였다. 신흠은 스스로 스승을 삼을 만한 곳이 없었다고 자주 말해온 사람이지만, 백사와는 서로 말을 나누지 않고도 생각이 같은 때가 많았고, 만년에는 한층 더 뜻이 맞았다고 했다.

신흠이 이항복을 위해서 쓴 글 「영의정 백사 이공 신도비명」은 6,200자 가까운 대장편의 규모에다, 그 격조에서도 단연 압권이다. 영의정을 지낸 백사의 이야기를 돌에 새긴 이 글은 첫마디부터 "임진왜란에 명나라 원군을 요청하여 나라의 기틀을 다시 찾게 한 신하"라고 평했고, 광해군이 즉위해 이이첨 등이 강토를 도탄에 빠트렸을 때는 큰 소리로 고하여 나라의 기강을 바로 세운 신하였다고 했다. 그는 백사 밖에도 장유(1587~1638)와 이정구(1564~1635)와 이수광과도 친했으나 백사와 같지는 않았다.

우정이 존재하기 위해서는 '나'가 있어야 한다. '내'가 스스로 좋은 사람이 되어야 좋은 사람의 벗이 될 수 있다. 일본의 비평가 가라타니 고진柄谷善男은 중국과 한국에는 이런 '자기'가 있는데, 일본에는 '사회'만이 있고, '자기'가 없어서 우정이라고 할 만한 것이 없다고 말한 바 있다.[*] 일본 사회의 특수성을 강조한 뜻일 테지만, 타산지석으로 삼을 만하다. 18세기 실학자 홍대용洪大容은 『건정동회우록乾淨衕會友錄』을 쓰며 박지원에게 머리말을 청했는데, 연암은 이 머리말에 "그 벗 삼는 바도 보았고, 그 벗 되는 바도 보았으며, 내가 벗하는 바를 그는 벗하지 않음도 보았다"고 썼다. 교우론의 전통을 가늠할 수 있는 일화일 터이다.

* 가라타니 고진, 『윤리 21』, 송태욱 옮김(서울: 사회평론, 2002).

매창, 재주와 정이 넘쳤던 부안 명기

매창梅窓으로 널리 알려진 부안 명기 이계랑李桂娘(1573~1610)은 한시漢詩에 뛰어났던 여성으로, "북의 황진이 남의 매창"으로 불렸다. 허균과 유희경劉希慶(1545~1636)을 비롯한 수많은 문객들이 그를 찾아 부안을 오르내렸고, 그들과 주고받은 시 58편이 『매창집』에 전한다. 38년이란 짧은 삶에도 그 예술적 재주와 정情으로 나라 안에 이름났다.

일찍이 남국에 계랑 이름 소문 나
글솜씨 노래 재주 서울까지 울리더니
오늘에야 그 모습 대하고 보니
선녀가 떨쳐입고 내려온 듯하구나
曾聞南國癸娘名 詩韻歌詞動洛城 今日相看眞面目 却疑神女下三淸

— 유희경, 『촌은집』

유희경이 젊을 적에 부안에서 놀며 「계랑에게 준 시贈癸娘」인데, 계랑
또한 그를 보자 "유劉와 백白 가운데 누구냐"고 물었다 한다. 이때 유희경
과 만리萬里 백대붕白大鵬이 문명을 떨쳤기 때문이다. 백대붕은 임진년에
의병 활동 중에 전사했고 유희경도 의병 활동을 한 것으로 보아, 임란 전
유희경이 마흔여덟, 매창이 스무 살쯤의 일이리라. 그리고 지루한 전쟁
이 아직도 수습되지 못한 1601년 7월에 매창은 부안을 지나던 교산 허균
과 만났다. 교산은 이때 비를 피해 객사에 머물렀는데, 매창이 거문고를
끼고 찾아와 하루 종일 함께 술을 마시며 시를 읊었다고 한다. 교산이 서
른셋, 매창 스물아홉이던 한창 시절에 그는 매창을 이귀李貴의 정인情人
이라 조심했고, 이에 매창은 밤이 되자 자기 조카딸을 교산의 침소에 들
여보냈다고 한다. 이귀는 일찍이 장성현감과 김제군수를 지낸 사람이
다. 또 매창은 그 전에 석주石洲 권필權韠과 사귀었고, 1602~1603년에는
전라도 관찰사가 된 유천柳川 한준겸韓浚謙과 사귀었다고 한다.

1607년 유희경이 일 때문에 부안에 와서 15년 만에 다시 만났는데, 매
창이 그에게 열흘만 묵어가라는 시를 주었다 한다. 매창의 정과 그리움
을 가장 잘 그려 유희경에게 주었다는 「이화우」 시조 한 수가 교과서에
도 실려 널리 애창된다.

이화우梨花雨 흩날릴 제 울며 잡고 이별한 님

추풍낙엽에 저도 날을 생각하는가

천리에 외로운 꿈만 오락가락하노매

— 『청구영언』

배꽃 흩날리는 봄날에 울며 잡고 이별한 그 님을 천리 밖에서도 잊지 못하는 가을날의 외로운 정이 살갑다.

그 매창이 서른여덟의 아까운 나이로 죽었을 때 유희경은 "이원梨園에 한 곡조 남겨놓고 갔구나〔只有梨園餘一曲〕"라 하여 그도 '이화'로 조상했다. 허균은 "맑은 노래는 구름도 멈추게 하였다〔淸歌解駐雲〕"는 시를 읊어 통곡했다고 하는데, 남녀의 정은 하늘이 준 것이라고 강조했던 교산과 매창의 평생 사귐이 진정眞情을 실감케 한다. 부안의 아전들이 그미의 시편을 모아 『매창집』을 전했는데, 그미가 거문고와 함께 묻혔다는 매창 뜸(매창 마을: 가람 이병기 선생의 시비에서 인용)에선 오늘도 남녀노소 「이화우」를 읊으리라.

장유 "시는 천기이다"

시詩는 천기天機이다. 소리로 울리고 색깔과 윤기〔色澤〕로 빛나니 그 청탁清濁과 아속雅俗이 자연에서 나온다. 소리와 색깔과 윤기는 사람이 만들 수 있지만 천기의 오묘함은 사람이 만들어 낼 수 없다. …… 왜 그런가? 참됨이 없기 때문이다. '참'이란 무엇인가? 천기를 말하는 것이 아니겠는가?

— 『석주집石洲集』서序

계곡 장유(1587~1638)는 이른바 '월상계택月象谿澤'이라 하여 월사 이정구, 상촌 신흠, 택당 이식과 함께 조선조 한문 4대가로 평가받는 인물이다. 그리고 임병양란 이후 양명학을 받아들여 허학虛學을 비판하고 '참'을 회복하자는 주장과 실천을 편 실심實心 실학자로 이름을 날렸다. 조선후기 비평가의 한 사람인 김만중金萬重(1637~1692)은 양란 뒷시대의 허학을 비판하면서, 이런 풍조와 달리 '참'에 가까웠던 사람으로 서경덕과 함께 장유를 꼽은 바 있다. 서경덕이 주자학의 체계를 기일원론으로써 지양해 안에서부터 개혁하고자 했다면, 장유는 불교나 양명학과 같은 주자학 밖의 사상에서 대안을 찾으려 한 사람이었다.

장유는 말하기를, 중국에는 학술이 여러 갈래여서 문文이나 길은 하나가 아닌데, 우리나라는 유식한 사람이나 무식한 사람이나 정자程子 주자朱子만을 칭송하고 다른 학문이 있다는 말을 듣지 못한다고 했다. 왜 그런가? 그는 이것이 참됨이 없기 때문이라고 했다. 참이란 무엇인가? 천기를 일컫는 것이다. 그는 이런 꽉 막힌 구속 속에서는 실심으로 나아갈 수 없다고 비판하고, 여러 학문이 자유롭게 경쟁할 수 있어야 학문이 열매 맺을 수 있다고 하며 스스로도 애썼다. 열매는 실實이며, 가득 참이며, 참됨[眞]이다.

위에 보인 '천기론'은 이런 그의 사상의 일단이다. 그는 특히 문장으로 뛰어나서, 당대의 명사인 송시열과 김창협 등이 모두 장유의 문장을 조선 제일로 평했다. 그런 장유가 스스로 시는 잘 못한다고 겸사하면서도, 당대의 허학을 비판한 것처럼 또한 시를 천기로 평했다. 천기는 하늘의 기운이며, 자연의 기운이다. 그렇기에 그는 이런 천기를 타고난 시라야 참 시라는 것이며, 이런 노래라야 자연을 움직이고 귀신을 통한다고 한 것이다. 그런데 사람들은 시의 말만으로 시를 볼 뿐, 시인의 사람됨으로 시를 볼 줄 모른다고 그는 말했다. 조선조 최대의 격동기를 겪으면서 조선 건국의 이념이었던 주자학을 비판하고, 새로운 사상체계를 천기에서 찾은 사람들로는 허균과 김창협 등이 있다. 그리고 마음의 본바탕을 천리, 천기로, 그 작용을 정情으로 본 것은 장자莊子나 양명학에 가까웠다.

"시는 천기다"라고 하는 말은 시의 본바탕이 '참'임을 뜻한다. 장유를 "실심에 바탕하고 실학에 법法하였다"(박미朴瀰, 『계곡집谿谷集』 서序)고 한 평가도 우리 학문의 새 전통으로 '실심실학'이 참 학문으로 싹트던 변화를 웅변으로 말해 준다.

김만중의 비판지성과 실학

조선 시대에서 중세적 규범에 대한 찬반 논란이 가장 활발하게 일어난 때가 17세기이다. 당대의 대표적 문인 중 한 사람이었던 서포西浦 김만중 (1637~1692)은 『서포만필西浦漫筆』을 써서 비판 지성을 통한 새로운 인문 정신을 가늠했다. 병자호란 때 강화에서 순절한 김익겸金益謙의 유복자로 태어나 유학자로 출세한 서포는 임병양란 뒷시대의 허학虛學을 비판하면서, 본지풍광本地風光과 같은 불교어를 이끌어 새로운 인문人文의 질서를 모색했다.

유학자인 그가 이런 사상적 변화에 이른 것은 서른일곱 살 때 당쟁에 휩쓸려 유배생활을 하면서이다. '본지풍광'은 선불교 용어이다. 번뇌가 사라진 고요한 성품을 찾아 스스로의 본바탕本地을 알면, 저절로 흘러넘치는 지혜風光로 부처님의 어진 마음에 이를 수 있다는 뜻이다. 그는 금강산을 보기로 들어 정작 산에는 가보지도 않고 그림이나 보고 책이나 뒤지면서 금강산을 말하는 그런 학문을 권리풍광卷裡風光 지상면목紙上面目이라고 하여, 거짓 공부라고 비판했다.

김만중이 이런 거짓 풍조와는 달리 본지풍광, 곧 '참'에 가까웠던 사람으로 서경덕과 장유 두 사람을 꼽았던 까닭이 여기에 있었다. 서경덕이 기일원론으로 주자학의 체계를 지양止揚하려 했고, 장유는 양명학을 통해 주자학 밖에서부터 다가오는 유학의 위기에 대처했기 때문이다. 이렇게 임병양란 이후 조선의 건국이념인 주자학은 뿌리부터 흔들렸고, 불교나 양명학과 같은 이단적 사상에서 비판의 실마리를 찾으려는 움직임은 이런 시대변혁의 단적인 보기였다.

김만중이 이 두 선배 학자를 지명하며 불교 논리로 유학의 거짓을 비판한 뜻은 이런 악착스러운 구속 속에서는 실심實心으로 향학向學할 수 없다는 현실인식 때문이었다. 서포는 같은 글에서 문학 작품에도 본지풍광이 있으며, 이렇게 거짓이 없고 참된 말로 된 문학이라면 모두 천지를 움직이고 귀신을 통할 수 있다고 하여, 민중의 말과 국어문학을 또한 중시했다.

이렇게 17~18세기에 발흥한 실심실학實心實學은 '참' 학문 운동이었다. 실학의 본바탕에는 실심이 있고, 이것이 조선 실학의 제일 개념이다. '실학'은 17세기 중엽에서 19세기 중엽까지 약 200년간 조선에서 일어나 꽃핀 학문으로, 중국이나 일본에서는 제 나라의 학술사상사를 인식하는 데 쓰지 않았던 개념이다. 그렇기에 실학을 근대 학문으로서 보았던 정인보

鄭寅普 선생도 실학을 실심의 학문으로 정의했을 터이다.

실학이 실용實用의 학문이란 전제에서 동아시아 근대화에 이바지했다는 평가도 물론 있었다. 그러나 경제를 위해서 온 나라 강江을 파헤치는 것과 같은 실용주의는 실학이 아니다. 실학은 사람과 자연이 함께 살고 지속가능한 생명의 문명을 만들어 가는 학문, 학문과 삶이 둘이 아니고 하나가 되어야 하는 참 학문 운동이다. 함석헌 선생이 「새 삶의 길」에서 한 말로 결론을 삼을 만하다. "참은 맞섬〔直面〕이다. 하나만 아는 일이다. 아는 것이 아니라 하나를 하는 일이다."

식산 이만부의 실심실학

17세기 이후 조선 '실학 운동'의 첫 명제는 실심실학이었다. 조선의 실심실학은 전통 주자학을 비판하며 김만중처럼 불교의 논리로 '본지풍광'을 말하기도 했고, 혹은 장유나 정제두鄭齊斗처럼 양명학의 지행합일知行合一을 말하기도 했다. 그뿐이 아니라 정주학程朱學의 심학화心學化를 시도했다는 점에서 기호畿湖학파의 김원행 · 홍대용들과 함께, 영남 지방의 고학자古學者인 식산息山 이만부李萬敷(1664~1732)가 주목을 받았다. 이만부는 성호 이익李瀷의 친족이 되는 남인계南人系의 유학자로, 당대 세속 유학의 거짓됨을 비판하면서 상주尙州 지방에 숨어 연구와 실천적 삶을 산 실심실학자였다.*

....

* 권태을, 『식산 이만부 문학연구』(대구: 오성출판사, 1990).

왜 참[實]에 힘쓰라 하는가? 요새 사람들 중 '참'에 힘쓰지 않고 겉만 꾸미는 이가 많기 때문이다. 이제 마땅히 일용인사日用人事에서 그 이치[理]를 구하고 본받아 행해야지, 만일 인사의 배움에도 이르지 못하고서 먼저 고원高遠한 일을 구한다면, 끝내 실득實得할 바가 없을 것이다. 그 말에 충성과 믿음[忠信]이 있고, 행실에 어긋남이 없으며[篤敬], 들어서는 효도하고 나가서는 공손히 하는 일이 곧 실학이라고 할 만하다. 실학에 익숙해지면 실심에 이를 수 있지만, 참으로 실심이 없다면 얻은 바인들 어찌 오래 자기 것으로 하리오?

— 『식산선생문집』 권11, 「유여중에게 보내는 글[書贈柳勵仲]」

친구에게 써 보낸 이 글에서 "참[實]에 힘쓰지 않고 겉만 꾸미는 사람이 많기 때문에"라는 전제는 당대뿐 아니라 요즘 세상에 더 절실한 비판이며 충고이리라. 이만부는 "하늘도 '참'이 있어서 하늘이 되고 땅도 '참'이 있어 땅이 되듯이, 사람도 '참'이 있어야 사람이 되는 것"이라 하면서, 실심이 없으면 실사實事가 없음을 강조해 마지않았다.

여기서 이만부가 '실심'을 사람뿐 아니라 하늘과 땅까지도 사람답게 만드는 요소로 이해했다는 데 주목하면, 내 마음에 실심이 있으면 하늘의 마음[造物의 生意]과 땅의 마음이 같은 실심으로 사람답게 된다는 이일理一의 이치에 이를 수 있다.

이런 까닭에 요산요수樂山樂水는 산을 본다고 어질어지고, 물을 본다고 슬기로워지는 것이 아니다. 곧, 어짊[仁]과 지혜[智]를 체득하여 마음에 얻으면 저절로 이 같은 뜻이 있어서 가히 안팎의 몸이 합해진다.

　　　　　　　　　　—『식산선생문집』권6, 「조성지에게 답함[答趙成之]」

　산과 물은 우리의 큰 몸이며, 살이자 피다. 우리의 이 큰 몸이 4대강 삽질로 찢기고 신음하며 죽어간다. 강은 산에서 흘러 스스로 큰물을 이루어 바다에 이른다. 이것이 순리이며, 수만 년 흘러 오늘에 이른 강 스스로의 지혜이자, 그렇기에 자연이다. 자연은 스스로 있는 이치 '참 마음'이다. 강을 파는 일은 산을 파는 일이며 하늘의 마음을 파는 일이다.

살 만한 땅

이중환李重煥(1690~1752)은 『택리지擇里志』를 써서 삶의 지리학을 시
도한 실학자이다. '가거지可居地'라는 큰 주제를 다루며 사대부士大夫의
살 만한 땅을 논한 『택리지』는, 당대에 발달했던 풍수지리風水地理와는
또 다른 가치관을 가진 역사적 사찬私撰 인문지리지라 할 수 있다.

무릇 살터를 잡는 데에는 지리地理를 첫째로 삼으며, 생리生利가 그 다
음이고, 그 다음은 인심人心이며, 다음이 산수山水이다. 이 네 가지 가운데
하나가 모자라도 살기 좋은 땅이 아니다. 지리가 좋더라도 생리가 모자라
면 오래 살 수 없으며, 생리가 좋더라도 지리가 나쁘면 또한 오래 살 수 없
다. 지리와 생리가 갖추어 좋더라도 인심이 착하지 않으면 반드시 후회할
것이며, 근처에 볼만한 산수가 없으면 성정性情을 원만히 할 수 없다.

— 「복거총론卜居總論」에서

18세기 전반기 이익李瀷 문하의 실학자이자 정계에서 몰려난 경기 남인이었던 이중환은 새로운 가거지를 찾아야 할 형편이었다. 그는 일찍이 스물네 살에 과거에 합격하고 서른둘에는 정5품 병조좌랑兵曹佐郎의 벼슬에 올랐으나 보름 뒤 당쟁에 휘말려 쫓겨나고, 서른여섯 살에는 목호룡睦虎龍의 일당으로 구금되어 절도絶島에 유배되는 소용돌이를 겪었다.

그 덕분에 전라도와 평안도를 뺀 온 나라를 유랑하며, 그는 사대부의 가거지를 모색했고, 발로 뛰는 지리학자로서 『택리지』를 써냈다. 그런데 가거지를 말하며 그가 '지리·생리·산수'와 함께 '인심'을 중요 요소로 든 점이 주목할 만하다. 그는 처가 쪽의 풍수가〔地官〕목호룡과 20대부터 명당을 찾아 나라 안의 산과 들을 헤맨 사람이지만, 이 책에서는 죽어 묻힐 묘소가 아니라 양택陽宅, 곧 살 만한 땅에만 관심을 두었다. 사대부뿐 아니고 모든 백성이 살 만한 땅을 찾아 쓴 글이 「복거총론」이고, 그중에도 '인심'의 결론은 그의 정치평론이며, 삶의 철학이었다.

그러므로 시골에 살려는 사람은 인심의 좋고 나쁨을 따질 것 없이 같은 당색黨色이 많이 사는 곳을 찾아가면 이야기 나누는 즐거움을 누릴 수 있고, 문학을 연마할 수도 있다. 그러나 사대부가 살지 않는 곳을 택하는 것만 못하니, 문을 닫고 사람들과 사귀지 않으며 홀로 잘 수양한다면 비록 농민이든 공장이든 장사치이든, 즐거움이 그 가운데 있을 것이다.

— '인심'에서

‘인심’이 아니라 ‘도심道心’을 말하고, 혹은 실심實心을 말해온 사대부들이 퇴폐해, 사대부가 살지 않는 곳이라면 인심을 논할 것도 없다는 역설. 사대부라면 오늘날의 사회 지도층이 아닌가? 인심은커녕 민심도 모르는 이런 사람들이 살지 않는 곳이라면, 그곳이 가거지라는 결론. "모두 버리고 떠난다"는 수경 스님 소식이 잠시 요즘 인심을 상징하는 듯 허허하다.

임윤지당, 한국 여성 지성사의 샛별

임윤지당任允摯堂(1721~1793)은 18세기를 대표하는 여성 철학자이다. 어찌 윤지당 한 사람에 그칠까마는, 윤지당이 자기의 문집 초고를 지계로 올려 보내며 쓴 글을 읽으면, 조선 시대에 이런 여성 철학자가 있었다는 사실만으로 조선 여성 지성사知性史가 새삼 놀랍다.

나는 어려서 성리학이 있음을 알았다. 자라서는 그것을 좋아하기를 맛있는 음식이 입에 맞는 것 같아 그만두려 해도 그만둘 수가 없었다. 그래서 여자라는 데 구애받지 않고 마음속으로 방책方策에 실려 있는 성현의 가르침을 연구했다. 그러기를 수십 년 하고 나니 뭔가를 좀 알 것 같았다. 그러나 글자로 쓰고 싶지 않아서 마음속에 묻어두고 밖으로 표현하지 않았다. 나이가 들어 죽음을 앞두고 보니 하루아침에 갑자기 초목과 같이 썩어버리고 말까 걱정이 되었다. 그리하여 집안 살림을 돌보는 여가에 틈을 내어 글로 썼더니 어느 사이에 큰 두루마리 하나가 되었다. 그 내용은 모두 40편인데 첫머리 「송씨 아내의 전傳」부터 「안자의 즐거움顔子所樂論」까지 8편의 글은 내가 시집오기 전에 지은 것이고, 「자로를 논함子路論」 이하는 중년과 만년에 지은 것이다. 내 지식의 뿌리는 얕고 보잘것없으며 글재주는 짧고 모자라서 오묘한 뜻을 밝히지도 못해 뒷날에 남길 만한 것이 못 된다. 그러나 죽은 뒤에 이것이 항아리 덮는 종이나 되고 만다면 어찌 슬픈 일이 아니겠는가? 그리하여 이것을 한 책자로 엮어 아들 재준에게 준다. (하략)*

조선 여자로 '성리학'을 말하는 일만으로도 전례를 보기 어려운 일인데, 윤지당은 어려서부터 이 성리학을 알았다니 학문적 자각이 놀랍다. 더구나 자라서는 학문을 그만두려 해도 그만둘 수 없는 경지에 이르렀고, 그렇게 수십 년 홀로 정진해 어느 경지에 이르렀음을 스스로 확인하고, 문집으로 묶어 아들에게 보내며 이 글을 남겼다.

물론 그미는 기호학파의 두드러진 철학자 녹문鹿門 임성주任聖周의 누이이고, 그의 격려를 받으며 공부했다. 그러나 학문은 홀로 갈고 닦는 연찬의 과정이며, 이 글 속에 그런 모습이 잘 드러나 있다. 게다가 성리학性

* 이혜순 · 정하영 옮김, 『한국고전여성문학의 세계: 散文篇』(서울: 이화여자대학출판부, 2003).

理論은 물론, 성리학이 궁극적으로 추구하는 심성 수양의 실천적 모습들이 스스로 쓴 글들에서 돋보인다. 더구나 시집온 열여덟 전에 벌써 전기와 논문 8편을 썼다 했고, 결혼한 지 8년 만에 홀로된 어려운 평생 동안 주경야독해 문집까지 남긴 학문적 열정은 가히 한국 여성 지성사의 귀감이라 할 만하다. 그 오라버니 녹문도 중국의 철학자 "정자程子 집안의 따님은 대수롭지 않다"고 평했다는 지성이다.

마침 2010년 6월 25일(음력5월 14일)은 윤지당 서거 217주기로, ≪강원도민일보≫에 따르면 고향인 원주 여성계가 나서서 헌다례獻茶禮와 백일장을 열어 추모하고 현창했다 한다. 윤지당은 반세기 뒤에 강정일당姜靜一堂(1722~1832)이라는 후배를 촉발한 바 있지만, 이제 인문학은 여성들의 학문이 되었다는 말이 윤지당의 후예들에게서 이루어지는 꿈을 보는 오늘이다.

홍대용의 「의산문답」

담헌湛軒 홍대용(1731~1783)은 일찍이 과거 공부를 포기하고 서른여섯 살에 연행사를 따라 중국에 다녀온 연행을 평생 보람으로 여기며 18세기를 산 실심실학자였다. 홍대용은 2,600여 쪽에 이르는 국문본 『을병연행록乙丙燕行錄』과 함께, 이 여행 체험을 바탕으로 자기의 사상을 집대성한 철학소설 『의산문답醫山問答』을 남겼다. 책은 조선의 학자 허자虛子와 의산에 숨어사는 실옹實翁의 대화체로 쓰여 있다.

오륜五倫과 오사五事(외모와 말과 생각)는 사람의 예의이다. 사람의 눈으로 만물을 보면 사람은 귀하고 만물은 천하며, 만물의 눈으로 사람을 보면 만물이 귀하고 사람은 천한 것이다. 그러나 하늘의 처지에서 바라보면 사람과 만물은 평등한 것이다.

30년 공부로 천리天理를 깨쳤다던 허자가 실옹을 만나 새로운 깨달음에 이르러 얻은 결론으로, 생태주의 생명사상을 일찍이 갈파한 선구적 주장이라 할 만하다. 이른바 홍대용의 '인물균人物均' 사상이며, 사람은 물론 자연과 사람 사이에도 차별이 없다는 평등의 생명사상을 담고 있다. 이런 이치로 우주에는 위와 아래도 없고, 안과 밖도 없다고 했다.

그런데도 사람들은 만물 가운데 스스로 가장 귀하다고 생각하고, 사람이 사는 지구가 태양계의 중심이며 또한 우주의 중심이라고 생각한다. 그 덕에 인간에 의한 자연 지배는 이제 자연의 대반격에 직면했다. 사실 지구는 태양계의 중심이 아니며, 무한한 우주의 별들 중 하나에 지나지 않는다. 태양계 또한 무한한 우주의 한 별무리에 지나지 않으며, 이런 별무리는 우주에 무한하다. 이것이 무한한 우주 속에서는 중심이 따로 없다는 홍대용의 '무한 우주론'이다. 지구가 태양계의 한 중심이면서 우주의 한 중심이듯이, 내가 있는 자리가 한 중심이다.

이런 원리라면 역사에도 중심은 없다. 『춘추春秋』가 중국의 역사이듯 각 민족에게는 각 민족의 역사가 있다는 것이 『의산문답』의 이른바 역외춘추론域外春秋論이다. 이것은 중국이 천하의 중심이라는 중화중심주의를 타파했다. 중세 보편주의를 벗어나 자기 역사를 중심에 놓는 이런 역사의 깨달음은 18세기 조선 실학에서 비로소 나타난 역사의 자각이었다. 이것은 저 기호학파畿湖學派의 이른바 호락논쟁湖洛論爭, 곧 사람과 사물의 성질은 같은가 다른가를 다투어온 '인물성동이론人物性同異論' 논쟁의 1세기에 걸친 축적이며, 조선 철학이 이른 큰 도달점이었다.

18세기 홍담헌의 고뇌는 『민통선 평화기행』(2003)과 같은 평화운동을 이어온 사진작가 이시우(1967~) 선생에게서는 사람 몸의 중심을 묻는 질문으로 구체화한다. "아픈 곳이 치유될 때까지는 온통 신경이 거기에 집중되기 때문에" 몸의 중심이 아픈 곳이듯, 사회의 중심도 아픈 곳이다.

세계의 중심 또한 전쟁과 기아와 빈곤으로 인하여 '아픈 곳'입니다. '아픈 곳'에 사회의 모순과 세계의 모순이 집중되어 있습니다. 시대의 중심에 서고자 하는 예술가에게 그것은 숙명의 자리인지도 모릅니다.

— 이시우의 「옥중서신」에서

연암 박지원 「회우록」

연암 박지원(1737~1805)은 18세기 실학자로서의 명망은 물론이려니와, 『열하일기熱河日記』의 명문으로 최고의 명성을 얻은 문장가이다. 그는 젊을 적에 아홉 편의 단편〔九傳〕을 통해 교우도交友道를 역설했는데, 그 무렵 연암은 자신의 가장 친애하는 사우師友 담헌 홍대용(1731~1783)의 중국 교우록에 서문을 붙이며 이렇게 썼다.

나는 그 책을 다 읽은 뒤 탄복해 이렇게 중얼거렸다. 홍군은 벗 사귀는 법에 통달했구나! 나는 이제야 벗 사귀는 법을 알았다. 그 벗 삼는 바도 보았고, 그 벗 되는 바도 보았으며, 내가 벗하는 바를 그는 벗하지 않음도 보았다.

홍담헌은 과거 공부를 포기하고 실학에 정진한 참 선비로, 서른다섯에 연행사의 서장관이 된 숙부〔洪檍〕를 따라 연행하게 된 행운을 하늘이 자기를 세상에 내신 뜻이라고 기뻐한 사람이다. 그는 북경의 인사동 거리라 할 수 있는 유리창琉璃廠에서 엄성嚴誠 등 세 사람의 항주杭州 선비를 만나 국경을 초월한 평생의 우정을 맺었는데, 나중에 이 청나라 선비들과 두 달을 사귀며 주고받은 필담筆談과 시문, 편지들을 한데 엮어「건정동필담乾淨衕筆談」을 지었다. 담헌은 당연히 가장 아끼는 후배 박연암에게 머리말을 청했고, 이렇게 이루어진 이 서문과 우정이 모두 아름다운 한 폭의 말로 된 시화詩畵를 이루었다.

연암뿐 아니고 그의 제자 박제가朴齊家 역시 이 회우록을 읽고 "밥 먹던 숟가락을 잊고 먹던 밥알이 튀어나오도록" 감동했다 했고, 이덕무는 이 회우록을 연구해「천애지기서天涯知己書」라는 글을 지었다. 이덕무는 이렇게 말했다.

박중미朴仲美 선생이 영웅과 미인은 눈물이 많다고 했다. 나는 영웅도 미인도 아니지만, 한번 이 회우록을 읽으니 눈물이 줄줄 흐른다. 이 회우록을 읽고 마음을 상하지 않는 사람이 있다면, 그런 사람과는 친구를 맺을 수 없다.*

---

* 이덕무,『국역청장관전서』(서울: 민족문화추진회, 1979~1981).

'박중미 선생'은 다름 아닌 연암 선생을 말한다. 아마도 이덕무 스스로 이 글을 읽고 적잖게 울었다는 표현일 터이며, 연암 선생 앞에서 이렇게 극언極言해 마지않았을 터이다. 연암이 「방경각외전放瓊閣外傳」의 자서自序에 쓴 다음 말은 동아시아 교우론의 결론이라 할 만하다.

우도友道가 오륜五倫의 끝에 놓였다고 해서 낮은 것이 아니다. 그것은 마치 오행五行 중 토土의 기능이 고루 사시四時의 바탕이 되는 것과 같다. 부자·군신·부부·장유 간의 도리에 붕우 간의 신의가 없으면 어떻게 될 것인가? 사람으로서 떳떳하거나 그렇지 못한 것을 우도가 다 바로잡아 주는 것이 아닌가? 우도가 끝에 놓인 까닭은 뒤에서 인륜을 통섭統攝케 하려는 것이다.

이언진의 「호동거실」

송목관松穆館 이언진(1740~1766)은 조선 영조 시대의 천재 시인이었지만, 잘 알려지지 않았다. 역관譯官으로 신분이 비천한 데다 스물일곱의 나이로 일찍 죽었기 때문이다. 그럼에도 그는 스물세 살에 통신사通信使 조엄趙曮을 수행해 일본에서 시로 이름을 떨친 바 있다. 일본 문인들은 그가 "준수한 얼굴을 가진 젊은이로, 빼어난 재주가 눈썹과 이마에 드러났다"고 평했고, 당대의 명사 연암 박지원은 「우상전虞裳傳」('우상'은 이언진의 자字)을 남겨 그의 삶과 문학을 되살필 수 있도록 했다.

최근 서울대학교 박희병朴熙秉 교수가 낸 『저항과 아만』(2009)은 이언진의 연작 시집 「호동거실衚衕居室」을 본격적으로 다룬 평설評說로, 품격 높은 고전 읽기의 교과서라 할 만하다.

관冠은 유자儒者요 얼굴은 승려

성씨는 상청上淸의 노자老子와 같네.

그러나 한 가지로 이름 할 수 없고

삼교三敎의 대제자大弟子라 해야 하겠지.

儒其冠僧其相 其姓卽上淸李 要不可一端名 三敎中大弟子

이언진은 이 시의 제1구에서 유교와 불교를 함께 믿는다고 말하고 있으며, 제2구에서는 도교의 노자와 같은 성씨라 하며 스스로를 '삼교의 대제자'라 공언했다. 이런 삼교회통三敎會通의 사상은 일찍이 장유 같은 선배에게서 찾아볼 수 있고, 동시대의 홍대용도 공관병수公觀倂受라 해 여러 사상을 공정하게 보고 함께 받아들일 것을 주장한 바 있었다.

이언진의 삼교 존신은 명말청초明末淸初의 자유스런 사상 및 나라 안의 이런 진보적 사상과 관련되어 있을 것이다. 그러나 그의 자각은 여기에서 한 걸음 더 나아가 3, 4구에 나오는 "한 가지로 이름 할 수 없고", "삼교의 대제자"라는 표현으로 형상화된다.

한편 박 교수는 '아만我慢'과 표리의 관계를 통해 이러한 자각이 시인의 "전방위적 저항"을 나타낸다고 설명했다. '아만'은 스스로를 믿으며 스스로를 높이는 교만을 뜻하는 불교용어지만, 강렬한 자의식이라 해석할 수도 있다. 가령, "닭의 벼슬은 높다란 게 두건 같고/ 소의 턱밑 살은 커다란 게 주머니 같네/ 집에 늘 있는 거야 전연 신기하지 않지만/ 낙타 등 보면 다들 깜짝 놀라네(鷄戴勝高似幘 牛垂胡大如袋 家常物百不奇 大驚怪橐駝背)"라는 시에서도 높은 자부심이 드러났다.

일본을 다녀온 이언진은 스물여섯 때인 1765년, 연암 박지원에게 몇 차례나 사람을 보내서 자기 글을 봐주도록 청을 넣었다. 하지만 박연암은 "자잘하여 보잘 것이 없다"라 혹평했고, 이언진은 분노하고 낙담한 나머지 얼마 안 있어 세상을 버렸다. 박연암은 갑작스런 그의 죽음에 마음 아파하며 「우상전」을 짓고, 이언진의 이 시를 이끌며 "우상은 늘 비상非常하다고 여겼다"라고 했다. 그러나 "자신을 넘어설 계기" "조선에 대한 최초의 본격적 대립자"가 이언진에게 도사리고 있는 것을 알아보지 못한 것이 박지원의 중대한 과오였다는 평가이다. 연암의 나이 스물아홉, 18세기 중반 한양의 문학 풍경이다.

이덕무의 『무예도보통지』

무관懋官 이덕무(1741~1793)는 시문사대가詩文四大家의 한 사람인 동시에 방대한 『청장관전서靑莊館全書』를 남긴 문인이자 실학자로, 그 학문이 고증학에 이르렀다. 정조正祖가 등극하며 세운 규장각奎章閣 사검서四檢書의 첫손인 그는, 문풍文風을 일으키고 실학實學을 드높이는 일에 앞장 섰다. 그가 펴낸 책 가운데 『무예도보통지武藝圖譜通志』는 당대 실학의 한 상징으로, 이 책을 올리는 글〔凡例附進說〕에 실학을 중시한 뜻을 잘 드러냈다. 여기에서 이덕무는 "성상聖上은 좋은 운을 만나 지극한 정치를 하시어 문文에 규장각을 두시고 무武에는 장용영壯勇營을 두셨으며 ……『통지通志』를 특별히 제작한 일이 그 '명실名實을 종합한' 보기"라 했다.

그리하여 조정에서는 실용實用 있는 정책을 강론하고, 백성들은 실용이 있는 직업을 지키고, 학자들은 실용 있는 책을 찬집하고, 졸병들은 실용 있는 기예를 익히고, 상인들은 실용 있는 화물을 교통하며 공장工匠(기술자)들은 실용 있는 기계를 만든다면, 어찌 나라를 지키는 데 염려하며, 어찌 백성을 보호하는 데 걱정이 있겠습니까?

여기서 '조정'이 강론하는 실용 있는 정책이란 곧 임금의 실용을 가리킨다. 또한 실용이 있는 직업을 지킨 백성이라 함은 이 일을 주도한 불세출의 조선 무사武士 백동수白東脩(1743~1816)와 그의 매형妹兄이기도 한 이덕무 자신, 총기에 넘친 초정楚亭 박제가(1750~1815) 등 서얼 문인을 가리키며, 실용이 있는 책을 찬집한 학자와 기예를 익힌 졸병이란 북학파北學派 실학자들을 의미한다.

『무예도보통지』의 편찬을 명하며 정조 임금은 "임수옹의 『무예신보』가 편찬된 지 30년이 되었고, 선조 때 『무예제보』가 나온 지는 이미 오래되었다"고 하면서, 병기와 의장儀仗과 병법이 흩어진 것은 작은 일이 아니라고 강조했다. 그의 명에 따라 이덕무는 문헌을 고증하고, 젊은 박제가는 고증과 함께 판목 대본의 글씨를 쓰며, 백동수는 무예를 실기로 고증해 편찬을 감독했다. 『무예도보통지』는 이십사반二十四般 무예의 실기를 그림과 설명으로 풀어낸 책으로,** 언해본諺解本으로도 간행되었다.

* 이덕무, 『국역청장관전서』(서울: 민족문화추진회, 1979~1981).
** 김영호, 『조선의 협객 백동수』(서울: 푸른역사, 2011).

실용을 말하고 실학을 말했지만, 이덕무 등과 함께 이 책의 편찬을 주도한 백동수야말로 18세기 조선 실학과 실용의 한 전범이라 할 만했다. 그의 절친한 친구 성대중成大中의 아들이기도 한 성해응成海應이 쓴 백동수의 일생을 기술한 글에는, 그가 "예법을 중시하는 사람을 만나면 또한 예법에 맞게 상대하고, 글을 짓거나 서화書畫를 그리는 선비를 만나면 또한 글을 쓰고 서화를 하는 법으로 상대"했으며, 또 "복서卜筮 · 의약醫藥 · 방기方技 · 술수術數에 밝은 선비를 만나면 역시 모든 거기에 합당한 법도로 그들을 상대했다"고 했다.* 이야말로 실학과 실용의 시대 풍경이라 할 만하다.

----

* 진재교 옮김, 『알아주지 않은 삶』(서울: 태학사, 2005).

박제가의 「소전」

초정 박제가(1750~1805)는 북학파 동인들 가운데서 유일하게 자전적 글을 남겼다. 스물일곱 살 때에 쓴 길지 않은 글은 첫머리부터 그 사람됨을 진하게 압박한다.

조선이 개국한 지 384년, 압록강에서 동쪽으로 1천여 리 떨어진 곳에서 그가 태어났다. 그가 태어난 곳은 신라의 옛 땅이요, 그의 관향貫鄕은 밀양密陽이다. …… 그의 사람됨은 물소 이마에 칼날 같은 눈썹을 하고, 눈동자는 검고 귀는 하얗다. 고독하고 고매한 사람만을 골라서 남달리 친하게 사귀고, 권세 많고 부유한 사람은 멀리서 보기만 해도 사이가 멀어진다. 그러니 뜻에 맞는 이가 없이 늘 가난하게 산다.*

---

* 박제가, 『궁핍한 날의 벗』, 안대회 옮김(서울: 태학사, 2000).

스스로 태어난 나이를 조선 개국으로부터 센 이 글은, 압록강으로부터 사는 곳의 거리를 헤아리는 역사의식과 북학北學의 의지가 넘치는 그의 자의식을 보여준다. "물소〔伏犀〕 이마에 칼날 눈썹과 검은 눈동자에 흰 귀"라 하며 귀인의 자부를 감추지 않는데, 이러한 인상은 연행 때 청나라의 문인 화가 나빙羅聘이 그린 군관 모습의 그의 초상화를 떠올리게 한다. 게다가 "백 세대 이전 인물에게나 흉금을 터놓고, 만 리 밖 먼 땅에 나가서 활개치고 다닌다"고 한 교우도交友道는 북학으로 이어졌다. 「소전小傳」을 쓴 다음 해에 동인 시집 『한객건연집韓客巾衍集』을 홍대용의 중국 친구에게 보내고, 스스로도 네 차례나 연행길에 오르게 된다.

그러나 이 「소전」의 묘처妙處는 스스로의 성취를 요약한 찬贊에서 가장 두드러졌다.

완연히 그 사람이라서 천만 명의 다른 사람과 다르다는 것을 알게 한 다음이라야 천애天涯의 다른 땅에서나 오랜 세월이 흐른 뒤에 만나는 사람마다 분명히 그인 줄 알 것이다.

뚜렷이 천만 사람과 다른 '그 사람'이란 자각은 개체로서 존재의 철학이다. 그리고 "그렇게 되려고 뜻하지 않는데도 저절로 되는 것〔莫之爲而然者〕"이란 말은 주자朱子의 '소이연所以然'인 이理로, 초정은 이것을 '자연〔天〕'이라 하고, 다시 '사람人'과 대비해 그 사이에 나뉨이 있다고 했는데,

여기에는 주자학에 대한 그의 대결 의식이 자리 잡고 있었을 터이다. 이렇게 '이'를 '천'이라 하고 이것을 다시 사람의 반대편에 세운 것은 어찌 보면 하느님과 사람의 관계와 비슷하다 말할 수 있다. 이로 인해 초정이 1801년 신유사옥 때 이가환李家煥, 권철신權哲身, 정약용丁若鏞 등과 함께 귀양하게 된 것이라는 견해에도 귀 기울일 만하다.

초정의 네 번에 걸친 연행은 이덕무, 유득공, 박지원과 더불어 그의 뛰어난 제자 추사秋史 김정희金正喜를 통해 북학北學으로 꽃피었다. 박제가의 셋째 아들인 박장엄의 『호저집縞紵集』에는 청조 문인이 무려 172명이나 나왔을 정도였다.*

---

* 유홍준 지음, 『완당 평전』1(서울: 학고재, 2002) 참조.

이옥의 「흰옷 이야기」

경금자絅錦子 이옥李鈺(1760~1812)은 정조正祖 시대의 문체파동文體波動에 연루될 만큼 시속의 변화나 개인의 서정을 진솔하게 그려내는 소품문小品文으로 이름난 문인이었다. 서른 전후에 성균관의 유생이었던 그는 '괴이한 문체'로 임금에게 벌을 받고 서른여섯에는 충청도 청양과 경상도 삼가현三嘉縣(합천군)으로 유배되었다. 그러면서도 동문 강이천姜彛天이 "붓 끝에 혀가 달렸다"고 평한 자기식의 글쓰기를 하며 일관된 삶을 살았다. 특히 마흔을 넘어가는 네 달 동안에는 유배지의 토속과 세상 물정과 속담[俚言]과 같은 지방의 문화를 세밀하게 보고하는 글들을 많이 남겼다.

그 가운데 「흰옷 이야기白衣裳」는 그가 머물렀던 경상우도慶尙右道의 백의白衣 풍속을 다룬 글이어서 관심을 끈다.

우리나라는 푸른색을 숭상해 백성들이 대부분 푸른 옷을 입는다 …….
여자는 치마를 소중히 여기는데, 특히 흰색을 꺼려 붉은 색과 남색 이외에
모두 푸른 치마를 둘렀으며 …… 삼년복三年服을 입지 않으면 또한 일찍이
이유 없이 흰 옷을 입지 않는다.

그러나 유독 영남의 우도右道만은 남녀가 모두 흰옷을 입으며 …… 오
직 기녀와 무녀巫女만이 푸른 저고리와 치마를 입고 있었다. 그 사람들은
대개 푸른색을 천시하고, 흰색을 숭상하기 때문이다.*

우리나라는 예로부터 백의민족이라 일컬어져왔으나, 고려 후기와 현
종·숙종 대 이후에는 동방의 색으로 푸른 옷 입기를 장려했다. 특히 치
마를 소중히 여기는 여자는 더욱 흰색을 꺼려 붉은색과 남색 이외에 모
두 푸른 치마를 입는다 했고, 삼년복이 아니라면 까닭 없이 흰옷을 입지
않는다고 했다. 게다가 '붉은색' 치마는 '녹의홍상綠衣紅裳'이라는 말에도
나오며, 이른바 '홍색짜리', '남색짜리'는 지금껏 이어지는 새색시 옷차림
을 이른다. 또 합천의 객점에서 쓴 '늙은 여종의 붉은 치마〔老婢紅裙〕'라는
글에서는 신행新行 가마를 따라가는 늙은 여종까지도 붉은 치마를 입었
던 풍속을 전해, 이 영남 우도의 백의 풍속을 강조했다. 이옥은 이렇게

* 이옥, 『완역 이옥전집』, 실시학사 고전문학연구회 옮기고 엮음(서울: 휴머니스트,
  2009).

스스로 본 '자리'에서 있는 그대로 그 땅의 풍속을 그려주었다.

이렇게 영남의 우도만은 남녀가 모두 흰옷을 입으며, 갓 시집온 새색시까지도 흰 저고리와 치마를 입는다고 했다. 이것은 흰옷을 존중하는 영남 풍속을 평가하는 뜻을 담았다고 할 터이고, 또한 이것은 그의 이종사촌 유득공(1748~1807)의 동인이었던 이덕무(1741~1793)가 「사소절士小節」에서 동시대의 영남 풍속에 대해 "여자들의 저고리는 너무 짧고 치마는 너무 길고 넓어 요사스럽다"고 한 것과 대조된다. 이 시대에는 기생의 짧은 저고리 길이가 12센티미터까지 짧아졌다는데, 200년이 흐른 지금은 젊은 여자의 치마 길이가 이에 육박하니, 지방문학의 역사는 사회사이며 풍속사이기도 하리라.

빙허각 이씨의『규합총서』

조선 후기 여성 실학자 빙허각 이씨(1759~1824)의『규합총서』(1809)
는 조선 시대에 나온 여성 백과전서이다. 17 · 18세기 이후에는 서양에
서뿐 아니라 우리나라에서도 총서류의 백과전서가 활발하게 지어졌지
만, 여성 백과전서는 빙허각의 이 책이 유일하다. 또한 이 책은 의식주衣
食住 등 여성의 일과 구실은 물론, 조선 후기 사대부 집안의 일상생활백
과를 망라했다.

밥 먹기는 봄같이 하고, 국〔羹〕 먹기는 여름같이 하고, 장醬 먹기는 가
을같이 하고, 술 마시기는 겨울같이 하라 했으니, 밥은 따뜻한 것이 옳고,
국은 더운 것이 옳고, 장은 서늘한 것이 옳고, 술은 찬 것이 옳음을 말한 것
이다.

무릇 봄에는 신 것이 많고, 여름에는 쓴 것이 많고, 가을에는 매운 것이 많고, 겨울에는 짠 것이 많으니, 맛을 고르게 하면 미끄럽고 달다 하였으니, 이 네 가지는 목木·화火·금金·수水에 다치는 바라. 그때 맛으로써 기운을 기르는 것이니, 사시四時를 다 고르게 한즉 비위를 열게 함이라.*

이 책은 권 1의 머리에서 「주사의酒食議」, 곧 술과 음식부터 다루었는데, 밥과 국은 한국인의 음식을 대표하고, 장은 반찬의 바탕으로 우리 식생활의 중요한 단백질 공급원이자 조미료이며, 술은 문화 음료다. 이런 음식들을 따뜻하고 덥고 서늘하고 찬 기운으로 말하는 것은 한의약리韓醫藥理의 바탕 이론인 기미론氣味論이다. '기'는 약의 성질을 뜨겁고 따뜻하고 서늘하고 찬 기운으로 나누며, 이것은 모두 체온에 영향을 주는 약 성분의 작용을 이른다. '미'는 맵고 달고 시고 짠 것으로 '맛'을 뜻하며, 매운 맛은 폐에, 쓴맛은 심心에, 단맛은 비脾에, 신맛은 간에, 짠맛은 신腎에 관계된다고 해석한다.**

밥에서 무슨 약리론이냐고 말할 수 있지만, 우리 음식에는 본디 식약동원食藥同源, 즉 밥이 곧 약이라는 믿음이 담겨 있다. 실제로 오장五臟에는 각각 81개의 병이 있다고 하며, 이 405개의 질병 가운데 404종류는 음

---

* 빙허각 이씨, 『규합총서(閨閤叢書)』 1, 정양완 역주(서울: 보진재, 1975).
** 조현영, 『통속한의학 원론』, 윤구병 주해(서울: 학원사, 2007).

식과 연관된 식이요법으로 예방할 수 있고, 405번째 병인 죽음만이 피할 수 없는 병이라고 했다(『규합총서』 8쪽). 그러니 수저를 들면 늘 약을 먹는 것 같이 하라는 가르침은, 먹거리 환경이 사뭇 걱정스러운 우리의 현 상황에 크게 와 닿는다.

북학파 명문자제로 서유본徐有本의 아내인 빙허각은 『임원경제지』를 지은 서유구徐有榘의 형수이며, 『태교신기胎敎新記』를 지은 외숙모 사주당師朱堂과 『언문지諺文誌』를 지은 조카 유희柳僖 등 실학파의 가학家學을 이었다. 빙허각은 머리말에서 고금에 통하는 식견과 재주가 있더라도 글로 남에게 보이는 것은 아름다움을 속에 간직하는 이의 도리가 아니라고 겸사했다. 책의 역주자인 정양완 교수 또한 그 선고장先考丈 담원詹園 정인보 선생을 회고하며, "네 앎이 두어 섬 되거든 두어 되만 비치라"하신 말씀을 들어, "뜸도 채 폭 못들인 이 알량한 책자를 내어놓는 마음이 거듭 무겁다"고 겸사하였다. 그 아름다운 문향文香이 함께 도탑다.

정약용과 신작의 한강 문화

석천石泉 신작申綽(1760~1828)과 다산茶山 정약용(1762~1836)은 2년 차이의 또래로 다산이 귀양에서 돌아온 말년에 두물 머리〔兩水〕에서 이웃의 지기知己로서 교유했다. 남양주시 조안면 능내리는 옛날 광주廣州 마현리〔마재〕로, 천마산을 배경으로 남·북 한강과 초내〔苕川〕가 합류하는 경승이자 다산이 태어나고 묻힌 고향이다. 석천은 강화도에서 정제두鄭齊斗의 강화학江華學을 이은 그 사위 신대우申大羽의 아들로, 쉰 살 때 광주 사촌社村으로 이사해 선영先塋을 지키며 크게 이룬 경학자經學者였다.

마침 18년의 귀양살이를 마치고 고향으로 돌아온 다산은 "(반생의 원고 뭉치를) 안고 온 지 3년인데 함께 읽어줄 사람 하나 없다〔抱歸三年 無人共讀〕"고 읊은 때 석천과 만났는데, 두 사람의 만남이 조선 후기 한강의 문명을 함께 이루어갔던 모습의 일단을 짐작하게 한다.

속세의 생활 반평생에 바라는 것 없으나

유독 맑고 그윽한 그대의 거처를 좋아하네.

집에 전하는 옛 사업은 천 권의 경서이고

늘그막의 생애는 한 언덕의 보리밭일세.

짙은 그늘 꽃다운 나무엔 지나는 새를 보겠고

고요한 푸른 못에는 고기 노는 걸 알겠네.

아무 일 없이 흉금을 헤치고 서로 마주하니

저 강호에 둥둥 뜬 배와 서로 같네.

半世塵實無所求 喜君居止獨淸幽 傳家舊業經千卷 晚境生涯麥一邱

芳樹陰濃看鳥過 碧潭風靜識魚游 披襟共對虛無事 等是江湖泛泛舟

—『다산시문집』제7권, 시詩「천진소요집天眞消搖集」

　　다산의 이 시집은 두 사람의 사귀는 모습을 전해주는데, 사촌은 지금
의 초월읍 서하리西霞里로, 이곳 사마루 마을 석천의 서재에는 4,000여
권의 장서가 있었다고 한다. "천권의 경서"라고 한 석천의 가학家學은 이
른바 강화학으로, 그의 경학은 일찍이 정인보 선생이 신석천과 정다산을
경학자〔經師〕와 경세가로 지목해 그 학문적 지향을 함께 말한 뜻을 짐작
케 한다. 학문과 우의를 통해 이들의 사귐은 두 가문의 세교世交로 이어
졌다. 세교로 이어진 정경은 석천의 아들 명연命淵이 다산을 따라 수종사
水鐘寺를 유람하고 강 건너 천진암에 이르러 차운한 시, "좋은 때에 어른

들을 시종하여 조용한 놀음으로 운림雲林을 찾았다"고 한 글*에서도 뚜렷하다.

그러나 이런 한강의 문화 환경이 난개발 속에 크게 훼손되고 있다. 근기近畿 실학과 양근陽根의 서학西學과 여주·광주의 문학이며 석실서원石室書院의 실학 전통은 조선 후기의 학문과 문예와 사상의 한 중심이었다. 이 두물 머리 문화권의 문화와 사상을 뛰어난 자연 경관과 함께 총체적으로 보존·연구·발전시킬 한강 문화유산 특별계획이 절실하다.

---

* 『다산시문집』 제7권, 시詩 「천진소요집天眞消搖集」, 「차운상천진사次韻上天眞寺」.

심노숭의 「눈물이란 무엇인가」

효전孝田 심노숭(1762~1837)은 「눈물이란 무엇인가〔淚原〕」라는 소품
으로 요사이 많이 알려졌지만, 본래 방대한 야사집의 편자이자 다채로운
시문과 문예론을 남긴 이로 조선 한문학의 마지막 시대를 산 인물이다.
일흔여섯까지 장수하며 『대동패림大東稗林』 136책을 편찬하고, 유배일
기 20책을 포함한 문집 『효전산고孝田散稿』 58책을 남겼다. 명明나라 말
기의 소품가들에게는 "기쁨과 웃음, 노함과 꾸짖음이 다 훌륭한 문장이
되었다"고 하지만, 심노숭이 아내의 죽음에 흘린 눈물의 진정성이 특히
감동을 준다.

　눈물은 눈에 있는 것인가? 아니면 마음(심장)에 있는 것인가? 눈에 있
　다고 하면 마치 물이 웅덩이에 고여 있는 듯한 것인가? 마음에 있다면 마
　치 피가 맥을 타고 다니는 것과 같은 것인가? 눈에 있지 않다면, 눈물이 나

오는 것은 다른 신체 부위와는 무관하게 오직 눈만이 주관하니 눈에 있지 않다고 할 수 있겠는가? 마음에 있지 않다면, 마음이 움직임 없이 눈 그 자체로 눈물이 나오는 일은 없으니 마음에 있지 않다고 할 수 있겠는가? 만약 마치 오줌이 방광으로부터 그곳으로 나오는 것처럼 눈물이 마음으로부터 눈으로 나온다면 저것은 다 같은 물의 유類로써 아래로 흐른다는 성질을 잃지 않고 있으되 왜 유독 눈물만은 그렇지 않은가? 마음은 아래에 있고 눈은 위에 있는데 어찌 물인데도 아래로부터 위로 가는 이치가 있단 말인가?

일찍이 당대의 대표적 패사소품 작가 김려金鑢·이옥·강이천姜彝天 등과 성균관에서 가까이 사귀었고, 문학의 경향에도 공통되는 성격이 적지 않았다. 그러나 심노숭은 서른하나의 젊은 나이에 5월에는 네 살 된 딸을 잃고, 한 달이 채 못 되어 동갑내기 아내 전주 이씨를 잃었다고 했다. 이런 청천벽력 앞에 흘린 눈물의 문학은 그 후 2년 남짓 동안에 26제題의 시와 산문, 23편의 도망시문悼亡詩文을 남긴 사실만으로도 가슴을 울린다. 그런 정성스런 아내 사랑의 마음을 가진 이였기에 이런 유례없는 눈물의 시문집이 책을 이루었을 터이다.

그는 스스로 "정이 여리기〔情弱〕가 꼭 아녀자兒女子 같아서", 아내의 병

* 심노숭, 『눈물이란 무엇인가』, 김영진 옮김(서울: 태학사, 2001).

이 심해진 뒤에는 곁에서 머뭇거렸고(「아내 영전에」), "삶과 죽음 사이에서 때로 슬픔이 지나쳐 상傷함에 이르렀다"(「베개 맡에서 지은 글」)고 했다. 이옥과 김려처럼 절친한 친구도 없었다. 그런 여린 성격이었기에 제사를 지낼 때마다 "곡哭하여 눈물을 흘리면 제사를 지냈다고 여겼고, 그렇지 않으면 제사를 지내지 않은 것과 같다고 여겼다"고 했다. 이렇게 '여기의 느꺼움'으로 '저곳의 응함'을 알 수 있으니, 눈물이 나면 '아내의 혼령이 내 곁에 왔구나'라고 여겼다고 했다.

이 시대에는 담헌 홍대용이 북경의 유리창에서 중원의 선비들과 남자의 눈물을 논한 바 있고, 연암 박지원은 연행 중에 「호곡장好哭場」을 말했으며 또 "영웅과 미인은 눈물이 많다"고 해 화제를 뿌린 바 있었다. 이런 뒷시대에 나온 심노숭의 「눈물이란 무엇인가」는 우리 문학이 낳은 감성적 사랑 문학의 한 기념비라 할 터이다.

담정 김려의 「연희네 집」

담정薄庭 김려(1766~1821)는 이옥·김조순金祖淳 등과 함께 이른바 패사소품稗史小品 문학인의 한 사람이다. 정조正祖 문체반정의 와중에 과거에 응시할 자격을 박탈당하고, 서학西學의 문제로 서른둘에 함경도 부령富嶺으로 유배되었다가, 다시 경상도 진해로 옮겨져 10여 년 동안 정배를 살았다. 「연희네 집」은 『사유악부思牖樂府』에 수록된 시 가운데 한 편으로, 부령에서 깊이 사랑하게 된 여인 연희를 회상하며 진해에서 지은 것이다. '사유思牖'란 '생각하는 창문'이란 뜻으로, 담정이 남쪽 유배지의 창문에 붙인 편액扁額이라고 했다. 진해로 이배移配되자 하루도 북쪽을 향하며 연희를 생각지 않은 날이 없었는데, 그 생각이란 것이 즐거워서도 하고 슬퍼서도 하는 것인지라 하면 할수록 못 잊는 연상으로 결국 290편 『사유악부』를 이루게 되었다. 시는 넘치는 생각으로, 매 편마다 민요의 메김 소리처럼 "무얼 생각하나, 저 북쪽 바닷가"를 머리에 얹었다.

무얼 생각하나, 저 북쪽 바닷가

눈에 삼삼한 성 동쪽 길

두 번째 다리 곁에 연희가 살지

집 앞엔 한 줄기 맑은 시내 흐르고

집 뒤엔 험한 암석 산 주위를 덮었네

계곡 가에 버드나무 수십 그룬데

문 앞에 한 그루 누각에 비치네

누각 위엔 창에다 베틀을 놓았고

누각 아래엔 한 자 높이 돌절구 있네

누각 남쪽 작은 우물엔 앵두나무 있고

누각 밖은 북쪽으로 회령 가는 길

問汝何所思 所思北海湄 眼中分明城東路 第二橋邊蓮姬住

屋前一道淸溪流 屋後亂石顚山周 谿上楊柳數十株 一株當門映粉樓

樓上對牕安機杼 樓下石臼高尺許 樓南小井種櫻桃 樓外直北會寧去*

부령은 이름난 유배의 땅이면서, 경성 등과 함께 임금에게 어물을 진
상하는 마천령 이북 네 고을 중 하나였다. 동쪽 60리에 남반·북반 두 포
구가 있고 "남포의 도미는 날치만큼 컸다"며 그 북쪽 바닷가를 그리워했

---

* 김려, 『부령을 그리며』, 박혜숙 옮김(서울: 돌베개, 1996).

다. 석보石堡의 남쪽, 청계淸溪의 서쪽, 200호가 살았다는 이 부령에서도 "성 동쪽 길 두 번째 다리 곁"에 연희네 집이 '사유' 곧 '생각하는 창문'의 원천이다. '산고수장루山高水長樓', 그 아래로는 단풍나무 숲, 누각 위에는 창에다 베틀을 놓고, 누각 아래에는 한 자 높이 돌절구와 남쪽으로 앵두나무 선 작은 우물. 그의 혼은 꿈속에도 사랑의 지도를 그린다. 연희는 유배객의 돌아가신 부모님을 위해 목욕을 재계하고 제수를 차리며, "살아서나 죽어서나 저버리지 않는 벗은 억만 사람 가운데 하나나 있을까요"라 속삭이던 여인이다.

그러나 "누각 밖은 북쪽으로 회령 가는 길"이라는 결구는 "하늘 끝 땅 끝에 산과 강이 막힌다"는 시구 그대로 절망이다. 그럼에도 사랑이란 생각하면 할수록 더 못 잊게 되는 것. 그렇게 『사유악부』는 유배와 이별의 땅 '부령'을 연희의 땅, 사랑의 문학지리文學地理로 자리매김한 유배객의 눈물어린 절창絶唱이다.

김금원『호동서낙기』

조선 말기의 여성 문인 김금원(1817~?)이 남긴『호동서낙기』는 기행
문이자 그미의 자서自敍이기도 하다. 여성의 국문 기행문으로 의령宜寧
남씨南氏의『관북유람일기關北遊覽日記』와도 비길 만한 기행문인 동시에,
평생 여행의 내력을 정리해 자서전이 되도록 했다는 점에서 묘미가 있는
글이다.

동인 박죽서朴竹西가 발문에 썼듯이, "시문에 능한 이는 예로부터 강산
江山의 도움이 많다"고 한 것의 좋은 보기가 되는 글이라 할 만하다. 시골
의 한미寒微한 가문에 태어난 열네 살 소녀는 고향인 원주原州에서 제천
을 거쳐 금강산金剛山과 한양을 여행했고, 결혼 뒤에는 남편을 따라 북쪽
변방을 두루 여행했다.

천하 강산은 크고, 고금 세월은 오래구나. 인간사 가고 옴은 하나도 같

지 않고, 생물은 형형색색 또한 만 가지로 같지 않다. 산은 본래 하나이나 끝내 만 가지로 흩어져 수많은 모습의 서로 다른 산이 있고, 물은 본래 만 줄기나 끝내 하나로 모여 일천 물결 일만 굽이의 다름이 있다. …… 남자와 여자의 다름도 …… 만물마다 다르다.

비록 그러나 눈으로 산하의 큼을 보지 못하고 마음으로 사물의 중다함을 겪지 못한다면 통변해 그 이치에 도달할 수 없어, 국량이 협소해지고 식견이 통달하지 못한다. 따라서 인자仁者는 산을 좋아하고 지자知者는 물을 좋아하며, 남자가 사방에 노니는 뜻을 귀중히 여기는 이유이다. 여자 같으면 발이 규문 밖을 나가지 못하고 …… 규중에 깊이 살아 그 총명과 식견을 넓힐 수가 없어 끝내 사라져버리게 되는 것이니 어찌 슬프지 않겠는가?*

경인庚寅(1830)년 춘삼월, 남장男裝을 한 채 수레를 타고 의림지를 찾은 열네 살 난 시골 소녀는 연못을 구경하며 민물 생선회를 맛보는 풍류를 누렸고, 여기에 지방의 명물인 순채에 오미자 간을 쳐서 처음 먹어보는 호사를 더했다. 그리고 동해안으로 내금강과 외금강을 두루 구경하고,

* 이혜순 · 정하영 옮김, 『한국고전여성문학의 세계: 散文篇』(서울: 이화여자대학출판부, 2003).

관동팔경關東八景과 설악산을 종주하여 한양漢陽에 이르렀다.

시골 소녀 김금원의 금강산 여행은 천하 명기 황진이를 빼면, 제주 여걸 김만덕金萬德의 금강산 유람과 멀지 않은 동시대였다. 그리고 스물아홉에는 의주義州 부윤으로 부임하는 시랑侍郎 김덕희金德熙의 소실이 되어, 행차보다 먼저 길을 떠나 의주에 이르렀다. 2년간 이곳 용만龍灣에 살면서 통군정統軍亭에 오르고 압록강과 구련성九連城을 구경하며 국경 도시를 두루 여행한 그미 평생의 여정은 자서전을 이루었다.

지금은 바야흐로 '길[걷기]'의 시대이며, 길 걷는 사람들의 주류는 단연 여성이다. 예로부터 아들을 낳으면 뽕나무 활에 쑥대 화살로 천지사방을 쏘아, 웅비雄飛하기를 비는 풍습이 있었다. 지금은 산천유람의 7~8할은 여성인 시대, 일찍이 김금원은 자신이 황진이, 김만덕을 이어 이런 여성 길 걷기 시대의 선봉이 되리라는 꿈이나 꾸었을까?

김삿갓의 풍악산 시

난고蘭皐 김삿갓(본명 김병연, 1807~1863)은 우리 문학사에서 한문학의 마지막 시대를 장식한 작가로, 방랑의 생애와 풍자적 세계인식으로 기억되는 존재이다. 스스로 답청유자踏靑遊子 행락소년으로 자처했다는 김삿갓이 특히 금강산을 이웃집 다니듯 했다는 말은 그의 금강 시에서도 읽을 수 있다.

금강산

천하를 떠도는 자가 또 가을을 맞아
시붕과 언약하고 금강산 산사에서 만났다
소동의 사람들도 함께 와 흐르는 물도 암암한데
절로 돌아가는 중의 뒤로 흰 구름이 뜬다
삼생의 소원을 내 이제 약간 푼 셈이니

크게 마심이 만 가지 수심을 능히 풀만 하도다

맑은 느낌을 어렴풋이 붓 들어 감나무 잎에 쓰고

잠깐 누워 서쪽 수풀에 비 돋는 소리가 그윽함을 듣는다.

江湖浪跡又逢秋 約伴詩朋會寺樓 小洞人來流水暗 古龕僧去白雲浮

薄遊少答三生願 豪飮能消萬種愁 擬把淸懷書柿葉 臥聽西國雨聲幽

가을의 금강산은 그 이름도 풍악산이며, 풍악의 가을은 "천하 가을의 대본영"이라니,* 가을에 금강을 다시 찾은 행락소년으로서도 "이제 삼생의 소원을 약간 푼 셈"이라고 했을 터이다. 전생과 내생의 소원까지 푼 즐거움이며, 당연히 "크게 마셔 만 가지 수심을 능히 풀 만하다"고 했으리라. 게다가 시 동인[詩朋]과 함께 한 가을 저녁에, 소동정(통천의 바닷물 호수, 석호)의 물빛이 비추는 절로 돌아가는 스님의 모습이 평화로운 금강의 가을 풍광이다.

금강산 시 이야기를 쓰자니, 오래 막혔던 남북 이산가족 상봉 소식이 훈풍으로 날아들었다. 남녘에 금강산 길이 열리면서 나는 봉래산으로 가 외금강에 두 차례 내금강에 한 차례 올랐다. 내금강이 열리던 날은 후배인 김상일 교수의 '금강산 시' 강의의 종강 기념 기행이라고 해서 대학원생들과 동행했다. 시집가는 기쁨으로 초등학생 손주까지 데리고 따라나

<hr>

* 이응수, "김삿갓과 금강산", 《동아일보》, 1931년 4월 15일 자, 4면.

선 남녘 출신 내 아내의 금강산 시 한 수는 분단 60년을 떠돈 민족 이산離散의 역사로 읽히기에 김삿갓 금강산 시 뒤에 붙여본다.

금강 부부나무

내금강 표훈사 내리막 길가

포옹하다 뜨거워

녹아서 붙어버린 가슴으로 서 있는

나무 한 그루가 있다

이산가족 상봉하던 부부의

타는 속과 가슴이 저러할까

다시는 헤어지지 말자고

허리가 부러져라 껴안은 것을 보면

선 채로 나무가 되어 부부로 살고 싶은 모양이다

— 이소희, 『밤을 떠나는 나무』에서

3부

빼앗긴 들판에서

안중근 의사의 '동양평화론'

2010년은 경술국치庚戌國恥 100주년이 되는 해인 동시에, 안중근安重根 (1879~1910) 의사와 매천梅泉 황현黃玹(1855~1910)의 서거 100년을 맞는 역사적인 해이다. 경술년 전해(1909) 10월 26일 만주 하얼빈 역에서 이토 히로부미伊藤博文를 사살한 안중근 의사는 경술년 3월 26일 뤼순 감옥에서 동아시아 평화를 외치며 일본 국가 권력에 죽임을 당했다. 그리고 같은 해 9월 10일에는 전라도의 이름난 선비 매천이 나라 잃은 슬픔을 곱씹으며 절명사를 남기고 자결했다.

이때 안중근 의사는 이토 히로부미가 '동양 평화'를 깨뜨렸기 때문에 죽였다고 당당히 공언하고, "동양평화가 무엇이냐?"고 묻는 일제의 검찰관에게 "아시아 각국이 모두 자주적으로 독립하는 것"이라고 일갈해서 스스로의 평화의 정신을 재천명했다.

그는 자신이 갇혔던 역사의 땅 뤼순의 중립화론을 비롯해 동양 3국 평

화회의와 공동 군단 창설, 공동 경제개발, 공동 화폐 발행을 주창했으며, 더 나아가 로마 교황청의 인증론까지 펼치며 아시아 각국이 자주적으로 독립하는 평화의 동아시아 공동체를 꿈꿨다.

안 의사는 독실한 가톨릭 신자였고, 그래서 동양의 평화를 위한 로마 교황청의 중재까지 생각했을 터이다. 그가 최후를 마친 뤼순 감옥은 독립운동가 이회영과 구한말 언론인 단재 신채호 선생이 1936년 순국 때까지 9년을 갇혀 있던 곳이기도 하다.

그의 서거 100년, 그의 동양 평화사상은 노무현 전 대통령의 동북아 시대 구상으로 세계적으로 주목받은 바 있다. 그것은 또한 EU(유럽연합) 정신의 선편으로도 평가되며, 이제는 경술국치 100년의 민족사를 넘어 맞이한 새로운 국제 시대에서 인류 평화사상의 한 디딤돌이 되었다.

한편 망국의 소식이 시골에까지 전해진 경술년, 자결을 결심한 매천은 "나라가 망하는 날에 선비 한 사람이라도 죽어야 할 인仁을 이루리라"고 하며 절명사絶命辭 4수를 남긴 뒤 죽음을 택했다. 이름 없는 무지한 백성들까지도 나라가 망한다는 소식에 목숨 바쳐 싸우는 때, "글 아는 사람 구실 참으로 어렵도다"는 한탄 속에서 아편을 삼키고 눈을 감은 것이다.

> 새와 짐승도 갯가에서 슬피 우는데
>
> 무궁화 나라는 이미 사라졌는가
>
> 가을 등불 아래 책 덮고 옛일 회상하니
>
> 글 아는 사람구실 참으로 어렵도다
>
> 鳥獸哀鳴海岳嚬 槿花世界已沉淪 秋燈掩卷懷千苦 難作人間識字人
>
> —「절명사」의 둘째 시

김택영金澤榮 · 이건창李建昌과 함께 조선 말 3대 시인으로 추앙받는 황현의 『매천야록』은 1864년부터 1910년까지를 기술한 비판적 역사서로, 그가 순국한 이듬해(1911) 일제의 검열을 피해 중국에서 간행되었다. 이 책의 편집자로 매천과 평생토록 가장 친했던 김택영은 '본전本傳'에서 매천의 문장이 하늘을 움직였다며 역사적 평가를 내린 바 있다.

그리고 그는 이때 나라가 망하는 일에 의분을 참지 못해 죽은 당대의 의인 15명의 이름을 열거해 함께 역사에 남겼다. 금산 군수 홍범식, 판서 김석진, 참판 이만도에서 여러 지방 유생과 반씨 성을 가진 환관 한 사람에 이르기까지.

면암 최익현의 「의병격문」

면암勉菴 최익현(1833~1907)은 화서 이항로李恒老의 문하에서 배운 독립운동가로 일제의 침략정책에 반대해 의병을 일으키고, 이후 대마도對馬島로 유배되어 순절한 애국지사이다. 1894년 청일전쟁 뒤에 일본은 조선 식민지화를 획책, 친러시아 성향의 명성황후明成皇后를 시해弑害했다. 1904년 2월에는 한일의정서韓日議定書 체결을 강행했고, 이듬해의 2월 22일에는 우리 독도獨島를 다케시마竹島라 하여 제 나라 시마네 현島根縣에 편입시키는 침략을 저질렀다.

"경상북도 울릉군 울릉읍 독도리, 『세종실록 지리지』오십 쪽 셋째 줄"(정광태, 「독도는 우리땅」)이라는 구성진 노래는 북녘에서도 인기가 높아, 국가 정보원이 발표한 북조선 인민이 즐겨 부르는 남한 가요 5곡 가운데 하나라 한다. 이 노래에는 "대마도는 몰라도"라는 구절이 특히 기발하다.

일본이 독도 침탈극을 일으킨 이해(1904) 3월 2일, 일본공사가 한일의 정서를 성토한 면암과 허위許蔿를 엄중 처벌하라고 한국 정부에 요구했고, 11일에는 일본 헌병대장이 직접 이들을 잡아가두었다. 3월 일본군이 청나라 봉천奉天(지금의 선양瀋陽)을 점령하자, 일본 내각은 여세를 몰아 4월 8일 일방적으로 한국에 대한 일본의 보호권 확립을 결정했다.

1905년, 이른바 을사 5조약이 강행 처결되자 면암은 일흔넷의 고령으로 조상 묘소에 하직하고 낙안樂安 군수를 지낸 임병찬林炳瓚과 함께 200여 명의 의병을 모았다. 의병의 규모는 6월 4일 태인泰仁에서 정읍으로, 다시 흥덕을 거쳐 순창淳昌에 이르렀을 때 500명을 넘었고 이후 다시 순창으로 왔을 때에는 800명에 이르렀는데, 뜻밖에도 황제의 해산령을 접한 면암은 통곡하며 이들을 해산시켰다.

면암의 모병 격문

아, 저 일본의 적敵은 실로 우리의 백대의 원수로서, 임진왜란에 이릉二陵의 화를 입은 것을 어찌 차마 말하겠는가? 또한 병자수호조약丙子修護條約을 맺어 한갓 외국의 엿보는 바가 되게 하였다. 수호조약의 먹물이 채 마르기도 전에 공갈협박의 환란이 문득 이르러 우리의 정부를 능멸하고, 우리의 도망한 역적을 감싸주며, 우리의 강상綱常을 어지럽히고, 우리의 의관衣冠을 부쉈으며, 우리의 국모國母를 시해弑害하고 우리 임금의 머리를 깎는가 하면, 우리의 관원을 노예로 삼고, 우리의 백성을 도륙屠戮하였고, 우리의 묘지와 재산으로써 저들의 손아귀에 들어가지 않은 것이 있는가. 이러하고도 오히려 부족하여 저들은 딴 생각을 하고 있는 것이다.

오호라, 작년 10월 저들이 한 행위는 만고에 일찍이 없던 일로서 ……
우리 의병 군사의 올바름을 믿고, 적의 강대함을 두려워하지 말자. 이에 격문을 돌리노니, 도와 일어나라

— 「면암집 잡저勉庵集 雜著」 격문*

면암은 우리 사법부가 아닌 일제의 재판을 받고 대마도對馬島에 유배되었다. 그리고 유배 3년, 1907년 1월 1일 면암은 단식 끝에 왜倭의 땅에서 숨을 거두었는데, 대마도 수선사修善寺 묘역에 그의 순국비가 외롭다.

---

* 이광린 · 신용하, 『사료로 본 한국문화사: 근대편』(서울: 일지사, 1984).

단재 신채호의『조선상고사』서문

단재丹齋 신채호申采浩(1880~1936)는 구한말의 사학자로, 2010년은 그의 탄생 130주년이 되는 해다. 일찍이 ≪황성신문≫과 ≪매일신보≫의 논설위원으로 활동한 그는, 이름 높은 독립운동가였다. 단재가 날선 필치로 조선 민중을 일깨운『조선상고사』서문은 특히 이름난 명논설이어서 다시 읽는 뜻이 있다.

역사란 무엇이뇨? 인류 사회의 '아我'와 '비아非我'의 투쟁이 시간부터 발생하여 공간부터 확대하는 심적心的 활동 상태의 기록이니, 세계사라 하면 세계 인류의 그리 되어온 상태의 기록이며, 조선사라 하면 조선 민족의 그리 되어온 상태의 기록이니라.

무엇을 '아'라 하며 무엇을 '비아'라 하느뇨? …… 무릇 주관적 위치에 선 자를 아라 하고, 그 외에는 비아라 하나니, 이를테면 조선인을 아라 하고 영·미·법·로······ 등을 비아라 하지만, 영·미·법·로······ 등은 각기 제 나라를 아라 하고 조선을 비아라고 하며, 무산無産 계급은 무산 계급을 아라 하고 지주나 자본가를 비아라고 하지마는, 지주나 자본가는 저마다 제붙이를 아라 하고 무산계급을 비아라 한다. ······ 그리하여 아에 대한 비아의 접촉이 잦을수록 비아에 대한 아의 분투가 더욱 맹렬하여 인류 사회의 활동이 휴식될 사이가 없으며, 역사의 전도가 완결될 날이 없나니, 그러므로 역사는 아와 비아의 투쟁의 기록이니라.

"역사는 아와 비아의 투쟁의 기록이니라." 이런 강인한 역사관은 민중이 직접 혁명으로 반일 독립은 물론, 무산자의 혁명을 이루어야 한다는 주장을 펴던 말년의 사상일 터이다. 그가 「조선 혁명선언」을 쓴 데서도 알 수 있듯 그는 "조국의 민족사를 똑바로 써서, 시들지 않는 민족정기가 자유 독립을 꿰뚫는 날을 만들어 기다리게 하자"(안재홍, 『조선상고사』 서문)는 열성에서였을 터이다. 그는 안중근 의사가 순국한 이국의 땅 뤼순 감옥에서 8년을 고문당하다 결국 한 줌 재로 고국에 돌아왔다.

고향의 동지 홍명희洪命憙는 그의 순국 소식에 "살아서 귀신이 되는 사람이 허다한데, 단재는 살아서도 사람이고 죽어서도 사람이다"(「곡단재哭丹齋」)라고 하며, "조국과 겨레를 위해 몸 바친 광복의 화신"(『조선사연구초』 서문)이라 평했고, 고향 후배 시인 도종환은 첫 시집의 제목 시이기도 한 「고두미 마을에서 - 단재 신채호 선생 사당을 다녀오며」에서 그 민족정신을 이렇게 이었다.

이 땅의 삼월 고두미 마을에 눈이 내린다
오동나무 함에 들려 국경선을 넘어오던
한줌의 유골 같은 푸스스한 눈발이
동력골을 넘어 이곳에 내려온다
꽃메 마을 고령 신씨도 이제는 아니 오고
금초하던 사당지기 귀래리 나무꾼
고무신 자국 한 줄 눈발이 지워진다
……
이 땅에 누가 남아 내 살 네 살 썩 비어
고우나 고운 핏덩어릴 줄줄줄 흘리런가
이 땅의 삼월 고두미 마을에 눈은 내리는데

한용운 『님의 침묵』의 '군말'

군말

'님'만이 님이 아니라 기룬 것은 다 님이다. 중생衆生이 석가釋迦의 님이라면 철학哲學은 칸트의 님이다. 장미화薔薇花의 님이 봄비라면 마시니(Mazzini, 1805~1872, 이탈리아의 통일을 이끈 혁명가)의 님은 이태리다. 님은 내가 사랑할 뿐 아니라 나를 사랑하나니라.

연애戀愛가 자유自由라면 님도 자유일 것이다. 그러나 너희는 이름 좋은 자유에 알뜰한 구속을 받지 않느냐. 너에게도 님이 있느냐. 있다면 님이 아니라 너의 그림자니라.

나는 해 저문 벌판에서 돌아가는 길을 잃고 헤매는 어린양羊이 그리워서 이 시를 쓴다.

만해 한용운韓龍雲(1879~1944)은 그의 첫 시집이며 마지막 시집이기도 한 하나뿐인 시집 『님의 침묵沈默』의 머리말을 '군말'이라고 썼다. 그리고 첫머리에 쓰기를, "님만이 님이 아니라 기룬 것은 다 님"이라고 했다. 그뿐 아니고 스스로 "해 저문 벌판에서 돌아가는 길을 잃고 헤매는 어린 양"을 기루며, 그래서 이 시를 쓴다고 했다.

'어린양'이라면 생후 1년 미만의 양, 주로 희생 제물로 죽임을 당하는 양을 뜻한다. 기독교의 상징이기에 다소 뜻밖이라 할 수 있지만, 그래서 더욱 강렬한 이미지에 더한다. 만해는 스스로 "해 저문 벌판에 …… 길을 잃고 헤매는 어린양"을 위해서, 그리워해서, 사랑해서 이 시를 쓴다고 '군말'을 썼다. 중생 제도의 강렬한 보살행菩薩行일 터이다.

일찍이 만해의 후배로 동악東岳(동국대학교) 시단에서 자란 조지훈趙芝薰은 말하기를, "한용운 선생의 진면목은 혁명가와 선승禪僧과 시인의 일체화에 있었다"고 했다. 그리고 "이 세 가지의 성격은 마치 정삼각형과 같아서 어느 것이나 다 다른 양자를 밑변으로 한 정점을 이루어, 각기 독립한 면에서도 후세의 전범이 되었지만, 이 세 가지를 아울러 보지 않고서는 만해의 진면목은 체득되지 않는다"고 했다.*

그는 만해의 문학을 일관하는 정신이 또한 민족과 불佛을 일체화한 님에 대한 가없는 사모에서 기인한 것이라 했다. 이렇게 생각할 때 이 '군

---

* 박노준·인권환, 『만해 한용운 연구』(서울: 통문관, 1975).

말'은 참으로 군말이 아니라 그의 첫 시집의 '첫 시'라 할 만하다.

만해 스님이라면 '별난 시인'이라는 인상이 우선 떠오를 텐데, 실제로도 그랬다. 시인으로 그가 낸 시집은 이것이 유일하고, "스무 살이 넘어서도 아직도 시인이 되려는 사람은 ……"이라 일갈한 엘리엇(Thomas Stearns Eliot)의 명구가 유행하던 세기말에 쉰 살 가까워서 이런 시집을 낸 데다,『님의 침묵』이라는 제목에 '군말'이라는 머리말을 붙였다. 게다가 끝말로 쓴 '독자에게'에서는 스스로 시인으로 여러분 앞에 서는 것을 부끄러워한다고 하고, "독자는 나의 시를 읽을 때" "나를 슬퍼하고 스스로를 슬퍼할 줄을 안다"고 했다.

> "밤은 얼마나 되었는지 모르겠습니다
> 설악산의 무거운 그림자는 엷어갑니다
> 새벽종을 기다리면서 붓을 던집니다"

밤은 얼마나 되었는지 모르게 깊고, 독자는 시인을 슬퍼하고 스스로를 슬퍼할 시간. 그러나 이러한 『님의 침묵』 속에서, 설악산의 그림자는 점차 엷어지더라도 새벽종은 정녕 울리게 될 것이다.

백범 김구의 '나의 소원'

백범白凡 김구金九(1876~1949)는 대표적 항일 독립운동가로, 그의 자서전『백범일지白凡逸志』가 이루어진 것은 그의 나이 예순다섯이었던 1941년의 망명지 중국에서였다. 독립이 없는 백성으로 일흔 가까이 살아온 설움과 부끄러움으로 독립된 정부의 문지기가 되기를 원했다는 뜻은 "차라리 계림鷄林의 개돼지가 될지언정 왜왕倭王의 신하로 부귀를 누리지 않겠다"던 박제상朴堤上의 고사와 함께 더욱 빛났다.

민족국가의 자유로운 발전 위에서만 세계평화가 가능하다고 믿었던 그의 정치 이념은 한 마디로 '자유'였다. 당연히 자유의 반대개념인 독재를 철저히 비판했는데, 그 가운데서도 가장 비판한 것이 철학을 기초로 한 계급 독재였다. 따라서 마르크스주의 독재의 나라 소련을 가장 비판했고, 그에 비겨 미국식 민주주의를 옹호했다. 이렇게 그의 정치 이념은 독재를 싫어하고 자유로운 민주정치를 강조하는 데 집중되어 있다.

백범은 특히 '내가 원하는 우리나라'를 말하며 사상의 자유를 담보하는 정치적 안정과 교육으로 화평한 문화를 이룩할 것을 소원했다. 대한의 완전한 자주독립이야말로 이런 그의 소원을 요약한 목표였음은 두말할 필요가 없었다. 부록한 그의 「나의 소원」 한 편은 조국 광복에 몸 바친 그가 민족에게 주는 당부의 말이며, 민족사상의 대강을 보여주는 감동적인 글발이다.

나는 우리나라가 세계에서 가장 아름다운 나라가 되기를 원한다. 가장 부강한 나라가 되기를 원하는 것이 아니다. 내가 남의 침략에 가슴이 아팠으니, 내 나라가 남을 침략하는 것을 원치 아니한다. 우리의 경제력은 우리의 생활을 풍족히 할 만하고, 우리의 힘은 남의 침략을 막을 만하면 족하다. 오직 한없이 가지고 싶은 것은 높은 문화의 힘이다. 문화의 힘은 우리 자신을 행복하게 하고, 나아가서 남에게 행복을 주기 때문이다.

지금 인류에게 부족한 것은 무력도 아니요 경제력도 아니다. …… 인류가 현재에 불행한 근본 원인은 인의仁義가 부족하고 자비가 부족하고 사랑이 부족한 때문이다. …… 인류의 이 정신을 배양하는 것은 오직 문화이다. 나는 우리나라가 남의 것을 모방하는 나라가 되지 말고, 이러한 높고 새로운 문화의 근원이 되고 목표가 되고 모범이 되기를 원한다. 그래서 진정한 세계의 평화가 우리나라에서, 우리나라로 말미암아 세계에 실현되기를 원한다.

이 「나의 소원」은 당연히 백범 스스로의 평생의 소원인 동시에 그가 생각해온 우리 민족의 소원일 터이다. 이런 백범이기에 스스로의 삶을 공적 모습으로 설계했을 터이지만, 특히 그의 자전 『백범일지』에 등장하는 사람들 가운데 그가 강조해서 그린 중요한 인물로는 원칙주의 신앙인 도인권都仁權이 있고, 나라를 위해서 목숨을 버린 이봉창李奉昌과 윤봉길尹奉吉이 있었다.

그 스스로 중시해온 공적 인간관公的 人間觀을 그 자신과 이들에게서 볼 수 있고, 이것은 그들이 산 시대의 선구자들의 정신이기도 했으리라.

주시경과 태권도인의 눈물

한힌샘 주시경周時經(1876~1914)은 갑오경장 이후에 일어난 애국운동과 우리말 우리글의 보급 및 연구에서 가장 두드러진 노력을 기울였던 국어학자이자 사상가이다.

그는 우리글 정음正音에 '한글'이라는 이름을 붙였을 뿐 아니라, 우리 문법 연구의 길을 열고 우리말·우리글의 연구와 보급에도 앞장서서 청년 학도들을 길러냈다. 국어 연구의 제1세대인 장지영, 권덕규, 김두봉, 신명균, 최현배, 김윤경, 이병기 등을 키워낸 이가 바로 '주보따리' 한힌샘 선생이다.

황해도 봉산鳳山에서 태어나 서울 배재학당에서 공부한 그는 ≪독립신문≫의 교정을 맡아보면서 배재학당 등 수십 곳을 돌며 한글을 가르쳤고, 국문동식회國文同式會를 만들어 조선어학회朝鮮語學會, 한글학회로 발전할 기틀을 마련했다. 그야말로 국어 연구, 국어 보급, 국어 사랑의 전도사라 할 인물이었다. 갑오경장 뒤에 정부의 학부學部 안에 둔 국문연구소의 중심인물이었고, 『국어문전음학國語文典音學』(1908) 등 책을 지어 국어연구에도 앞장섰다.

　　하늘이 그 구역에 그 인종이 살기를 명하고, 그 인종에 그 말을 명하여, 한 구역의 땅에 한 인종을 낳고, 한 인종의 사람에 한 가지 말을 내게 함이라. 그러므로 하늘이 명한 성을 따라 그 구역에 그 인종이 살기 편하며, 그 인종이 그 말을 내기에 알맞아 천연天然의 사회로 국가를 만들어 독립이 각각 정해지니, 그 구역은 독립의 터전〔基〕이요, 그 인종은 독립의 몸〔體〕이요, 그 말〔言〕은 독립의 성性이다.

─『국어문전음학』에서*

* 박종국,『한국어발달사 증보』(서울: 세종학연구원, 2009) 참조.

나라말이 바로 서야 나라가 바로 서고, 그 말은 독립의 바탕이라는 굳은 믿음은 주시경의 투철한 사상이기도 했다. 그는 융희 원년(1907) 여름에 상동(지금 남창동) 청년 학원에서 '제1회 하기 국어 강습소'를 차린 것을 시작으로, 융희 3년(1909) 수송동 보성중학교(지금 조계사)에 일요학교 '한글모(조선어 강습소)'를 차려 1914년 세상을 떠날 때까지 열과 성을 다하여 이끌었다.*

한힌샘은 언제나 검소한 무명 바지저고리에 두루마기를 걸치고, 늘 책보따리를 들고 다녀서 '주 보따리'라는 별명으로 통했다고 한다. 혹은 한글만 쓰기를 주장해서 학생들이 주선생의 이름, 즉 두루 주周, 때 시時, 글경經을 풀어서 "두루 때 글" 선생이라 불렀다는 일화도 전한다.

주시경은 나라와 민족의 정신인 한글을 소홀히 하고 한문 배우기에 반생을 허비하는 우리 교육의 현실이 안타까워 한글 펴기에 전심하다 마흔도 못 되는 나이에 돌아갔다. 북한은 그 제자 김두봉 등이 앞장서서 순수 한글문화를 이루었다. 남한은 옛날 한문 자리에 영어가 차고 앉아 우리말 우리글이 한문 시대보다 더한 수난을 겪고 있는 실정이다.

영어 몰입교육으로 자발적 문화 식민지가 된 현실에서 최근에는 태권도인의 눈물어린 한탄이 울려 퍼졌다. 태권도라면 '한글·김치·한복'과 더불어 세계에 한국을 알리는 대표적인 문화 자산인데, 한국 사람이 총

---

* 한글학회 50돌 기념사업회 엮음, 『한글학회 50년사』(서울: 한글학회, 1971).

재를 맡고 있는 세계연맹에서 공식용어를 영어로 바꾸었다는 것이다. 다시 한힌샘의 정신으로 돌아가야 한다. "그 구역은 독립의 터전이요, 그 인종은 독립의 몸이요, 그 말은 독립의 성性이다."

나혜석의 '인형의 집'

정월晶月 **나혜석**羅蕙錫(1896~1948)은 한국 최초의 근대 여성 화가이자 작가, 여성해방론자로 한국 여성사의 한 샛별이었다.

일류 화가, 작가, 사상가로 뚜렷한 자기 세계를 추구했던 여성으로, 남편이 아닌 남자와 연애를 하고, '이혼 고백장'과 같은 자기를 드러내는 글씨를 통하여 지속적으로 여성에 대한 '신화'를 해체하는 작업을 그치지 않았던 그미는 '100년을 앞서 살았던 여성'이었다.

— 이상경 엮음, 『나혜석전집』

나혜석은 한마디로 사건의 일생을 살았다. 군수를 지낸 관료의 딸로 수원에서 태어난 그미는 도쿄여자미술학교에 유학한 열아홉에 일본의 전위적 여성 문예지인 ≪세이토靑鞜≫의 세례를 받고 유학생학우회 잡지에 「이상적 부인」을 발표하며 스스로 여성해방론자의 길을 선택했다. 사실 「이상적 부인」은 넘치는 의욕에 비하면 거의 소화되지 않은 사상과 치졸하게 모방된 문체로 되어 있다. 그러나 개성, 자각, 이상적 부인 등의 열쇠 말이 두드러졌고, '그림자〔影子〕도 보이지 않는 어떤 길을 향해 무한한 고통과 싸우며 노력코자' 하는 의지가 뚜렷이 드러난 삶을 지향했다.

'신여성'으로 나혜석의 자각은 그미의 「모母된 감상기」를 통해서 일차적으로 폭발했다고 할 만하다. 1920년 4월 스물다섯의 나이로 결혼한 나혜석은 이듬해 4월에 첫딸을 낳고 '김(우영)과 나(혜석)의 기쁨'이란 뜻으로 김나열金羅悅이라는 이름을 지어 딸의 출산을 자축했다. 이맘때쯤 나혜석의 시 「인형의 집」이 발표되었는데, 이야말로 그의 여성해방 사상을 잘 드러낸 작품이었다.

    내가 인형을 가지고 놀 때
    기뻐하듯
    아버지의 딸인 인형으로
    남편의 아내 인형으로
    그들을 기쁘게 하는
    위안물 되도다
    (후렴)

노라를 놓아라

최후로 순순하게

엄밀히 막아논

장벽에서

견고히 닫혔던

문을 열고

노라를 놓아주게

(중략)

아아, 사랑하는 소녀들아

나를 보아

정성으로 몸을 바처다오

맑은 암흑 횡행橫行할지나

다른 날, 폭풍우 뒤에

사람은 너와 나

— ≪매일신보每日申報≫ 1921년 4월 3일 자

이 노래는 1921년 1월 25일부터 양백화梁白華 등의 번역으로 ≪매일신
보≫에서 연재되었던 헨리크 입센(Henrik Ibsen)의 『인형의 집(Et Dukk-
ehjem)』 마지막 회에 실린 것이다. 그리고 나열을 낳아 기른 지 2년에 문
제의 「모母된 감상기」를 잡지에 발표했는데, '조선 역사에 처음 있을' 어

머니의 고백이면서, 이 세상 모든 여성이 겪어왔을 해산의 경험과 감상을 글로 공표하는 사실 자체로서 '사건'이었다.

이를 비판하는 백결생百結生의 「관념의 남루襤褸를 벗은 비애」와 다시 이에 대한 나혜석의 반박으로 여성의 허물벗기는 한층 대담해졌다. 그러나 그보다 먼저 3·1 운동 때에는 김마리아 등과 여성 운동을 조직한 혐의로 일본 경찰에 심문을 당하고, 이렇게 그미는 한국 근대 여성사 100년을 앞서 산 선각자였다.

방정환 "어린이 고대로가……"

소파小波 방정환方定煥(1899~1931)은 한국에서 처음으로 '어린이날'을 만든 이로, 「어린이 찬미」를 쓴 것을 비롯해 본격적으로 아동문학과 어린이 문화운동을 일으킨 세계 어린이 운동의 창시자였다. 양반에 대해 상민이, 남자에 대해 여자가, 자본가에 대해 노동자가 자기 권리를 위해 떨치고 일어난 인권 운동도 쉽지 않은 변화였다. 그러나 어린이처럼 스스로 자기 권리를 주장하고 나설 수 없는 사람들을 위해 헌신한다는 것은 진보적 선견先見이며, 인권운동이었다.

소파는 일본에서 유학하며 철학과 아동문학을 공부했고, 1920년 ≪개벽開闢≫ 3호에 번역 동시 「어린이 노래, 불 켜는 이」를 발표해 처음으로 '어린이'란 말을 문화어로 정착시켰으며, 어린이를 하나의 인격체로 높이는 운동을 일으켰다. 1921년 서울에서 '천도교 소년회'를 만들었고, 이듬해에는 5월 1일을 어린이날로 선포했으며, 1923년 어린이 잡지 ≪어린이≫를 창간했다.

　새와 같이 꽃과 같이, 앵두 같은 입술로 부르는 노래, 그것은 고대로 한
울(하늘)의 소리입니다. 비둘기와 같이 토끼와 같이, 부드러운 머리를 바
람에 날리면서 뛰어 노는 모양 고대로가 자연의 자태이고, 고대로가 한울
의 그림자입니다.

― ≪어린이≫ 창간사에서

　어린이가 사랑스럽다고 귀여워하지 않을 사람이 세상에 있을까마는,
이렇게 어린이가 부르는 노래를 '하늘의 소리'에 비기고, 그 노는 모양을
하늘의 그림자라고 고백할 줄을 사람들은 몰랐다. 소파는 또 말했다.

　어린이는 풀로 비기면 싹이요, 나무로 비기면 손인 것을 알자. …… 한
없는 극極 없는 보다 이상以上의 명일明日의 광명을 향하야 줄달음치는 자
임을 알쟈. …… 그들(어린이)을 떠나서는 우리에게 아무러한 희망도 광
명도 없는 것을 깨닫쟈.

― ≪개벽≫ 23호

　이런 어린이 사랑의 정신은 천도교의 3대 주교 의암 손병희孫秉熙의 사
위이자 사람이 곧 하늘이라는 '인내천人乃天' 사상에 투철했던 그의 사람

사랑의 정신의 도달점이었을 터이다. 그의 어린이 사랑의 정신은 그가 쓴 「어린이 찬미」에서 특히 아름답게 발현되었다.

　　이태까지는 모든 사람들은 하느님이 우리에게 복을 준다고 믿어왔다. 그 복을 많이 가져온 이가 어린이다. 그래 그 한없이 많이 가지고온 복을 우리에게도 나누어준다. 어린이는 순 복덩이다. 마른 잔디에 새 풀이 나고, 나뭇가지에 새 움이 돋는다고 제일 먼저 기뻐 날뛰는 이도 어린이다. ⋯⋯ 눈이 온다고 기뻐 날뛰는 이도 어린이다.

　　　　　　　　　　　　　　　　　　　　　　　─「어린이 찬미」 중에서

　이런 소파의 소년 운동은 1957년 '어린이 헌장' 공표로 이어졌다. 서울 종로 경운동 수운회관 앞에 세워진 '세계 어린이 운동 발상지' 기념비는

유엔의 '세계 아동인권 선언'보다 30년 앞선 한국의 어린이 운동을 기념
하는데, 여기에는 소파의 말이 이렇게 새겨져 있다.

삼십년 사십년 뒤진 옛 사람이 삼사십년 앞선 사람을 잡아끌지 말자.

김교신의 「조선지리 소고」

김교신金敎臣(1901~1945)은 도쿄 유학 중이던 1927년 함석헌 등과 함께 ≪성서조선≫을 창간하고, 1930년부터는 주필이 되어 출판을 담당하다가 '≪성서조선≫ 사건'으로 탄압을 겪은 민족주의자였다.

"≪성서조선≫아, 너는 소위 기독교 신자보다는 조선혼朝鮮魂을 소유한 조선인에게로 가라! 시골로 가라! 산골로 가라!"고 창간사에 썼던 그는 15년간 이 잡지를 내며 민족혼을 북돋았으며, 잡지를 폐간에 이르게 한 「조와弔蛙(개구리의 죽음을 슬퍼함)」와 같은 명문장을 쏟아냈다. 특히 그는 동경고사東京高師의 영문과에서 지리박물학과로 전과한 지리학자로, 최남선과 함께 한국 근대 지리학의 토대를 세웠다.*

---

* 이은숙, 「근대 지리학과 현대지리학의 가교 역할」, ≪진리의 벗이 되어≫, 제52호 (2001년 3월) 참조.

그는 양정고보養正高普에서 베를린 올림픽의 마라톤 우승자 손기정 선수를 키운 스승이었으며, '물에 산에'라는 답사 모임을 이끌어 학생들에게 지리 역사에 대한 사랑과 민족의식을 고취한 사상가였다. 특히 지리학자로서 ≪성서조선≫에 남긴 「조선지리 소고小考」는 그의 지리 역사의 조예造詣와 함께 그의 국토 사랑 민족 사상을 전해주는 명문이다.

5. 해안선

조선 산천을 말하는 사람은 금강산의 기암괴석을 찬미하거나 백두산의 웅장한 봉우리를 감탄하는 것으로 끝나나, 백문이 불여일견이라는 말을 쓰고자 한다면 그것은 바로 조선식 해안의 길이가 무궁함을 표현하는 데나 사용할 말이다. 지자智者는 바다를 사랑한다는 말이 사실일진대, 무릇 지자로서 자처하는 이는 한산도 앞바다에 작은 배를 띄워놓고 나갈 길을 찾아볼 것이다. 바다와 육지의 상대적 관계가 시시각각으로 변화하는 이 허다한 섬과 산허리 사이사이에서 돛을 달아 노를 저어가 보기를 바란다. 여기에서 자기의 지략을 신뢰할 수 있는 자는 미친 자이거나 불세출의 영웅이거나 둘 중의 하나라고 확신하여도 무방할 것이다. ……『대영백과사전』에서 '고려'라는 항목을 찾아보라. 거기에는 이순신과 거북선의 그림 설명이 있으리니, 세계인들로 하여금 조선을 기억하게 한 것은 다도해의 무궁무진한 그 기묘한 이치를 파악할 줄 알았던 한 장부가 있었던 까닭을 알 수 있다. …… 요컨대 3면의 해안선으로 보아도 조선 강토에 부족함이 없을 뿐 아니라, 해안선만은 실상 과분하다 하리만큼 조물주가 우리 민족에게 은혜를 베풀어 주신 것이라고 할 수밖에 없다.

— 「조선지리 소고」, ≪성서조선≫ 제62호

그의 지리 사상에는 그를 무교회주의로 이끈 우치무라 간조內村鑑三의 영향이 컸다. 우치무라는 ≪성서지연구聖書之硏究≫를 발간하는 한편으로, 유럽 지리학자 기요(Arnold Guyot)의 『지인론地人論(The Earth and Man)』 등을 참고로 『지인론』을 썼고, 『지리학고地理學考』를 낸 지리학자였다. 그러나 김교신의 「조선지리 소고」는 "조선의 국토는 그대로 조선의 역사이며, 조선 사람의 정신이 이 땅에 깃들고 민족 생활의 자취가 고스란히 각인되어 있다"는 그의 지리 사상의 부연이며, '성서'와 '조선(지리)'은 그의 삶의 두 기둥이었다.

가네코 후미코, 조선의 흙이 된 일본 여인

가네코 후미코金子文子(1903~1926)는 일본 여인으로, 조선 사람과 결혼하고 조선의 흙이 된 국적 없는 조선(한국) 사람이다. 일본에서 나고 자란 그미는 아홉 살이 되던 1912년 조선으로 와 충청북도 청원군 부용면 부강리에 살면서 3·1 운동을 겪고, 열일곱에 귀국했다. 일본에서 조선 청년 박열朴烈(1902~1974)을 만나 동거에 들어갔는데, 이때 맺은 '공동생활의 서약'*은 그미의 공동체 의식과 민족을 초월한 평등사상을 뚜렷하게 드러낸 글이다.

1. 동지로서 동거할 것.
2. 운동, 활동 방면에 있어 (金子文子가) 여성이라는 관념을 제거할 것.

....

* 金一勉, 『朴烈』(東京: 合同出版, 1973), p.55.

3. 서로는 '주의主義'를 위해서 그 운동에 협력할 것.

4. 한쪽의 사상이 타락해서 권력자와 손을 잡을 일이 생겼을 때에는 즉
   시 공동생활을 해지할 것.

가네코 후미코는 《청년조선》지에 실린 박열의 「개새끼」라는 시 한 편을 읽고는 서로 만나기도 전에 벌써 "전 생명을 고양하는 충격"을 받았다 했고, 그를 만나서는 "나는 당신에게서 내가 찾고 있던 것을 발견했습니다"라고 고백했다. 두 사람은 곧 "마음과 마음으로 맺어지고", "사상적 동지, 사랑의 동거자"로 이어졌다고 했다. 박열은 경성 고등보통학교 사범과 학생으로, 3·1 운동의 탄압을 피해 1919년 10월 도쿄로 건너간 뒤 1922년 봄에 가네코 후미코를 만나 동거에 이르렀다.

그러나 1923년 9월 1일에 일어난 관동대지진을 빌미로 일제는 사회주의자와 조선인 토벌에 나서서 9월 3일 이들을 붙잡아갔고, 일본 사회주의자의 대부 오스기 사카에大杉榮 부부를 총살했으며, 조선 사람 6,000명을 잡아 죽였다. 또한 이 과정에서 일제는 박열·후미코 부부가 천황 암살을 모의했다는 죄명으로 그들에게 사형을 선고했다. 이 일로 박열은 일본 정치범 최장기수로 22년 2개월을 감옥에서 보냈고, 가네코 후미코는 옥중에서 의문의 죽음을 맞아 스물세 해의 짧은 삶을 마쳤다. 박열의 주선으로 후미코는 문경의 박씨 선산에 묻혀, 평양 신미리 묘지에 묻힌 애인을 대신해 그의 고향의 흙이 되었다.

『무엇이 나를 이렇게 만들었는가(何が私をかうさせたか)』라는 자서전에서, 후미코는 스스로 반항운동에 동참한 이유와 일본 제국주의 타도의 명분을 뚜렷이 했다. 그리고 조선에서 겪은 체험을 중심으로 학대 받은 인간이 어떻게 변하는지에 대해, "자신을 표준으로 선하다고 생각하는 방향으로 나아갈 뿐"이라는 자각을 뚜렷이 했다.

나는 본디부터 인간평등을 생각해왔습니다. 사람은 사람으로서 평등하지 않으면 안 됩니다. 사람의 평등 앞에는 바보도 영리한 자도 없으며, 강자도 없고 약자도 없으며, 땅 위의 자연적 존재로서 삶이 있을 뿐입니다. 그런 삶의 가치는 완전히 평등하며, 모든 삶이 삶이라는 오직 한 가지 자격으로 사람의 사람다운 삶의 권리를 완전히 그리고 평등하게 향유해야 할 터입니다.

— 가네코 후미코, 「천황제 타도는 부부의 약속」에서*

---

* 布施辰治, 『運命の勝利者 朴烈』(東京: 世紀書房, 1946).

독립운동가 김산의 『아리랑』

독립운동가 김산金山(본명 장지락, 1905~1938)은 조국의 독립을 위해 과감히 싸우다 죽었음에도 탄생 100년이 되는 2005년이 되어서야 겨우 공로가 인정된 한국의 애국지사이다. 김산은 미국의 종군작가 님 웨일즈(Nym Wales)와 함께 자신의 일대기를 기록해 책으로 냈는데, 그것이 바로 『아리랑(Song of Arirang)』이다. 이 책의 제1장 「회상」의 머리 대목에서는 민족 민요 「아리랑」의 정서와 민족의 운명이 중첩되어 있다.

1920~1930년대 동아시아 대륙을 누비며 싸웠던 김산은 열 개도 넘는다는 가명假名 가운데 조선에 가장 많은 김씨 성에다 산처럼 동요하지 않고 살겠다는 결심으로 '산' 자를 붙여 이름으로 삼았으며, 이러한 자신의 이름과 함께 「아리랑」으로 조국의 정서를 보듬었다. 금강산金剛山에서 한 글자를 뺀 이름 '김산'과 「아리랑」으로 말이다.

조선에는 민요가 하나 있다. 그것은 고통 받는 민중들의 뜨거운 가슴에서 우러나온 아름다운 노래다. 심금을 울려주는 아름다운 옛 노래다. 심금을 울려주는 미美는 모두 슬픔을 담고 있듯이, 이것도 슬픈 노래다. 조선이 그렇게 오랫동안 비극적이었듯이 이 노래도 비극적이다. 아름답고 비극적이기 때문에 이 노래는 삼백 년 동안이나 모든 조선 사람들에게 애창되어왔다.*

이렇게 시작하는 그의 '아리랑론'은 "아리랑고개는 열두 고개"라는 구절을 소개하며, 조선은 벌써 열두 고개 이상의 고개를 고통스럽게 넘어왔다고 덧붙였다. 그 스스로 비밀운동에서 처음 체포되어 천진天津으로 이송될 때 감방 벽에 "나는 다시 아리랑고개를 넘어간다"고 썼다고 했다.

이런 민요 아리랑에 깃든 민족의 애환을 강하게 추체험하고 『아리랑』을 출간한 님 웨일즈 또한 여든아홉에 죽기 한 해 전(1997년) 한국 TV 방송의 인터뷰에서 이 조선 민요 아리랑을 분명하게 불러보였다고 했다.**

'아리랑고개'는 물론 한갓 지리 공간이 아닐 터이다. 민족 민요 아리랑의 불굴의 심상공간心象空間이다. 특히 1926년 나운규羅雲奎가 제작 · 주연한 영화 〈아리랑〉은 일제 치하에서 허덕이는 조선 농민들의 비극적

---

* 김산 · 님 웨일즈, 『아리랑』, 조우화 옮김(서울: 동녘, 1984).
** 이원규, 『김산평전』(서울: 실천문학, 2006).

운명과 반항의식을 그린 작품으로, 민족 정서를 자극해 폭발적 성공을 거두었다.

이 영화에서 「아리랑」은 주제곡으로 세 번 불리는데, 영화의 대성공과 함께 「본조 아리랑」이 널리 퍼지면서 아리랑고개는 민족적 심상지리로 자리 잡았고, 이후 김산의 아리랑으로 이어졌다. 민족 민요 아리랑은 유랑하는 조선 청년 투사를 지탱한 민족의 심상지리이다. 김산은 일본 감옥에서 인간으로서 견디기 어려운 육체적 고통과 심리적 압력을 주는 가장 잔인한 고문을 모두 이겨냈다고 했고, 이야말로 스스로를 이긴 것이라고 했다.

"나는 다시 아리랑고개를 넘어간다", "조선은 마지막 아리랑고개를 넘어간다"고 절규했던 김산의 아리랑론을 재음미하며, 또한 남북이 아리랑을 합창하며 올림픽에 공동 입장하던 화해의 정신으로 하루바삐 '동족의 길, 통일의 길'을 회복하기를 염원한다.

다석 유영모의 '정음 한 자'

　　다석 유영모(1890~1981)는 스스로 깨닫는 삶, 철저한 정음正音(한글) 사랑, '우리말로 철학하기'의 새 길을 연 뛰어난 한국 철학자다. 다석은 '말'을 중시해 자신의 삶을 말(소리)을 기준으로 세 단계로 나누었다. 이 는 계소리(계시를 처음 받았다는 뜻으로 말로 깨닫는 시기, 만 쉰두 살까지), 가 온 소리(그리스도의 소리라는 뜻으로 하루 한 끼를 먹으며 앉아 수행하는〔一食一 座〕수도 기간, 쉰둘에서 예순다섯), 제소리(성령의 소리라는 뜻으로 자기 소리 를 낼 수 있는 시기, 예순다섯 이후)라고 정의했다. 그는 스스로 거듭난 날, 이 세상에 온 지 1만 8,925일째 되는 중생重生의 날에 "주主는 누구시뇨? 말씀이시다. 나는 무엇일까? 믿음이다"라고 고백했다. 이 같은 깨달음의 고백은 일찍부터 기독교 가정에서 자라며 국어국문학을 공부한 나에게 놀라운 충격이었다.

말을 보이게 하면 글이고, 글을 들리게 하면 말이다. 말이 글이요, 글이 말이다. 하느님의 뜻을 담는 신기神器요, 제기祭器다.

이렇게 몇 자가 분열식을 하면 이 속에 갖출 것 다 갖춘 것 같아요. 말이란 정말 이상한 것입니다.

우리말도 정말 이렇게 되어야 좋은 문학, 좋은 철학이 나오지, 지금같이 남에게 얻어온 것(외국어) 가지고는 아무것도 안 돼요. 글자 한 자에 철학개론 한 권이 들어 있고, 말 한 마디에 영원한 진리가 숨겨져 있어요.*

이렇게 다석은 정음(한글)이 하늘의 계시로 만들어진 글이라고 선언하며, 특히 바탕 모음 'ㆍ(아)/ㅡ/ㅣ' 석 자를 천지인天地人 삼재三才의 원리로, 한글의 원음인 'ㆍ'는 '빈탕, 한데'에다 점 하나를 찍은 모양으로 주목했다.

텅 빈 빈탕[無]에 처음으로 무엇인가 생겨나오는 모양, 태초의 'ㆍ'에서 발생해 나오는 우주의 생성은 그 전체를 가늠할 수 없는 무한한 '하나'가 되며, 이것은 다시 영원한 생명인 '한아님'으로 되고, 이 '한아님'의 긋(끝)이 '나'라고 보았다.

다석 사상의 뛰어난 대목 중 하나는 정음의 가치를 되찾고 언문, 곧 한글을 사랑하고, 한글로 글을 쓰며, 우리말로 철학할 수 있고, 우리말로

---

* 박영호, 『다석 유영모의 생애와 사상』하(서울: 문화일보, 1996). 131~132쪽.

철학해야 함을 보여준 데 있다.*

특히 그가 믿는 기독교의 유일신 하느님을 '없이 계신 하느님'이라고 불렀을 때, '없음'을 강조한 불교는 다석에게 기독교의 핵심을 표현할 수 있는 바탕이 될 수 있었다.**

기독교를 '없음'의 빛에서 재구성한 다석의 신학, '없이 계신 하느님'은 그렇기에 불교와 더불어 말할 수 있는 것이 적지 않다. 다석은 불교 자체를 온전히 긍정했고, 하늘로부터 계시 받은 것은 다 같은 종교라고 했다.

그의 제자 함석헌도 '뜻'이라는 관점에서 보면 불교 또한 기독교와 다름이 없다고 말한 바 있다. 이렇게 '존재 중심 사유'를 비판하며, 존재의 바탕이 되는 '없음', '빔', '빈탕'에 바탕을 둔 생각으로 '참 나'를 자각하고, 생명론, 새로운 우주론을 통해 이 땅에서 우리말로 철학하기의 길을 활짝 연 그의 철학은 '빈탕, 한데'다 점 하나를 찍은 모양에서 '한아님'을 보는 그의 '정음' 사랑으로 한 권의 우리 철학개론이 되었다.

---

* 김흥호 · 이정배 엮음, 『다석 유영모의 동양사상과 신학』(서울: 솔출판사, 2002) 57쪽; 이기상, 『이 땅에서 우리말로 철학하기』(서울: 살림출판사, 2003).
** 이정배, 「다석(多夕) 신학 속의 불교」, ≪불교평론≫, 40호(2009), 264쪽.

함석헌의 『뜻으로 본 한국역사』

함석헌(1901~1989)은 현대 한국이 낳은 대표적 사상가 중 한 사람으로, '씨알 사상'의 철학자인 동시에 『뜻으로 본 한국역사』를 남긴 역사가이기도 하다. 그에게 역사는 "영원의 층계를 올라가는 운동"이며, 운동은 자람이며, 생명은 진화하는 것이다.* 이런 뜻에서 함석헌 스스로 자기의 일관된 사상으로 '생명·평화·참'을 말했을 터이다.

그가 "내게 선생님이라고는 둘도 없는 한 분"이라고 한 다석 유영모 선생과는 "만남 자체가 사건이 되어, 그와 더불어 전혀 다른 길을 걷게 하는" 그런 만남을 가졌다 한다. 또한 3·1 운동 이후 일본 유학길에 올라서는 선배 김교신金敎臣의 소개로 우치무라 간조內村鑑三를 만나고, 성경 공부 모임을 통해서 참 믿음이 곧 애국이라는 확신을 갖게 되었다고 했다.

---

* 함석헌, 『뜻으로 본 한국역사』(서울: 한길사, 1993), 33쪽.

함석헌은 김교신을 중심으로 낸 잡지 ≪성서조선≫에 「성서적 입장에서 본 조선 역사」를 고난사관의 관점에서 써 내려갔고, 이것의 제목을 다시 『뜻으로 본 한국역사』로 바꾸어 책으로 냈다. 이 책의 제4판에서 '씨알'과 '뜻'은 깊은 관계를 가진 그의 역사철학 개념으로 확립되었다.

고난사관을 내세운 그의 역사철학은 자기상실의 민족사를 상기시켜 '민족적 자아自我'를 되찾는 정신으로 평가된다. 그것은 '씨알'이라는 용어가 실제의 역사 서술에서는 조선 시대에서야 비로소 쓰였다는 사실에 주목하게 한다. 함석헌 철학의 첫째가는 화두는 '나'이다. 그리고 '나'를 깨달아가는 과정을 그는 '한 배움'이라 말했다.

'한 배움'이란 '큰 배움'이다. 그래서 학풍이 달라져야 하는데, 이것은 밖이 아닌 안을 찾는 일, 지식이 아니고 지혜를 찾는 일로, 곧 하늘이 준 바탕, 밑천으로서 '마음'을 강조했다. 여기서 함석헌 평생의 세 가지 화두로 생명·평화와 함께 '진리(참)'를 말하게 되며, 여기서 '마음'은 함석헌 철학의 첫째가는 화두로 '나'이며 '참'이다.

참은 하나다. 한 나다. 아我다. 한 아다. 나다. 큰이다. 그것은 이름도 없고 형용할 수도 없다. 그래 하는 말이 나다.

글이란 '내'가 있고서야 되는 것이요, 내가 나만이 할 수 있는 말씀이다. 저마다 제 글을 쓰고 읽어야 한다.

이렇게 말한 함석헌은 말을 하고 글을 쓴다는 것에 대한 고민 가운데서 '글'과 '나'를 하나로 생각하면서, "역사상에서 일인칭을 똑바로 쓴 사람은 예수밖에 없다"고 했다.* 함석헌에게 '나'는 전체 속에서 보는 '나'이다. 곧 타자 속에서 '나'를 '나'로 보는 것이다. '나'와 '너'의 경계, 벽, 적대와 갈등의 깊은 골을 넘어 화해의 길을 여는 주체로서의 '큰 나'이다. 여기서 그는 '민民' 곧 이름 없는 민중의 역사, 즉 '씨알' 사관을 정립했다.

이런 그의 언설은 은유와 역설과 모순어법이 뒤섞이고, 신비체험을 포괄한 말, "내가 나만이 할 수 있는 말씀"으로 『뜻으로 본 한국역사』를 남겼다. 이 책은 함석헌의 대표작으로, 씨알 사상, 나의 말, '참'의 회복과 우리말로 학문하기의 교과서라 할 만하다.

---

* 함석헌, 「인간을 묻는다」, 『함석헌과의 대화』(파주: 한길사, 2009).

이시카와 다쿠보쿠의 하이쿠 한 수

이시카와 다쿠보쿠(1886~1912)는 일본의 가인歌人이다. 일찍이 사회 사상에 눈 뜬 그는 생활 감정을 풍부하게 담은 시로 일본에서 '국민 시인' 으로 존경과 사랑을 받았던 시인이다. 일본 제국주의가 한국을 강제 합 병한 국치의 날에 이런 시를 남겼다.

> 지도 위의 한국에다 시꺼멓게 먹칠을 하면서 가을바람을 듣는다
> 地圖の上朝鮮國に墨々と墨をぬりつつ秋風をきく

경술국치 100주년 한 해가 저물어간다. 이 해를 맞는 일본 언론은 일 본의 식민지 지배에 대한 한국의 비판이 줄었다며, 경제성장에 대한 자 신감으로 한국 여론이 전향적 논조를 보였다고 평가했다. 요미우리讀賣 신문은 이명박 대통령이 연두 TV 연설에서 합병 100년에 대해 언급하지

않고, 경제에 대한 자신감으로 수출대국이 된 것을 '기적의 60년'이라고 표현했다는 것을 대서특필했다 한다. 이 신문 기사는 특히 한국 대통령이 경술국치 100년을 언급하지 않은 것과 관련, 경제 발전을 앞세운 소식은 한국의 현 정권이 식민지 근대화론을 주장하는 일부 보수적 경제학계의 논리를 생각나게 한다고 했다.

한편 북한의 경우 조선사회민주당이 남쪽의 민주노동당과 합동으로 "일제의 '한일합병조약' 날조 100년을 맞으며"를 발표해서, 이 조약문서의 위법성을 강조하고, 일본의 철저한 사죄와 배상과 함께 동북아시아의 평화와 번영을 위한 응당한 역사적·도덕적 책임을 촉구했다고 한다.

스스로를 재일교포 3세라 소개한 한 젊은이는 인터넷에 초등학교 때 학교에서 배운 시가 생각났다며, 이시카와 다쿠보쿠의 이 시 한 수를 "지도 위 조선 나라를 검디검도록 먹칠해 가는 가을바람 듣는다"라고 번역해놓았다. 번역이 매끄럽지 못하다고 할 것이지만 이때 일본의 진보적 작가들이 일제의 조선 침략에 반대하며 조선 사람들에게 동정을 표했던 연대의식을 읽을 수 있다.

이 시의 "墨(ぬ)りつつ"라는 구절은 "먹칠을 하면서"라고 번역해야 할 터이고, 일찍이 함석헌 선생이 "이 시를 늦게야 보게 된 것이 부끄러웠다"며 "한국의 마음이 일본의 마음"이라고 말한 바로 그 시다.*

---

* 함석헌, 『오늘 다시 그리워지는 사람들』(파주: 한길사, 2009), 335쪽.

이시카와 다쿠보쿠는 뒷시대에 『김립시집金笠詩集』을 낸 이응수李應洙가 휘트먼·김삿갓과 함께 세계 시단 3대 혁명아로 평가한 바 있는 일본 시인이었다.*

그런데 이시카와의 이 시가 지어진 지 100년 만에 일본 총리라는 사람이 북녘에 붙잡힌 자국민을 구하기 위해서 일본 자위대를 한국 땅에 파견 운운했다고 한다. 을사조약을 강제하고 제일 먼저 한국 땅 독도를 제 나라 시마네 현에 그려 넣은 침략 근성이 이에 이르렀음에 놀랍다.

식민통치를 반성하고 백번 사죄해도 모자랄 이 해에, 북녘의 자국민을 구출한다고 한국 땅에 자위대를 파견한다는 발상은 중국으로 가는 길을 빌리자며 임진왜란을 일으킨 역사를 연상시키는 망언이 아닌가? 게다가 우리 정부에 이를 타진 운운하다니, 이 경술국치 100년을 다시 욕되게 하는 발상이 아니고 무엇이랴?

* 이응수, "세계시단 3대 혁명아 윗트만, 石川啄木, 金笠", ≪중앙일보≫, 1930년 2월 8일 자.

「동방의 등불」 조계사 · 애기봉의 성탄 불빛

2011년 새해를 맞이하며 인도의 시인 라빈드라나트 타고르(Rabindra-nath Tagore, 1861~1941)의 「동방의 등불〔燈燭〕」(원제 The Lamp of the East)*을 떠올린다.

> 일찍이 아시아의 황금시기에
> 빛나던 등불의 하나인 코리아
> 그 등불 다시 한 번 켜지는 날에
> 너는 동방의 밝은 빛이 되리라.

---

* 1929년 국내에 소개될 당시에는 「조선에 부탁」이라는 제목으로 게재되었다. 주
요한 옮김, 《동아일보》, 1929년 4월 2일 자.

1913년 동양에서 처음으로 노벨문학상을 받은 타고르는 일본과 중국에는 갔으나 조선에는 오지 않았다. 1929년 세 번째 일본 방문 때도 조선 방문 제의에 응하지 못하는 마음을 이 넉 줄 시로 써서 동아일보에 보냈다고 했다.

그런데 이것은 뒤에 '마음에 두려움이 없고/ 머리는 높이 쳐들린 곳/ …… / 내 마음의 조국, 코리아로 깨어나소서' 운운하여, 『기탄잘리』의 35번 시구와 합해져서 널리 퍼졌다. 타고르에 대한 이런 신화가 이어져 지금도 고등학교 문학 교과서 12종의 외국시인 가운데 타고르가 선두로 무려 4편이나 실려 있다.

— 이옥순, 『식민지 조선의 희망과 절망, 인도』에서

타고르가 한중일 가운데 조선에만 들르지 않았다는 점을 생각한다면, 이러한 한국 사람의 짝사랑은 유별나다고 할 수 있다. 동아일보에서는 1924년 타고르가 중국에 온다는 소식을 포함해 그 2~3년 사이 그에 관한 기사를 23건이나 실었다 하며, 조선은 과거 두보에게만 사용한 시성詩聖이란 이름으로 그에게 존경을 보냈다. 김억金億이 1923~1924년에 「신월新月」, 「원정園丁」 등을 번역·소개했고, 만해 한용운 역시 그의 영향을 받아 1925년 『님의 침묵』을 냈다. 하지만 만해는 동시에 타고르를 비판했다. "벗이여, 벗이여"로 시작하는 「타골의 시(GARDENISTO)를 읽고」

에서 만해는 그의 시를 "옛 무덤을 깨치고 하늘까지 사모치는 백골의 향기"이며, "화환을 만들랴고 떨어진 꽃을 줏다가 다른 가지에 걸려서 줏은 절망의 노래"라고 비판했다. 민족주의적 희망을 늦출 수 없었을 터이다.

2010년 연말 이 나라 남녘에는 두 개의 등불이 켜졌다. 서울 종로 조계종의 총본산 조계사 일주문 앞에는 역사상 처음으로 예수 탄생을 축하하는 성탄목聖誕木에 불이 켜졌고, 민통선 애기봉에는 7년 동안 꺼졌던 대형 성탄목에 다시 불이 켜졌다. 조계사에 세워진 성탄목이 종교 간의 화합과 4대강 죽이기를 반대하는 '상생의 등불'이라면, 애기봉에 다시 켜진 성탄목은 남북 장성급 군사회담이 합의한 '모든 선전수단 제거'라는 약속을 깨뜨린 전쟁의 표적이 되었다.

애기봉 밑 민통선 평화 교회에서 15년을 목회해온 이적 목사가 기고한 글의 마지막 구절이 가슴을 울린다. "평화를 얘기하면서도 평화를 깨뜨리는 저 불빛은 지금 당장 꺼져야 한다." 그리고 조계사의 성탄목은 타고르가 예언한 '동방의 등불'로 불타기를.

『풀잎』의 시인 휘트먼

미국의 시인 월트 휘트먼(Walt Whitman, 1819~1892)은 김삿갓, 이시카와 다쿠보쿠와 함께 세계 3대 혁명 시인으로 불렸다. 무명의 신문기자였던 그는 자비로 얇은 시집 『풀잎』을 낸 뒤, 일상적 인간과 솟구치는 생명의 맥박을 제한 없이 표현하는 자유 시인으로 명성을 얻었다. 야성적 문체로 오만 가지 복잡한 생활상을 그리고, 속어와 비어 등 일상용어를 대담하게 그려내며, 되풀이해 나열하면서도 권태를 모르고 전진하는 출렁이는 리듬 속에서, 그의 시는 나무처럼 가지를 뻗고 뿌리를 내리는 생명으로 자랐다.*

한 아이가 두 손에 가득 풀을 가져오며 "풀은 무엇입니까?" 하고 내게

---

* 이창배, 『미국 초절주의자 3인선』(서울: 동국대학교 출판부, 1998).

묻는다.

내가 어떻게 그 아이에게 대답할 수 있겠는가, 나도 그 애처럼 그것이 무엇인지 모른다.

나는 그것이 필연 희망의 풀 천으로 짜여진 나의 천성의 깃발일 것이라고 추측한다.

아니면 그것은 주主님의 손수건이거나

신이 일부러 떨어드린 향기 나는 기념의 선물일 것이고

소유주의 이름이 구석 어디엔가에 들어 있어서 우리가 보고 '누구의 것'이라고 말할 수 있는 것이다.

또한 나는 추측한다. 풀은 그 자체가 어린아이. 식물에서 나온 어린아이일 것이라고.

—「풀잎」 중에서(이창배 옮김)

이 시에서 시인은 풀잎이 바로 어린아이이고 신의 구현자일 것이라며 신성시하고, 이런 자연관과 인간관에서 짐승과 인체를 한 가지로 찬미한다. 이런 범신론적 사상에서 '나' 스스로를 노래하고 인생을 긍정하며, 이 생각과 호흡에 맞는 자유로운 생명의 자유시를 써냈다. 휘트먼의 시는 생명의 자유로운 호흡으로, 김삿갓의 시와는 전혀 다른 느낌을 줄 수 있다. 그러나 삶에 대한 긍정과 본능의 해방이라는 삶의 찬미, 자유자재의 형식적 파격에서 김삿갓과 휘트먼은 동시대 세계 시단의 혁명아로 이시카와 다쿠보쿠와 함께 시대적 평가를 받았다.*

19세기 초, 남북전쟁 이전의 미국에서는 에머슨(Ralph Wald Emerson, 1803~1844)의 「자연론」에 휘트먼이 자연 그대로의 인간 찬미로 대답했고, 소로(Henry David Thoreau, 1817~1862)의 「숲의 생활」도 거의 동시대에 쓰였다.

시집 『풀잎』이 에머슨으로부터 "『바가바드기타』와 ≪뉴욕 트리뷴(New York Tribune)≫의 혼합"이라는 비평을 받은 이후, 동양사상과 비교하는 연구가 크게 이루어졌다고 한다. 『풀잎』의 머리말은 그의 문학과 사상을 요약했다고 할 만하다.

자연을 사랑하라. 부富를 경멸하고 필요한 모든 이에게 자선을 베풀라. 당신의 수입과 노동을 다른 사람을 위해서 사용하라. 신神에 대하여 논쟁하지 말라. 사람들에게 너그럽게 대하라. 자유롭게 살면서 당신의 생애를 둘러싼 모든 자연을 음미하라.

---

* 이응수, "세계시단 3대 혁명아 윗트만, 石川啄木, 金笠", ≪중앙일보≫, 1930년 2월 8일 자.

'백두산 정계비'와 조선 인삼 이야기

　임병양란의 비극에서 겨우 벗어난 1711년, 청나라는 오랄총관烏剌摠管 목극등穆克登을 백두산에 보내 측량을 실시하고, 이듬해 봄에는 그의 주도 아래 백두산 정계비를 세웠다. 이것은 1707년부터 시작된 중국 전역에 걸친 측량사업과 지도地圖 정비의 연장선상에 있는 영토 문제인 동시에, 조선 인삼의 산지産地를 확보하기 위한 '인삼분쟁'의 일환이었다.

　목극등이 압록강을 거슬러 백두산으로 향하고 있었을 1711년 4월 12일, 예수회 선교사 자르투(Jartoux. Pierre, 중국명 杜德美, 1668~1720)는 북경에서 「인도 및 중국포교 총회계 사제에 드리는 편지」를 썼다. 그 가운데에는 특히 18세기 초두의 백두산 주변에서 채취한 인삼의 실태 보고서가 있어 흥미를 끈다. 조선 인삼을 실물 크기 그대로 그려넣었고, 그 형태와 외양을 자세하게 묘사했는데, 이것은 조선 인삼에 대해 유럽인이 쓴 최초의 보고서라 할 수 있다.

그는 인삼 산지를 지도로 그리고 인삼의 채취와 효능, 보존방법을 자세히 기술했으며, 그해에 달단인韃靼人 1만 명을 일렬횡대로 세워 깊은 산을 수색했던 조직적 인삼 채취의 모습도 보고해주었다. 이것은 조선이 중국인의 범월犯越 사건과 백두산 정계에 대한 수세적 대응에 골몰하고 있는 동안 조선 변경에서 일어난 청나라 주도의 인삼 관련 조사와 채취의 일단이다.*

한·중·일 세 나라는 17세기 전반까지 쇄국정책을 썼지만 물건이 오가는 것을 막지는 못했다. 조선 인삼이라는 하나의 약용식품에는 뜻밖에도 광범위한 국제 관계가 얽혀 있었으며, 여기에는 흥미롭게도 멀리 프랑스의 자연철학자 루소도 포함되어 있었다. 자칭 루소의 제자라고 하는 프랑스 소설가 베르나르댕(Bernardin de Saint-Pierre, 1737~1814)의 「루소의 생애와 저작」에는 무명의 소설가였던 그가 당대 파리의 명사 루소와 사귀게 된 이야기가 쓰여 있는데, 바로 여기에서 커피와 함께 조선 인삼이 등장한다.

답방答訪으로 베르나르댕의 집에 들른 루소가 커피 볶는 냄새를 맡고, "사치스러운 것 가운데 내가 좋아하는 것은 아이스크림과 커피"라고 말하자, 베르나르댕은 자신이 식민지 섬에서 가져온 커피 한 자루를 루소에게 주었고, 이에 루소는 어류에 관한 책 한 권과 멀리 동방에서 온 약초

---

* 『비변사등록』, 영조 6(1730)년 12월 28일 자, 88쪽.

한 뿌리를 답례로 보냈다. 이 약초가 바로 조선의 인삼이었다. 파리의 사교계가 유난히 번성했던 이때, 신여성들의 세 가지 소원은 자기 시계를 차고, 중국 도자기에, 커피를 마시는 일이라고 했다. 이러한 파리 사교계에 얽힌 조선 인삼 한 뿌리의 비밀 또한 신기한 화제가 아닐 수 없다.

그런데 이때는 조선 인삼의 품귀로 광동廣東 상인들이 캐나다산 인삼을 광동 인삼이라며 유럽에 팔고, 이 일로 세계적인 '인삼논쟁'이 일어난 시기이다. 또 인삼이 'ginseng'이란 일본식 이름으로 아카데미 프랑세즈에서 프랑스어로 공인된 것이 1762년, 디드로(Denis Diderot)와 달랑베르(Jean le Rond d'Alembert)가 펴낸 세계 최초의 『백과전서』에 장장 4쪽에 걸쳐 인삼이 소개된 것이 1757년의 일이었다.*

---

* 芳賀徹, 「인삼의 비교문화사」, 명지대학교 전통문화연구소, ≪전통문화연구≫ 1호 (1983).

백두산

청淸나라를 세운 만주족과 조선의 국경에 서 있는 백두산은 한민족韓民族의 영산靈山이자 여러 민족들의 성산聖山으로, 1712년에 정계비定界碑를 세우기까지는 접근이 어려운 성역이었다.

만주滿洲 땅에 청나라가 서고 백두산을 경계로 정하는 국경 회담이 열리면서, 청나라 오랄총관 목극등과 함께 조선 접반사接伴使 박권朴權의 수역首譯이 된 김지남金指南과 그 아들 경문慶文이 역관으로 백두산에 올랐다. 이때 김경문은 아버지의 『북정록北征錄』과 중복되지 않도록 홍세태洪世泰에게 기행문의 대필을 부탁했는데, 이렇게 탄생한 『백두산기』는 조선 사람들의 백두산 기행문의 선편이다.

근대에 들어서는 톨스토이와 동시대의 러시아 작가로 백두산에 올랐던 가린 미하일롭스키(Garin-Mikhailovskii, 1852~1906)의 『조선기행』이 전해지는데, 그는 1898년에 이 산 정상에 오른 감동을 이렇게 썼다.

저기 거대한 곰이 그 큰 머리를 숙이고 조용히 누워 있다. 그리고 저 바위 위에는 환영처럼 신비롭고 유연한 여인의 조상彫像이 서 있다. 그 여인은 한 손을 바위 가장자리에 기대고, 호수가 있는 아래쪽을 바라보고 있다. 그 여인은 연민과 의혹과 흥분에 싸여 깊은 사색에 잠겨 있는 듯했다.

이렇듯 이 신비로운 지구의 한구석에는 아직도 완전히 창조되지 않은 세계가 그대로 남아 있었다. …… 호수의 밑바닥에서 위를 향해 구름이 일고 있었다. …… 순간 부드럽고 하얀 구름은 사화산死火山 위로 높이 떠올라 기괴한 뱀처럼 이상야릇한 형태로 하늘로 치솟아 올라갔다. 그것은 영락없는 용龍의 승천이었다(김학수 옮김).

또 1926년 육당 최남선이 이곳에 올라 쓴 『백두산근참기白頭山覲參記』는 명문으로 이름이 났는데, 특히 세계적 위관偉觀인 '삼지미三池美'를 보며 백두산에 오른 감상이 읽는 이의 마음을 끈다.

그러나 삼지의 미美는 삼지만의 홑겹 미가 아니라 일면으로는 백두산이하 간백間白, 소백小白, 포태胞胎, 장군將軍 등 7,000~8,000척의 준극峻極한 산악들이 멀리서 위요하고, 일면에서는 천리천평千里天坪이라고 하는 대야심림大野深林이 끝없이 터져나가서, 웅박호장雄博豪壯의 갖은 요소를 보였으니, 이러한 외곽을 얻어서 삼지의 미는 다시 기천백 등의 가치를 더하며, 그리하여 문무겸전文武兼全 강유쌍제剛柔雙濟 이 일대 승경은 다른 아무데서도 볼 수 없는 천하 독특의 지위를 얻었다. …… 어쩌다가 한 번 생긴 것이요, 어쩌다 한 군데 생긴 것인 만큼 그 신기하고 소중함이 여간 일 수 없다.

이런 백두산을 못 가본 지 오래다. 나는 두만강을 지나 한 번, 압록강을 지나 한 번을 백두에 올랐지만, 모두 남의 땅에 돈을 뿌리며 주마간산走馬看山했을 뿐, 제대로 오르려면 "백두산 미美의 클라이막스"라는 삼지연三池淵을 통해서 올라야 할 일이다. 양강도 삼지연군이 된 이 땅은 백두산 동남으로 40킬로미터를 뻗은 명승구名勝區라 할 만하다. 육당의 말처럼 스스로의 아름다움을 발보한(일부러 드러내 보이는) 삼지연을 거쳐 백두산을 오르는 여정은 남북·북남이 상생하는 통일의 지름길일 것을……

아! 압록강, '아리가람'

민족의 영산 백두산에서 흐르는 물은 동으로 흘러 두만강이 되고 서로 흘러 압록강을 이룬다. 지금도 인천에서 중국 단둥丹東 항으로 가는 배는 북한 신의주와 마주한 압록강으로 들어간다. 조선 시대에는 매년 동지와 하지마다 북경으로 연행 사절이 갔는데, 압록강을 건너는 것은 중국으로 가는 첫 관문이었다. 그래서 연암 박지원의 『열하일기』가 「도강록渡江錄」에서 시작하는 것을 비롯해, 수백 권에 이르는 『연행록燕行錄』들은 대개 압록강을 건너는 감격부터 이야기하기 마련이다.

김경선金景善은 『연원직지』의 「압록강기」에서 중국에 황하黃河와 장강長江, 압록강鴨綠江 등 큰 물이 셋 있다는 '압록강론'을 폈다. 또한 박연암은 회하淮河 이북은 모두 대하(황하)를 조종으로 하고 있어서, 강이라고 이름한 것으로는 북으로 고려의 압록강이 있을 뿐이라고 했다. 진저우錦州를 가로지르는 링허凌河 밖 대부분의 큰 물들이 모두 요동 들판을 흐르고 있기에 연행 사절은 압록강을 지나서도 모두 13개의 하수를 건너야 하는데, 이 가운데 강이라고는 압록강 하나밖에 없다는 것이다. 쉽게 말하자면 강은 산에서 흐르는 맑은 물이고 '하河'는 땅에서 솟아나는 흐린 물인데, 중국에는 압록강을 빼면 강은 없고 '하'만 있다는 말이 된다. 중국과 북한은 압록강을 공유하고 있어서 이 강에는 국경선이 따로 없고 압록강 안에 있는 202개의 섬들은 위화도威化島를 비롯해 대부분이 북한 땅이다.

그런데 압록강은 그 이름부터 그 역사에 이르기까지 주목할 대목이 아주 많다. 가령 『삼국유사』 3권에서는 "고구려의 도읍은 안시성이고 요수遼水의 북쪽에 있었으며, 요수의 다른 이름은 '압록'이라 한다"라고 했다. 이에 대해 신채호는 일찍이 '압鴨' 자를 '아리'로 읽었고, '아리'는 '길다長'는 뜻이며, 고대 조선 사람들은 장강長江을 '아리가람'으로 읽었다고 했다. 북한 학자 리지린의 『고조선연구』(1963년)를 봐도 난하灤河는 고대 조선어에서 '무열수武洌水'로 '큰 강'이란 뜻이라고 했다.

다산 정약용의 『아방강역고我邦疆域考』에서는 고조선과 연燕의 경계가 곧 압록강이라 했는데, 이것은 패수浿水가 곧 압록강이라고 해석한 것이 된다. 한민족이 수도를 서울이라 하듯이 서울을 싸고 흐르는 긴 강을 아리강, 혹은 패수라고 한다. 패수는 곧 서울의 강이며, 서울을 옮기면 그 옮긴 곳의 강이 패수라 불리게 된다.

한중 수교 이전부터 압록강을 열 차례는 넘게 찾았을 법한데, 50여 년 만에 북녘의 자매를 불시에 만난 것은 뜻밖에도 두만강에서였다. 한중수교 10주년에 중앙일보사와 명지대학교 국제한국학연구소가 공동 주최한 '신연행길' 답사(단장 유홍준 교수)에서는 안병욱 가톨릭대 교수 등 10여 명의 학자들이 함께 한 압록강 탐사가 특히 인상 깊었다. 쾌속정을 몰아 수풍댐이 있는 수풍호水豊湖까지 100여 킬로미터 압록강 물길에서 하루를 보냈는데, 옥수수 밭으로 변한 북녘의 산야를 보는 것만으로도 고향에 온 듯 긴장된 물길이었다.

1962년 10월에 체결·조인된「조중변계조약朝中邊界條約」사료를 발굴한 안 교수와 동행한 덕으로 압록강 안의 202개 섬 가운데 127개 섬이 북한 영유領有라는 설명을 들으며, 우리 민족의 '아리가람'에 대한 감개가 무량했다. 인터넷에는 단둥에서 수풍댐까지 압록강 길을 자전거로 여행했다는 젊은이의 글도 올라있어, 노산鷺山의「만상답청기灣上踏靑記」와 비교해 격세지감이 일었다.

영변의 약산 진달래꽃

수십 년 만의 한파라 하여 추위가 기승인 듯하지만, 백두산과 압록강에 이어 영변寧邊의 약산동대藥山東坮 진달래꽃 이야기로 입춘이 지난 봄추위를 녹여본다. 진달래꽃이라면 응당 '북의 소월素月, 남의 지용芝溶'이라는 국민 시인 김소월의 「영변의 약산 진달래꽃」을 뺄 수 없을 터이다.

나보기가 역겨워 가실 때에는
말없이 고이 보내 드리우리다
영변의 약산 진달래꽃
아름 따다 가실 길에 뿌리우리다

소월의 스승으로 더 잘 알려진 안서岸曙 김억은 1920년대에 쓴 「약산동대」라는 기행수필에서, "영변의 뚜렷한 존재는 약산동대를 떠나서는 있을 수 없고, 약산동대는 진달래와 함께 그 이름이 높아진다"라고 썼다. 안서가 말하는 영변에는 물론 묘향산과 보현사와 동룡굴 등 이름난 산과 절과 동굴이 많고, 이 모두가 영변의 명승이다. 그러나 영변이라면 약산 동대가 첫손에 오르기 마련이고, 약산동대라면 진달래가 떠오르는 것은 지은이를 모르는 채 전하는 "약산동대 여즈러진 바위틈에 왜 철죽 같은 내 님이……"라는 단가 한 수와 함께, 소월의 시 「진달래꽃」이 영변의 산 하를 내면화해주었기 때문이다.

그래서 소월은 「진달래꽃」 한 수만으로도 훌륭한 진달래의 시인으로 한국의 '마음의 시인'이 되었고, 영변에서 멀지 않은 정주 출신이자 소월 의 스승인 김안서 역시 「약산동대」를 통해 훌륭한 고향의 문학지리, 정 주 약산 지방문학의 한 표본을 보여주었다. 문학지리는 문학으로 그 땅 을 빛내고, 땅으로 그 문학을 살찌우는 땅의 문학, 상생의 학문이다.

"영변의 약산 진달래꽃"이라 했지만, 진달래는 영변에만 있는 꽃이 아 니다. 일본과 중국과 한반도에 150여 종이 널리 분포되어 있다 하고, 일 본 사람들이 특히 '조선 진달래'라고 부르는 우리 참꽃은 한반도에서 요 동 반도까지 널린 우리 '조선 꽃', '한국의 꽃'이다. 그런데 왜 유독 '약산 의 진달래'인가? 약산은 그 사방이 높고 험해 『동국여지승람』에는 "약산 의 험하기가 동방의 으뜸이라"라고 했고,* 자연 풍치와 경관이 뛰어나

---

* 『신증동국여지승람』 제54권 평안도 영변대도호부.

김일성의 별장이 있었다는 곳이다.

약산은 구룡강九龍江이 굽이굽이 큰 활〔弧〕을 그리며 해자垓子 구실을 하는 천혜의 요새를 이룬 절경이며, 멀리 황해가 한눈에 내려다보이는 관서팔경關西八景의 하나이다. 해발 370여 미터의 산꼭대기에 50여 명이 겨우 앉을 만한 이 바위를 김안서는 단애삭벽斷崖削壁(낭떠러지 바람 벽)이라고 했다.

소월은 이별의 한恨을 말하기 위해 단애삭벽의 약산 진달래꽃을 아름 따다 뿌린다고 했다. 이것은 죽음을 무릅쓴 행동이며, 그러기에 마지막 시구는 "죽어도 아니 눈물……"이라 했을 터이다. "영변의 약산 진달래"로, 소월이 땅이름을 시화詩化한 덕에 약산동대가 진달래와 함께 이별과 한限의 심상지리로 보편성을 얻었다고 할만하다.* 약산의 진달래꽃은 식민지 시대의 민족적 정한情恨과 내면적 저항을 그린 소월의 시로, 민족의 노래 아리랑과 함께 민족의 시가 되었다.

---

* 김윤식, 「역사 · 철학 · 시로서의 산하 , 낭만적 이로니로서의 문제점 , 1920년대 의 기행수필〈특집〉」, ≪수필문학≫, 8월호(1977) 참조.

강경애 문학의 산실, 몽금포

일제강점기, 조선에서 만주까지 아우르는 식민지의 현실을 말할 수 있는 작가로는 북간도北間島에서 활동한 소설가 강경애姜敬愛(1906~1944)를 들 수 있다. 강경애는 1930~1940년대 조선과 만주의 식민지 실상을 고발했던 사실주의 작가로, 『인간문제』(1934), 『장산곶』(1936) 등으로 남북한에서 두루 평가 받은 작가이다.

그미의 고향과 가까운 장산곶은 우리 지도에서 서해 바다를 향해 소뿔 모양으로 반도를 이룬 황해도 장연군長淵郡의 명승 중 하나이다. 지금 북한의 행정구역으로는 용연군龍淵郡에 속하고, 우리 시조에서 '해동청 보라매'라고 불렸던 '장산곶 매'의 고장 백령도에서 물길로 30리 정도 북쪽에는 아름다운 몽금포夢金浦가 있다. "산을 이룬 모래가 무엇이 미진하여 해변까지 죽 내려 깔린 곳"(『어촌점묘漁村點描』). 강경애는 고향에서 멀지 않은 이곳 몽금포를 소설로도 수필로도 즐겨 그려준 바 있다.

구태여 쓰라니 고향의 접근지인 몽금포 이야기나 또 끌어내볼까. 내 지금 붓을 들고 종이를 대하니 서해가 암암히 떠오른다. 세속에 물들었던 내 가슴이 탁 터져버리고, 하늘에 닿을 듯한 그 수평선이 이 내 가슴에 힘 있게 쫙 건너가던 그 찰나가 지금 가슴에 출렁거린다. 수평선 위에 깨울히 (매우 귀엽게 기울어져) 걸려 있는 저 흰 돛폭, 예전 보름 지난 쪽달 같으이. 밤하늘에 별과 달이 빛난다면 저 바다엔 어선의 돛폭일지니, 망망한 바다에 저것이 있기에 내 집안 같이 아늑해 보이고 친하고 싶은 맘에 사람들의 가슴은 들먹이오.

　눈 같이 희고도 부드러운 모래 위에 떨기떨기 엎드려 있는 해당화, 그 붉은 꽃송이는 필경 바다를 향한 사장 아가씨의 일편단심이리로다. 바다가 아니면 따르지 않는 그대, 같은 마음 언제나 한 가지리니. 올해도 불이 붓는 듯 피어 있으리. 피를 뿌린 듯이 피어 있사오리. 쫙 내밀치는 파도 소리 내 붓끝에 적시울 듯, 문득 나는 붓을 입에 물고 망연히 저 하늘을 바라보노니.

― 「기억에 남은 몽금포」*

　이 고장은 그미가 염문艶聞을 뿌린 무애 양주동을 비롯해 시인 노천명

---

* ≪여성≫, 8월(1937).

盧天命과 독립운동가 김마리아 등을 낸 곳이기도 하다. 강경애는 특히 만주로 떠돌면서도 이 고향 땅을 작품에 많이 그렸다. 『장산곶』이라는 소설에서는 일제의 침략적 마수가 이런 어촌에까지 뻗친 식민지 상황을 사실적으로 그려주었고, 만주로 떠돈 이산자離散者의 향수로 이 수필을 남겼다.

그미는 이 몽금포 관광에 나서서도 풍경이 아니라 그곳 어민의 생활을 보며, "이번에 내가 여기에 온 것은 저들의 생활을 탐구하러왔어야 할 게 다 …… 오냐 작가로서 사명이 뭐냐? 이 현실을 누구보다도 똑똑히 보고 또 해부하여 가지고 …… 일반대중에게 나타내 보이는 데 있는 것이 아니냐?"고 했다.

— 「어촌점묘」에서*

6·25가 터지기 전 이곳 몽금포 수산중학교 학생이던 나는 이 포구 앞바다의 대형 실습선에 올라 1주일을 보낸 해양실습을 떠올리며 향토 문학에 흠뻑 취한다.

---

* 강경애, 『강경애 전집』, 이상경 엮음(서울: 소명출판, 1999), 773쪽.

강경애의 「두만강 예찬」

강경애는 간도의 소설가이자 두만강의 작가라 할 만하다. 「두만강 예찬」은 그미가 두만강에 보내는 사랑의 편지라 할 터이며, '간도間島'를 알아보려면 두만강부터 알아야 할 것이라는 것이 그미의 지론이다.

지금의 간도라면 왕칭汪淸, 옌지延吉, 허룽和龍, 훈춘琿春, 이 4현四縣을 말함이니, 이 넓은 지광地廣(땅의 넓이)에 조선인이 40만이다. 이 40만은 누구나 두만강과 인연이 있을 것이다.

―「두만강 예찬」에서*

이렇듯 이곳 간도에 모인 40만 조선 유랑민 거의 모두가 이 두만강을

* 《신동아》, 7월(1934).

건너 만주 땅으로 갔으니, 두만강이야말로 민족 대이동의 젖줄이라 할 터이다. 두만강은 백두산에서 발원해 동해로 흐르는 1,500여 리의 장강일 뿐 아니라, 간도 룽징춘龍井村으로 흐르는 하이란 강과 옌지 강이 합류하는 지점이기도 하다. 게다가 만주에서 같은 민족 부여국이 개척된 이래, 고구려를 이은 발해의 동경東京, 솔빈부率濱府가 모두 이 강 주변에 세워졌다.

특히 조선 세종世宗 임금은 김종서金宗瑞(1390~1453)를 시켜 육진六鎭을 개척하게 했는데, 이때 두만강으로 국경을 삼는 대역사를 이룩했다. 그리고 1860년대 이후 청나라가 이민실변移民實邊이라 해서, 두만강 주변 땅에 주민을 이주시켜 해당 지역을 개발하는 정책을 펼치며 한인의 만주 이주는 어느 정도 자유이민, 정착이민으로 발전되어갔다.* 이것은 팽창하는 러시아의 위협도 감안한 정책이었다.

강경애는 여기서 두만강에 얽힌 재미있는 이야기도 삽입했다. 함경도 종성鍾城 대안對岸 두만강 가운데에는 간도라는 작은 섬이 있었다 한다. 이 섬은 아주 비옥해서 곡식을 심으면 조선 땅보다 배나 소출이 많았다. 그러나 중국의 경비가 엄해 마음대로 농사를 할 수 없자 이 섬을 조선으로 옮기기로 하고, 밤새 물줄기를 중국 쪽으로 돌려 간도를 조선 땅으로

---

* 김춘선·김태국,「조선후기 한인의 북방이주와 만주개척」,『한국사의 전개과정과 영토』(과천: 국사편찬위원회, 2002).

만들었다고 하며, 여기서 '간도농사'라는 말까지 생겼다고 했다. 두만강 개척사의 한 자취일 터이며, "두만강은 간도의 어머니"라고 한 말에서 이 두만강 예찬은 절정을 이룬다.

간도로 가기 전 조선일보에 투고한 단편 「파금」(1931)에서부터 만주에 관심했던 그미는 주인공이 만주로 이주해 사상운동을 편다는 줄거리를 다루었고, 이해 6월 간도로 가서는 1년 넘게 방랑하고 두만강을 건넌 회고기를 남겼다. 이때의 체험을 바탕으로 자전적 단편 「그 여자」를 쓰고, 「소금」, 「모자」, 「번뇌」, 「어둠」과 마지막 작품 「검둥이」까지, 만주 지방의 사회주의 운동이나 항일 유격대와 관련한 인물을 그렸다.*

동해의 뱃길로 백두산을 찾자면, 러시아의 자루비노(Zarubino) 항과 중국의 훈춘, 북한의 삼각지대에서 동해로 흐르는 두만강과 만난다. 이곳에는 연해주의 크라스키노(Kraskino) 벌판에서 단지동맹斷指同盟을 맺은 안중근 의사의 기념비와 두만강가에 머물렀다는 안 의사의 초가집이 두만강을 굽어보고 서 있다. 일제가 만주사변을 일으키고 만주국을 세우던 소용돌이 속의 두만강은 이렇게 한민족의 개척과 투쟁의 역사를 머금고 한 여류 작가의 예찬 속에 지금도 유유히 흐른다.

* 이상경 엮음, 『강경애 전집』(서울: 소명출판, 1999).

헐버트와 님 웨일즈의 '아리랑 사랑'

한국 문화의 한 표상表象이라 할 노래 「아리랑」은 대한제국의 고문관이었던 미국 선교사 헐버트(Homer Bezaleel Hulbert, 1863~1949)가 채록해 남겨준 아리랑 악보에서부터 새 역사를 이룩했다. 1886(고종 23)년 나라에서 세운 학교인 육영공원育英公院의 초빙 교수였던 그는 『한국 소식(Korea Repository)』에 「한국의 향토음악(Korea Vocal Music)」이란 제목으로 「아리랑」의 악보와 영문 번역 가사를 기록해, 근대 아리랑의 역사를 만들었다. 춘사春史 나운규(1902~1937)의 영화 〈아리랑〉은 헐버트의 이 기록을 바탕으로 아리랑의 새 역사를 추동했다. 따라서 귀중한 기록을 남겨준 선교사 헐버트의 선견지명이 아니었다면 오늘과 같은 한국 아리랑의 역사는 기대하기 어려웠을 터이다.

헐버트는 이 「아리랑」을 채보採譜해 남겼을 뿐 아니라 "포구浦口의 어린애들도 부르는 이 아리랑은 조선 사람의 희로애락이 녹아 있는 노래이

며, 조선 사람은 즉흥곡의 명수로, 바이런이나 워즈워스에 못지않은 시
인들"이라는 평가도 덧붙였다. 게다가 '포구의 어린애들'에게까지 널리
불리는 모습을 전하고, '즉흥곡의 명수'라는 대목에서는 「아리랑」이 즉
흥적으로 지어졌던 미학과 아리랑의 근대적 성격을 여실히 증언해주었
다. 더욱이 그가 이 노래를 "조선 사람들에게 '쌀'과 같은 노래"라고 한 대
목은, 이 가난한 시대에 한국 사람의 생명의 양식, 영혼의 상징으로 「아
리랑」을 평가했던 모습을 감동적으로 전해준다.

그리고 다음 시대, 항일 투사 김산(본명 장지락, 1905~1938)의 구술 자
전自傳『아리랑(Song of Arirang)』을 영어로 쓴 님 웨일즈는 그 출간 53년
에 남긴 「아리랑 회고」로 한민족의 아리랑이 이제 세계의 노래임을 천명
했다.

근래에 와서 많은 한국 사람들이 나에게 『아리랑』이 한국인들에 대하
여 쓴 책 중 최고의 책이라고 말해주었다. 일본의 저명한 이와나미岩波 출
판사는 이 책을 그들의 세계명작선집(World Classics) 속에 포함시키고
있다. 또한 내가 듣기로는 이 책을 읽음으로써 일본 사람들이 한국 사람을
대하는 태도가 달라졌다고 하며, 한국 사람이 그들 자신들을 대하는 태도
역시 달라졌다고 한다. …… 나는 오랫동안 아리랑이 영화만이 아니라 웅
장하게 짜인 그랜드 오페라의 훌륭한 소재가 될 수 있다고 생각해왔으며
…… 거기에서 아리랑은 한 곡조의 노래이자 배경이며 작품의 주제가 되

어야 한다.

— 님 웨일즈의 아리랑 회고문*

흥미롭게도, 그미는 이 책의 역사적 평가와 함께 민요 「아리랑」을 영국의 전통민요 「초록 소매(Green Sleeves)」에 비겨 이야기했다. 그미의 아리랑 사랑이 물씬 묻어나는 대목이다.

마침 지난 주간 정월 대보름날에는 세계인이 모이는 인사동 네거리에 '아리랑 작은 전시관'과 '아리랑 학교'와 '아리랑 사랑방'이 문을 열었다. 나는 스스로 50년 넘게 살아온 한강변, 헐버트와도 관련이 있는 노량진 교회 근방에 아리랑 노래비를 세우리라는 소망을 다짐했다. "쌀의 노래, 삶의 노래 아리랑."

---

* 백선기, 『미완의 해방노래: 비운의 혁명가 김산의 생애와 '아리랑'』(서울: 정우사, 1993), 74~77쪽.

4부

내 삶의 궤적

국학을 이끈 무애 선생의 「산길」

매일 아침 시골의 작은 내를 따라 걸으면서 「주기도문송主祈禱文頌」과 함께 옛 스승 무애 양주동 선생의 「산길」을 중얼거리는 것이 내 해묵은 버릇이다.

> 산길을 간다 말없이
> 호올로 산길을 간다.
> 해는 져서 새 소리 그치고
> 짐승의 발자취 그윽히 들리는
> 산길을 간다 말없이
> 밤에 홀로 산길을 간다.

— 제1절

일제 식민지 시대를 살았던 시인 무애 양주동(1903~1977)은 청년 시절의 암울한 민족 정서를 홀로 걷는 산길로 노래했다. 시인으로 약관에 벌써 이름난 영문학자였으나, 일찍이 천년의 옛 노래, 사뇌가〔鄕歌〕 해독에 발심發心해 우리 고전연구의 길을 연 국학의 큰 스승이었다. 일본에 유학해 와세다早稻田 대학을 졸업하고 스물다섯의 나이로 평양 숭실전문학교의 영문학 교수가 된 무애는, 조선 사람 최초로 본격적인 향가 연구를 통해 국학을 진흥시키기로 마음먹었다. 무애는 천재 시인이자 종횡무진한 평설評說로 일세를 휩쓴 평론가인 동시에, 「산길」, 「조선의 맥박」 등 시편을 통해 민족 정서를 고뇌한 지성이었다.

마침 경성제국대학의 조선어학과 교수 오구라 신페이小倉進平가 『향가 및 이두의 연구(鄕歌及吏讀の硏究)』(1929)를 낸 일에 충격을 받고 '국학'에 몰입한 것이 1935년 전후로, 그의 나이 서른셋 즈음의 일이다. 이후 국학의 고전, 특히 신라 사뇌가 연구에 발심 전력해 1937년에 「향가의 해독, 특히 '원왕생가'에 취就하여」(『청구학총』 제19호)를 발표함으로써 나라 안팎을 놀라게 하며 조선의 고전문학자이자 국학자로서 우뚝 섰다.

무애 스스로는 이를 "9분의 한문학과 1분의 신문학 시대 - 서구문학 열중 시대 - 국학으로 돌아온 시대"로 정리한 바 있다. 그리고 이 "국학으로 돌아온 시대"를 가리켜, "끝내 국학 - 「국문학 · 국사학」으로 돌아왔다"고 써서 '국학'으로 정착한 민족적 자각을 스스로 자리매김했다. 서른셋, 예수가 죽었다가 부활했다는 바로 그 나이에 선생은 "끝내 국학으로" 돌아왔고, 이것은 무애의 생애를 전기의 문학 창작 시대와 후기의 학문 시대로 양분하는 일대 획기劃期였다. 동시에 이것은 그의 '고가 연구'로 대표되는 근대 한국학의 획기를 뜻하는 사건으로, 그의 변신은 우리 국학의 길을 활짝 열어 고전문학도들이 그의 문하로 모이는 계기가 되었다.

동국대 국문학과에 들어갔을 때, 나는 자칭 타칭 인간 국보라는 스승의 제자가 된 것이 자랑스러웠다. 그러나 그분에게 직접 가르침을 받은 것은 대학원에 들어간 뒤인 1960년 초의 일이었다. 1965년 구인환(서울대학교) · 최범훈(동국대 교수, 작고) 형과 낸 공동 수필집 『그날을 위하여』(동국출판사)의 서문을 받으러 댁을 방문한 일을 빼면, 무애 선생은 대학원을 졸업할 때까지 자주 뵙기 어려웠던 바쁘신 명사였다. 1965년 대학원을 졸업하며 선생께 직접 석사학위증을 받은 나는 바로 명지대학교의 조교를 거쳐 전임강사가 되었고, 마침 동국대학교에서 정년을 맞으신 무애 선생을 명지대 초빙 교수로 모시며 근무하는 행운을 얻었다.

이때 명지대학교에는 대학원장 무돌 김선기金善琪 선생과 대우교수 정인승鄭寅承 선생이 함께 계셨기 때문에, 학술모임이나 회식 모임 때마다 무애 선생이 합세해 활기찬 학제적 분위기가 형성되었다. 이때에는 법학과의 황성수黃聖秀 선생이 법문학부장으로 학과 모임에 함께 참여하곤 했는데, 국회 부의장을 지낸 황 선생은 무애 선생의 숭실전문학교 시절 제자여서 화제가 만발했다. 이때 나는 무애 스승과 함께 학계의 여러 원로를 동료로 모시는 가장 행복한 시절을 보냈고, 무애 선생이 돌아가실 때까지 가까이 모시고 배우는 평생의 기쁨을 얻었다. 선생이 『세계기문선世界奇文選』(상·하)의 첫머리에 실어 전한 김성탄金聖嘆의 해학과 비판의 정신이며, 무애와 무돌(김선기) 선생들의 삶의 정열과 신명을 배웠다. 문득 이룬 일 없이 스승의 하세下世하신 나이에 이른 스스로에 놀라며, 자주 선생의 「산길」시를 따라 외며 내 산길의 아침을 연다.

1947년부터 동국대학교의 교수로 재직하며 신화적 명강의로 만해 한용운과 함께 동악東岳의 한 상징이었던 무애 선생이었지만, 몇 해 동안 연세대학교의 교수 겸 대학원장으로 가신 덕에 우리는 대학원에 가고 나서야 그분의 지도를 받을 수 있었다. 다시 취임하신 대학원장실에서 이루어진 선생의 강의는 정말 정열에 넘쳤던 열강으로, 친정에 돌아왔다는 편안함 때문인지 그때의 무애 선생은 자주 일어나 춤을 추실 정도로 신명이 넘쳐났다. 얼굴 가득 웃음을 띤 모습에 약간 허스키한 목소리였던 무애 선생은 강의 시작부터 "열치매 나토얀 달이……." "열치기는 무얼 열쳐, 스커트를 열치나?"라 하며 해학과 정열에 가득 찬 명강의를 펼치셨다. 또한 라디오 방송으로 중계된 그분의 〈유쾌한 응접실〉은 전국의 시청자를 라디오 앞으로 모았고, 신문을 통해 이루어진 그분의 학술 논쟁은 장안의 종이 값을 올렸다는 명연설이었다.*

---

* 김태준, 「자칭 타칭 '인간국보 제1호' 무애 양주동 선생」, 김태준·소재영 엮음, 『스승』(서울: 논형, 2008) 참조.

무돌 김선기 선생의 말 · 글 사랑

내가 무애 양주동 선생을 모시고 명지대학교에 봉직하던 당시, 그곳의 대학원장은 서울대학교 언어학과를 창설했던 국어학자 무돌 김선기 (1907~1992) 선생이었다. 자연히 향가에 대한 화제가 만발했다. 학문적 열기 속에서 국학과 선비 정신을 강조하는 대화로 시간 가는 줄 모르는 세월이었다. 무등산 아래서 태어나 무돌이라 자호自號한 김선기 선생은 일찍이 백낙준 문교부 장관 때 차관을 지낸 교육행정가로, 1930년대부터 조선어학회의 한글맞춤법 통일안 제정위원 등을 지낸 바 있는 한글학자이기도 했다. 특히 무애 선생의 향가 연구를 비판하며 자신만의 향가 풀이로 후반생을 보내던 무돌 선생은, 향가의 한글 풀이에 고집이 대단한 분이었다. 그분이 최고의 사뇌가라 평가한 충담사의 「찬기파랑가讚耆婆郞歌」와 같은 경덕왕 시대의 노래 「눈밝안 노래〔禱千手觀音歌〕」에 대한 무돌 선생의 해석은 그분의 향가 풀이 가운데서도 압권이다.

서라벌의 한기리漢岐里에 사는 희명希明이라는 여자의 아이가 태어난 지 5년 만에 문득 눈이 멀었다. 안타깝기 그지없는 그 어미는 아이를 안고 분황사芬皇寺 왼편 북벽에 그려져 있는 천수관음 앞에 나아가 아이를 시켜 노래를 지어 빌었다.

> 무릎을 고치며 두 손 모으고 나아가
> 천수관음 앞에 빌어 말씀드립니다
> 즈믄 손 즈믄 눈을 같은 것에서 하나를 더옵지
> 저는 두 눈이 다 멀었으니, 하나사 주시고도 지나겠지요
> 앗어라, 나에게 끼쳐 주실 것을, 어디 쓰실 자비이오니까
>
> — ≪현대문학≫, 제166호(1968)

눈 먼 아이의 눈을 뜨게 해주려는 어미의 애타는 소원이 눈물겹게 잘 표현된 노래로, 그 해석 또한 명쾌하고 감동적이다. "관세음보살께서는 눈이 천 개 손도 천 개인데, 두 눈 다 먼 나에게 하나만 주시고도 지낼 만하지 않습니까"라고 비는 지극정성, "아아 눈을 '하나만'이라도 주십사"고 비는 이 간절한 발괄〔白活〕은 오늘도 우리의 눈시울을 뜨겁게 한다.

더구나 분황사는 원효성사가 머물던 절이며, 이 금당 좌전 북쪽 바람벽의 천수관음보살상은 솔거率居가 그린 그림이었다고 전한다. 솔거의 그림은 신품神品이어서, 그가 황룡사에 늙은 소나무를 그리자 새들이 참

으로 알아 쉬려고 날아들었다가 바람벽에 부딪치곤 했다는 전설이 있다. 이런 솔거의 솜씨로 된 천수관음 앞에서 "어디 쓰실 자비오니까"고 부르짖는 기도자의 눈물겨운 믿음에 대해, 일연은 "자비慈悲로 춘사春社마다 버들꽃을 보게 되었다"고 기렸다.*

이런 무돌과 무애 양주동 선생을 함께 모시며 지내던 시절의 이야기들은 모두가 잊을 수 없는 것들이지만, 그중에서도 무애 선생의 『조선고가연구』를 둘러싼 화제는 단연 첫손일 터이다. 이 책은 무애 선생 필생의 저작이자 그를 불멸의 국학자로 평가받게 한 명저이다. 그렇기에 무애 선생은 특히 육당 최남선崔南善이 이 책을 "해방 전과 후에 나온 책으로 후세에 전할 책은 오직 양모梁某의 『고가연구』가 있을 뿐이라"라 평가했다는 사실을 자주 입에 올려 자찬으로 삼았다. 육당은 임종에 스스로 이런 '후세에 남을 책'을 남기지 못한 것을 한탄하며, 이 책이 최현배의 『우리말본』과 함께 500년은 남을 것이라고 했다지만, 이야말로 자랑〔自矜〕을 해학으로 달고 다니신 무애선생 득의의 자찬이 되었다.

무애의 향가 연구를 비판하며 독자적인 향가 풀이 체계를 세운 바 있는 무돌 선생은 이 이야기를 전해 듣고, 천하의 천재 육당으로서도 평가가 모자랐다며 무애 선생의 이 책은 천년을 남을 것이라고 했다. 오백년

---

* 김동욱 · 김태준, 「통일신라 시대의 문학」, 『韓國文學史』(서울: 예술원, 1984), 70~71쪽.

남는 책이 천년을 남을 책일 터이지만, 무돌은 용인 공원묘지에서 이루어진 무애의 9주기 제삿날에 선생의 무덤 앞에 몸소 나아가 이런 사실을 직석에서 장시조로 읊어 그 영전에 고한 바 있었다. 무애 선생의 기일은 2월 4일 입춘일로 바람이 심하고 살을 에는 입춘 추위가 기승을 부렸지만, 이에 아랑곳없이 80의 노구老軀를 바바리코트로 감싼 채 참예하며 예를 다하는 그 모습은 후배들을 감동시켰다. 이것이야말로 그 선대 사계沙溪 김장생金長生(1548~1631)의 선비 정신일 터이다.

무돌 선생은 대학원장이면서도 내가 지도교수로 활동하는 문예창작 동인회의 모임에 자주 나오셔서 학생들과 함께 시조를 지으셨다. 특히 모든 국문과 야외행사에는 꼭 나와서 시조를 쓰게 하시고 스스로 품평을 하셨다. 또한 내가 몇 년 외국에 유학한 때에는 선생의 서울대학교 언어학과 제자인 성백인成百仁 교수가 지도교수를 대행해주었는데, 이때에도 열심히 나오셨다. 무돌 선생, 성 교수와 함께했던 명지대학교 국문학과 시절 15년은 참으로 아름다운 교류로 즐거운 이야기가 흘러넘쳤다.

무돌 선생이 학생들의 창작동인지 《누에실》에 기고한 「어머님의 노래」는 「1970년 10월 22일 미당(서정주)과 노니면서」라는 부제와 함께 실려 전한다. "예술가의 마음을 지닌 감성의 사람, 언어예술의 극치인 시를 사랑하는 시인"*의 모습이기에 여기 써서 선생의 문향으로 전한다.

---

* 김정수, 「가라겨레의 큰 스승 무돌의 마음으로 얼말글을 내다보기」, 『무돌 김선기

어머님의 노래

1970년 10월 22일 미당과 노니면서

무돌 김선기

이 몸이 티끌이라 하욤없다 말씀 마소

이 몸은 어머님이 낳아주신 몸이라오

어머님이 티끌이랴 사랑의 금강석이 어머님인 것을

큰 가람 새 쪽에서 무지개 구름타고

오시는 어머님이 어찌하여 티끌을 낳으셨으랴

이 몸도 어머님 따라 사랑의 금강석이 되옵과져

— ≪누에실≫ 5집

　무돌 선생이 남기신 시와 사뇌가 해석을 보고 있자면 스승과 함께 노닐던 때가 생각나 금세 감동의 눈물이 솟는다. 무돌 선생은 평생 감동이 크신 분이었다. 여기 보인 「눈밝안 노래」의 풀이와 「어머님의 노래」를 함께 적어서, 하마 서거 20년을 지나는 추모의 정성으로 옷깃을 여민다.

선생 탄신 100주년 기념학술대회』(한양대학교 한국학연구소, 2007).

일동日東의 체험과 나손 선생의 휘호 한 폭

1972년 봄, 명지대학교의 전임강사가 된지 3년, 불안한 시대에 유행하던 실존주의實存主義에 안주할 수 없었던 나는 자기 충전을 생각하며 훌쩍 일본 유학길에 올랐다. 해외연수나 연구년 제도가 거의 없었던 시절에 네댓 명 전임교수 가운데에서도 막내인 내가 감행했던, 학생들과 가족에게 모두 미안하기 이를 데 없는 외유外遊였다.

3년간의 첫 외유 동안, 나는 도쿄 대학교 대학원 비교문학·비교문화 과정의 연구생이 되어 공부했다. 그중 첫 2년 동안은 도쿄 대학교 교양학부가 있는 고마바駒場 근처에서 자취를 했으며, 마지막 한 해는 세 아이까지 딸린 가족과 함께 가와사키川崎에서 지냈다. 대학의 이사장이던 방목邦牧 유상근兪尙根 박사로부터 계속 월급을 받는 특별한 배려 속에 재일교포 사회에 들어가 그들과 살며 유학 생활을 이어갔다.

재일 조총련朝總聯과 민단民團계의 조선인·한국인이 모여 사는 70년대의 가와사키 시川崎市 하마 쵸浜町는 제철소의 소음과 코를 찌르는 매연으로 생활환경이 살벌했다. 그러나 이곳에는 재일 조선인의 정신적 지도자 이인하李仁夏 목사가 시무하는 가와사키 교회가 있어 재일동포 사회운동의 한 중심이 되었는데, 내가 이곳으로 거처를 옮긴 것도 그 때문이었다. '조선의 가가와 도요히코賀川豊彦', '일본의 마틴 루터 킹'으로 존경을 받던 이 목사는 이때 '외국인등록증 지문날인 거부운동'과 히타치日立 제작소 박종철 군 취업차별 반대 운동의 중심에 서 있었고, 가와사키 한국인 교회는 이러한 인권과 민족운동의 제일 현장이었다. 이 가와사키 교포 사회에서 보낸 1년간은 내 유학 생활에서 가장 소중한 실존의 현장이었으며, 민족·민주·인권에 눈 뜨는 체험의 계기였다.

이때 이런 일이 있었다. 지금은 모교 고려대학교의 중국학부 교수가 되어 있는 막내아들 효민曉民은 가와사키 시절에 겨우 세 돌이 지난 어린 애였다. 그런데 어느 날부터인가 막내는 일요일에 교회 가기를 한사코 거부했다. 당황한 부모와 일본인 부목사 고스기小杉 선생까지 나서서 그 까닭을 물었더니 엉뚱하게도 "교회에는 내가 없다"는 것이었다. "내가 없다니, 네가 여기 있는데 왜 네가 없다는 거냐?"며 타일러서 겨우 교회로 데리고 나갔지만, 그러면서도 "교회에는 내 이름이 없다" "교회에서 이름을 불러주지 않는다"는 것이 그를 이렇게 실망시켰다는 것을 알고 부모로서도 놀랐다. 이 사건은 금세 교회 안의 화젯거리가 되었고, 담임 이인하 목사도 다음 주일에 이 일을 가지고 설교를 했다. 또한 이 사건은 일본 이름을 주로 쓰던 교포들이 한국 이름을 쓰고, 한국 이름 문패를 다는 등의 '내 이름 찾기 운동'으로 이어졌다.

이즈음 내 석사논문의 실질적 지도교수였다 할 나손羅孫 김동욱金東旭 (1922~1990) 연세대학교 교수가 하버드 대학교 연경학사燕京學舍의 연구원 자격으로 미국을 거쳐 1년간 도쿄에 머물게 되었는데, 이것은 유학 중인 내게도 적잖은 사건이 되었다. 나손 선생은 도쿄 대학교에서 내가 발표하는 하가 도오루芳賀徹 교수의 도원경桃源境의 문학 세미나에 함께 참여하기도 하고, 한국문학 강연을 하기도 했다. 지금도 고마바 8호관 비교문학과 사무실에 걸려 있는 학과 간판은 그때 나손 선생이 쓰신 육필 간판이다. 이런 저런 인연과 하가 교수 등의 발의로 나손 선생은 이때 일어판『한국문학사』를 집필했고, 이 책은 1974년 12월 일본방송출판협회에서『조선문학사朝鮮文學史』로 출간되었다. 이 책은 뒤에 내가 주로 번역한 한국어판『국문학사』(1976)로 국내에서 출간되었다.

나라 안에 있을 때, 나는 나손 선생께 학문을 하는 뜻에 대해 여쭈었던 적이 있었다. 나손 선생은 당돌한 질문이라 생각하셨던 듯 즉답하는 대신 "지금 말해야 하느냐"고 여유를 가지셨던 것으로 기억된다. 그런 나손 선생이 어느 날, "전에 물었던 김 선생 질문이 생각난다"며 운을 떼시고는 학문이란 "내가 누군지, 내 나라 문화가 어떻게 훌륭한지를 말하기 위해서 하는 것이라"는 요지의 대답을 하셨다. 초학자의 절박한 질문을 잊지 않고 담고 계셨던 스승으로서 일본어로 자국 문학사를 쓴 체험을 말씀하셨던 것이라고 생각되었다.

이즈음 나는 비교문학·비교문화과 대학원의 하가 교수, 히라카와 스케히로平川祐弘 교수 등 젊은 교수 세 사람에게 한글을 가르치며 친분을 쌓았는데, 마침 방문교수로 와 있었던 불문학의 정명환鄭明煥 교수와 함께 일주간 한국 여행을 했다. 이때 남한 전국을 돌며 여행담과 화제가 만발했는데, 뒤에 내 학위논문의 지도교수가 된 히라카와 교수가 여행 뒤에 물었던 질문이 오래 잊히지 않았다. "한국에서는 결혼해도 여성이 성을 바꾸지 않는데, 그러면 누구 부인인지 알 수 없지 않느냐?"는 질문이었다. 그 질문 방식을 따라 내가 대답했다. "일본은 결혼을 하면 여성이 남편을 따라 성을 바꾸는데, 그러면 누구 딸인지 어떻게 아느냐?" 모두 함께 유쾌히 웃었는데, 히라카와 교수는 "확실히 한국은 유교의 나라군요"라고 했다. 한일 문화의 차이가 잘 드러나는 화제로 잊히지 않는 에피소드이다. 하가 교수 댁에는 정초에, 그리고 히라카와 교수 댁에는 가끔 초대받았는데, 이 댁에서 만난 아이린이라는 아일랜드 출신의 여성 문인으로부터 당대 최고의 일본 소설가 시바 료타로司馬僚太郎의 임진란 포로 소설 『고향을 어이 잊으리(故鄕忘じ難く候)』 영문판을 받았고, 뒤에 나는 이것을 한국말로 번역한 바 있다.

이 소설은 임란 포로 도공陶工의 이야기인데, 나는 그 주인공인 심수관沈壽官의 14대손을 찾아 나손 선생과 함께 규슈九州 가고시마鹿兒島의 사츠마薩摩와 아리타有田로 도자기 여행을 떠나기도 했다. 나의 '임란 기행'

은 여러 차례에 걸쳐 이루어졌는데, 주로 임란 포로들의 발자취를 따라 규슈 지방과 시코쿠四國 여러 곳을 전전했다.* 이 3년간의 유학을 통해서 나는 주로 임진란과 이순신李舜臣이라는 주제에 관심을 집중했다. 이 연구는 비교문학 대학원의 학술지 ≪비교문학연구≫ 제40집(1978)에 실렸고, ≪한국연구원 영문저널≫ 47집에도 번역되어 실린 바 있다. 이때의 내 임란 연구는 뒤에 「임진란과 조선문화의 동점」(1979)으로 일단 정리되고, 뒤에 소재영(숭실대학교), 조동일(서울대학교) 교수 등 7명과 함께한 공동연구『임진왜란과 한국문학』(1992)으로 이어졌다. 임란 400년이 되는 1992년 6월, 이어령李御寧 문화부 장관이 재직하던 당시 나는 한일 사이에 화해의 문화통신사가 오가는 학술행사를 기획했다. 한일 양국의 관련 학자 20명씩이 참여하는 한일문화포럼 사흘 동안의 행사 뒤에, 나는 소재영(숭실대학교)·조동일·이광규·김용직(서울대학교) 교수들과 함께 재일 사학자 신기수辛基秀 선생의 안내를 받아 한 주간 조선통신사의 길을 답사하는 여행에 올랐다. 이 여행 보고는 「임란 400년 기행」** 으로 정리한 바 있다.

한편 나손 선생이 센다이仙台 도호쿠 대학東北大學에 가 있던 한동안은 이곳을 찾아 함께 한 주간을 지내며 교토학파京都學派의 철학자 미나모토

---

* ≪독서신문≫, 제293~294호(1976); 제340~349호(1977).
** 김태준, 『한국문학의 동아시아적 시각 2: 한일 문학의 교류양상』(서울: 집문당, 2000).

료엔源了圓 교수와도 사귀었다. 그는 일본 실학實學의 연구자로, 내 학위
논문 『허학에서 실학으로虛學から實學へ』*가 출판되었을 때 신문에 서
평을 써준 바 있다. 이때 나손 선생은 천관우千寬宇 선생과 『古代日本と
韓國文化(고대일본과 한국 문화)』(1979) 상하권을 도쿄의 학생사學生社에
서 냈는데, 여기에서 나는 「朝鮮文化と江戸文化(조선 문화와 에도 문화)」
를 썼다. 나손 선생과는 귀국 뒤에 더욱 가까워져, 전국시가비동호회를
조직해서 나손 선생이 주무主務, 내가 총무를 맡아 온 나라를 누비며 33
기의 시가비를 세웠다. 이 동호회 말고도 나손 선생과는 민중서관과 동
아출판사에서 네다섯 번 가량 고등학교 고전과 문학 교과서를 공동집필
하기도 했는데, 5년 주기로 개편하는 제도였으니 이 세월도 20여 년을 헤
아린다. 마지막으로 집필한 문학교과서는 서강대학교의 김열규金烈圭 선
생과 공저로 냈다. 나손 선생과의 인연은 이렇게 평생 이어졌지만, 그분
은 너무 정정한 나이에 건강한 잠자리에서 혈압으로 쓰러져 타계했다.

체중이 100킬로그램에 가까웠던 거구의 나손 선생은 일본의 스모相撲
선수 같다는 평을 받을 정도였지만, 그럼에도 왕성한 활동으로 주위의
부러움을 샀다. 게다가 전공인 국문학 밖에도 비교문학, 민속학, 복식학
등 다방면에 걸쳐 학식을 쌓은 폭넓은 실학자인 데다, 도락인지 취미인
지 학자들을 모아 산지회山地會라는 것을 만들어 공주 유구의 산을 공동

---

* 金泰俊, 「虛學から實學へ」, ≪東洋史研究≫, 第48卷 第2號(1988), pp.374~386.

김동욱 선생과 함께 참배한 다산 묘소

구매해서는 봄가을로 소풍하고 도자기를 굽기도 했다. 여기도 나는 빠질 수 없이 총무를 맡았는데, 선생은 어느 날 갑자기 이것의 판매계약을 하고는 급서急逝하셨다. 그래서 선생의 장례를 모시면서 총무였던 내가 20여명의 회원들을 모아 겨우 이를 해결하고는, 총 판매 값의 10분의 1정도인 400여만 원을 나손을 위해 쓰자고 하고 나손 학술상羅孫學術賞이란 것을 만들었다. 이 학술상은 이후 20년 동안 유지되며 우수한 초학자들을 여럿 발굴했다.

내 시골 서재 긴내 서실에는 나손 선생이 써주신 휘호가 두어 편 걸려 있다. 그중 하나는 내가 좋아하는 담헌 홍대용(1731~1783)의 철학소설인 『의산문답毉山問答』에 나오는 경구警句 한 구절로, 내 좌우명으로 써 받은 것인데, 원래 2년 동안 머문 도쿄 외국어대학 기치조지吉祥寺의 외국인 교수 숙소에 걸었던 것을 지금은 수동의 긴내 서실 마루방에 걸었다.

옛날 얻어들은 일에 집착하는 자와 더불어 도를 말할 수 없다

膠舊聞者 不可與語道

두 번째 일동 체험: 도쿄 외국어대학 시절

　도쿄 유학 시절로부터 5년, 도쿄 외국어대학의 객원교수로 초청되면서 1980년부터 이후 2년간 이어진 내 두 번째 일동 장기체재가 시작되었다. 메이지 시대明治時代 도쿄 외국어대학에 영·독·불·중국어와 함께 설치된 조선어학과는, 일제의 조선 강제 병합 때 폐쇄되었다. 이 조선어학과가 다시 부활한 것은 1970년대 말의 일이다. 지금은 고인이 된 숙명여자대학교 김용숙金用淑 교수의 뒤를 이어 내가 이 대학의 객원교수가 된 것이 1980년 4월부터 2년간의 일이다.

　그런데 1980년대의 한국은 전두환 일파의 쿠데타와 광주민주화 투쟁의 열기로 격동의 시대를 보내고 있었고, 내가 재직했던 명지대학교는 국제대학을 합병하는 문제 등이 겹쳐지면서 격랑이 특히 심했다. 게다가 명지대학교 운동권의 중심에 내 지도 아래 있었던 문예창작 동아리 ≪누에실≫의 회원들이 여럿 있어서, 이사장이던 유상근 박사는 학생들을 설득하기 위해 나의 일동행을 극구 말리는 상황이었다. 그러나 이해 4월 1일로 예정된 내 부임은 나라 사이의 외교 관계에 해당하는 일이었고, 특히 일본은 4월 1일에 시작하는 새 학기에 맞추어 자국에 도착해야 한다는 규정을 엄수하라고 요구하는 상황이었다. 일본 정부 초청 유학생들도 모두 이날 같은 비행기를 타도록 되어 있었다. 뒷날 도쿄 대학교 비교문학과에서 만난 노영희盧英姬·이응수李應壽 교수 등 17명이 일본 국비유학생으로 이날 같은 비행기에 탔다는 사실을 알게 되었다.

이날 도쿄 나리타 신국제공항에는 도쿄 외대 조선어학과의 간노 히로오미菅野裕臣 학과장을 비롯해 고故 조 쇼키치長璋吉·고故 이케가와 가쓰히로池川勝廣 교수 등이 공항까지 영접을 나왔다. 도쿄 기타 구北區 니시가하라西ヶ原에 있는 도쿄 외대의 교내 숙소에서 2~3일 머문 뒤, 다시 교외에 있는 기치조지吉祥寺의 외국인 교수 숙소로 옮겨 전임前任 김용숙 교수와 교대해 2년의 계약근무가 시작되었다. 이노가시라井頭 공원에서 멀지 않은 쾌적한 주택지의 2층 맨션에서 2년을 지내며 일주일에 3일 정도 학교로 출근하고, 나머지 날은 가까운 도쿄 대학교 교양학부 비교문학 연구실이나 숙사에 머물며 강의 준비와 자신의 공부를 했다.

이때 내가 유학했던 도쿄 대학교 대학원 비교문학과에서 강연 제의가 들어왔다. 마침 한 짐 싸 가지고 갔던 담헌 홍대용(1731~1783)의 국문 연행 일기 『을병연행록』을 중심으로 「18세기 조선 연행사의 북경 천주당 방문기: 마테오 리치에서 파이프 오르간까지」라는 제목으로 이야기를 준비했다. 이해 11월 27일로 강연 날짜가 정해지면서, 논문의 요약을 만드는 일에도 여유를 가질 수 있었다. 이러한 과정을 통해 준비된 발표는, 18세기의 대표적 실학자 담헌 홍대용의 연행록이 조선 시대 삼대 연행록三大燕行錄의 하나에 들 만큼 뛰어난 작품이었기 때문에 아주 좋은 반응을 얻을 수 있었다. 이후 이를 정리해 학위논문으로 내면 좋을 거라는 제안을 받으면서 내 도쿄 생활은 갑작스레 활기를 띠며 바빠지기 시작했다. 저명한 전집 시리즈인 『동양문고』에서 세 권짜리 마테오 리치 전기를 낸 바 있는 히라카와(平川祐弘) 교수는 이렇게 재미있고 좋은 여행기에 관한 연구가 왜 지금까지 이루어지지 않았느냐고 질문했는데, 내가 "나를 기다렸다"고 대답해 장내 폭소가 터졌다. 그리고 김 선생의 그런 유머는 어디서 나오는 것이냐고 거듭 묻기에 그날 나보다 먼저 강연한 서울대 한기언韓基彦 교수가 말했던 한국의 '멋'에서 나온다고 해서 웃음이 이어졌다.

이즈음의 수첩에는 학위논문의 구상 등이 이런저런 메모로 남아 있다. 약 2,600여 쪽에 이르는 이 필사본을 해독하는 한편, 마침 환갑을 맞이하는 나손 김동욱 선생의 잔치에 맞추어 『홍대용과 그의 시대』(1982)를 출간했다. 이 책은 이후 10여 권에 이른 내 홍대용 연구의 첫 번째 책이 되었고, 이를 바탕으로 이듬해 도쿄 대학교에 학위논문을 냈다. 이 논문은 『虛學から實學へ: 18世紀朝鮮知識人洪大容の北京旅行』이라는 책으로 도쿄 대학교 출판회에서 출간되었다. 이 책은 교토京都 대학교의 중국사

상사 교수이며 일본 학사원學士院 회원이자 『주자학과 양명학(朱子學と陽明學)』(1967)의 저자로 이름이 높은 시마다 겐지島田虔次(1917~2000) 교수, 국제기독교대학의 미나모토 료엔本了圓 교수, 우리 남한과는 미묘한 관계라 할 도쿄 조선대학교의 김철앙金哲央 교수, 오사카大坂 대학교의 미우라(三浦國本) 교수 등 현지 학계의 학자들로부터 10여 편의 서평을 받았다. 특히 미우라 교수는 교토 대학교의 ≪동양사연구東洋史研究≫에 13쪽에 이르는 장편의 본격적인 「비평소개」를 써주었다.* 이후 일본 에도江戶 실학實學 연구의 권위자인 미나모토 교수는 내 학위논문 공개심사에 직접 참관했고, 시마다 교수는 내가 동국대학교 일본학 연구소의 일로 일본에서 연 강연회에 연사로 참여해준 바 있다.

시마다 교수는 ≪아사히 저널(朝日ジャーナル)≫(1988년 7월 29일)에 기고한 내 책의 서평에서 "유교사의 연구자로서 실로 많은 것을 생각하게 해준 데 감사한다"며 이렇게 썼다. "왕양명王陽明이 언어불통의 소수민족의 땅에 유배〔流刑〕되어 그 '심즉리心卽理' 곧 양지良知설을 확립했다는 것 또한, 일종의 여행 체험이라고 할 수 있을 것이라는 생각이 들었다." 이 시마다 교수는 특히 우리 동국대학교와 인연이 깊은데, 그의 방대한 장서 2만 8,000권이 『시마다문고島田文庫』로 동국대학교 중앙도서관에 기

---

* 三浦國本, 〈批評・紹介〉金泰俊著 「虛學から實學へ: 18世紀朝鮮知識人洪大容の北京旅行」, ≪東洋史研究≫, 第48卷 第2號(1989), pp.374~386.

증되어 있어 동아시아 문화 교류와 평화증진에 한 귀감이 되었다.

도쿄 대학교 비교문학과 박사논문심사는 내 심사 때부터 공개로 이루어져서 그 공식적 보고는 오사와(大澤吉博) 교수의 「한 학위논문의 (공개) 심사풍경」이라는 제목으로 도쿄 대학교 『비교문학비교문화比較文學比較文化』 46집에 실렸다. 내 두 번째 일동 체험의 낙수이다.

일본에서 만난 사람들

1.

3년 동안의 도쿄 대학교 유학을 마치고 귀국한 뒤, 임진왜란에 관한
연구의 일환으로 충무공 이순신李舜臣 관련 글을 마무리하기 위해 1976
년 여름을 다시 도쿄에서 지냈다. 이때 도쿄 여자대학교 교수로 조루리
淨瑠璃* 전공자인 도리이 후미코鳥井ふみ子 교수와 알게 되었는데, 그미
는 어느 날 일본 주자학朱子學 연구의 대가 아베 요시오阿部吉雄 교수를 소
개한다며 점심 자리를 마련했다. 『일본 주자학과 조선(日本朱子學と朝鮮)』
(1965)이란 책으로 널리 알려진 철학자 아베 교수는 일찍이 경성제국대
학京城帝國大學의 교수를 지낸 인물이자 도쿄 대학교 비교문학과의 하가
(芳賀徹), 히라카와 교수들의 제일고등학교 시절 스승으로 명성이 높았던

---

* 반주에 맞추어 이야기를 읊는 일본 전통 음악극.

노학자였다.

　그는 과거 한국을 체험하면서 잊을 수 없는 제일 좋은 것이 두 개 있다면서 온돌溫突과 강릉江陵을 들었다. 온돌은 한국 주거문화의 특징으로 특히 뛰어난 문화지만, 특정 지역으로 강릉을 든 것에는 약간 특별한 느낌이 들었다. 사실 강릉은 여름에 시원하고 겨울에 따뜻하며, 특히 이곳에서 맞이하는 동해안의 가을은 세계에서도 가장 아름다운 절경이라 이름이 높다. 그는 한국에서 국제회의를 개최한다면 강릉이 최고일 것이라고 했다. 그리고 그해 여름에 한국퇴계사상연구회 일본 참가단 단장 자격으로 한국의 대구로 간다면서, 도리이 선생도 동행하게 된 일을 기뻐했다. 그는 『일본각판이퇴계전집日本刻板李退溪全集』을 간행하고, 이때 대한민국 국민훈장國民勳章을 받았다.

　도리이 교수는 이때 이후로 한국에 여러 번 여행하며 특히 서울대학교에 소장된 근세 일본 판본板本 조사에 전심해 『서울대학교소장 근세예문집近世藝文集』 6책을 냈고, 대만 대학교 일본문학자료집 등을 평생 정리했다. 서울대학교 도서관 등 한국 도서관에는 일본 자료가 많지만 한일 양국의 학자들이 거의 관심을 기울이지 않는 상황에서 그미는 평생 혼자 힘으로 조사사업을 해냈으니 여장부라 할 수 있다. 도리이 교수는 또한 친구를 좋아했다. 내가 대만에 갈 때에는 대만 대학교에서 사귄 친구가 많다며 나와 동행하면서 안내를 해주었고, 그 덕에 나는 대만의 까오슝高雄까지 누비고 다니며 1주간을 잘 대접받은 적도 있다. 이런 인연으로 나는 그분의 한국 지인인 동덕여자대학교의 노영희盧英姬 교수, 또 도리이 교수의 부군인 무사시武藏 대학의 도리이 구니오鳥井邦雄 교수를 만날 수 있었다. 훗날 이들과는 한중일을 함께 여행하거나 중국 남개南開 대학교 교수단과 여러 해 공동연구를 하기도 했다. 이런 인연이 우리 동국대학교 대학원에 유학한 한국문학자 와타나베渡辺直紀 선생으로 이어진 일도 함께 이야기할 만하다. 그는 이 연구팀의 통역봉사로 합류해 공동연구원이 되고, 무사시 대학의 한국학 교수로 초빙되어 지금은 일본 한국학계의 중진이 되었다.

2.

1980년부터 도쿄 외국어대학교 객원교수로 있을 때 나보다 1년 늦게 부임한 교토 대학교 출신의 사에구사(三枝壽勝) 교수는 나와 대화가 비교적 잘 통하는 사람이었다. 퇴임 뒤에도 그는 중국 상하이上海에 머물거나 서울 연세대학교에서 강의하며 내게 가끔 편지를 보냈다. 또 상하이에 머물던 때의 이야기를 한국어로 출간해 내게 보내주었는데, 스스로의 삶의 이야기를 실토해 비범한 자신의 성격을 여실하게 드러내 인상 깊었다.* 그래서 내 칼럼 〈문향〉에서도 그의 이야기를 쓴 바 있다.

마침 동아시아 비교문화 국제회의 한국본부의 창립 주역 중 한 분인

---

* 사에구사 도시카쓰, 『상하이 통신』, 오근영 옮김(서울: 깊은샘, 2007).

이영구李榮九 교수가 그 아호를 따서 만든 서송한일학술상瑞松韓日學術賞의 두 번째 수상자로 사에구사 교수가 지명되었을 때 나는 그에 대한 축사를 부탁 받았다. 메모가 남아있기에 여기 일부를 소개해 기념하고자 한다.

벌써 25~26년 전의 일이 됩니다만, 저는 사에구사 교수님이 계시는 도쿄 외국어대학 조선어학과의 객원교수로 2년간 선생님과 함께 근무하고 사귄 인연을 소중히 생각하면서, 한두 마디 소감을 말씀드려서 축사에 갈음하고자 합니다.

한국에는 작가들을 위한 각종 문학상이 200여 가지나 있다고 합니다만, 학자들에게 주는 상이라는 것은 별로 없고, 특히 인문학자가 평생에 학술상을 받는다는 것은 드문 경사가 아닐 수 없습니다. 이런 사정은 아마도 일본에서도 크게 다르지 않으리라고 생각되는 점에서, 이번 학술 분야의 수상자로 사에구사 선생님을 결정한 일은 참으로 탁월한 결정이라고 생각하기에 축하해 마지않습니다.

한국의 언론들에서는 이분에 대해서 '일본에서 한국문학사를 기술할 수 있는 유일한 연구자'(한겨레신문)라든가, '일본의 가장 권위 있는 한국문학연구자'(연합뉴스)라고 소개한 바 있습니다. 선생님은 실제로『사에구사 교수의 한국문학연구』나『한국문학을 음미한다』등의 책들과『조선을 아는 사전』을 비롯한 각종 사전, 이와나미岩波 출판사의『조선단편소설선』, 『한국단편소설선』 등의 각종 번역서를 내셨으며, 조선문학연구회를 이끌어 일본과 한국에 많은 후학을 키워낸 공적이 참으로 크다 하지 않을 수 없습니다.

실증적인 일본학계의 전통을 이어받은 선생님의 연구는 원전·원본에 대한 세밀한 분석으로 정평이 나 있습니다. 「정지용의 시 「향수」에 나타난 낱말에 대한 고찰」이란 논문 하나를 보더라도, "얼룩배기 황소가 해설피 울음 우는 곳"의 '해설피'나, "파아란 하늘빛이 그립어"의 '그립어' 등의 단어 세넷의 근원을 여러 고전에서 일일이 찾아내고, 이런 낱말들이 휘문학교 시절 가람 이병기 선생의 훈도와 관계가 있으리라는 구체적인 추론까지 덧붙였습니다. 그와 동시에 동아시아적 안목에서 작품에 대한 비평을 쏟아내는 모습은, '문학이란 관계성 위에 이루어진다'는 선생의 지론을 여실히 드러낸다 할 수 있습니다.

선생의 삶의 방식 또한 대단히 실험적이어서 귀감이 됩니다. 생애의 전반 30년은 이학석사 출신의 과학도로서 모국어를 쓰며 살았고, 중반에는 한국문학을 연구하고 가르치며 한국어와 함께 30년을 살았으며, 정년 뒤에는 중국어와 문화를 알기 위해 중국으로 가 중국어 공부에 열중하는, 대단히 실험적이고 고집스런 삶이었습니다. 선생의 이런 삶의 방식은 바로 선생의 마르지 않는 실험정신의 산물이라 생각되고, 학문과 교육에서 '무엇 때문에 ……'를 연발하는 선생의 인식론적 물음 또한 여기서 말미암은 것이리라 생각됩니다.

3.

　도쿄 외국어대학교에 있을 때에는 방학마다 일본 중부지방의 해안 도시 도야마富山에 있는 국립 도야마 대학교에 집중강의를 나가곤 했다. 집중강의란 일본 대학에서 방학 중 외부 강사를 초빙해 단기간에 1학기 과목을 집중적으로 강의하는 제도이다. 내가 2년간 집중강의를 나갔던 도야마 대학에는 유명한 언어학자 후지모토(藤本行夫) 교수가 있었다. 그는 한국어학 연구의 권위자로, 특히 한국서지학의 대가였다. 그의 장서는 수만 권에 이르러 강의실 하나를 다 쓰고도 의자 놓을 곳이 없을 정도였다. 그 정도로 한국서지에 대한 그의 연구는 방대해서, 임진왜란 이후 일본에 흩어진 한국의 고서 5만 권을 경經·사史·자子·집集으로 정리한 작업은 동아시아 서지사의 한 기념비라 할 만하다.

　그중 『일본현존조선본연구日本現存朝鮮本研究: 집부集部』(2006)의 출간은 학계를 놀라게 한 세기적 업적으로, 후지모토 교수는 이후에도 관련 도서를 내며 세계에 흩어진 조선본의 연구를 지속하겠다고 밝힌 바 있다. 일본 특유의 실증적이고 치밀한 학문 방식의 귀감이었다. 서울대학교 언어학과에 유학하던 그와 처음으로 만난 이래, 도야마 집중강의 시절에는 그의 집에서 신세를 지기도 했고, 함께 학생들을 이끌고 도야마의 설산雪山에 올랐던 추억도 잊을 수 없다. 언젠가 동국대에서 그를 초빙해 한국서지학에 대한 강연회를 열었던 적이 있는데, 부인과 함께 온 그가 내 시골집에서 하루 묵었을 때의 감회가 아련하다.

심원 안병무 선생과의 인연

심원心園 안병무安炳武(1922~1996) 선생은 이 나라의 민중신학民衆神學을 창도한 신학자로, 문학 전공인 내가 그분과 만날 수 있었던 것은 나에게는 어떤 섭리와 같은 행운이라 할 터이다. 그분을 만남으로써 나는 한신의 신학 정신에 다가갈 수 있었고, 끝내는 향린 교회에서 내 후반생의 교회 생활과 신앙 정신을 키워가게 되었기 때문이다.

내가 심원 선생을 만난 것은 그가 중앙신학교 교장을 사임하고 한신대학교 교수가 된 1970년의 일이다. 나는 명지대학교 전임강사로 있으면서 한신대학교의 교양국어 강사가 되어, 안 선생과는 사무적인 차원에서 만났다. 이 자리에서 문학에 조예가 깊은 안 선생은 자신이 좋아하는 문인 도스토옙스키의 작품을 이야기했는데, 나도 한창 유행하던 사르트르나 『죽음에 이르는 병』의 키르케고르와 같은 실존주의 작가들에 심취하고 있었던 터라 첫 대면부터 화제가 이어졌던 기억이다.

이때 안병무 선생은 '동양고전 특강'을 열면서 함석헌 선생을 초빙해 학생들로부터 열화와 같은 반응을 불러일으켰는데, 이것은 공안 당국을 긴장케 만들었다. 이즈음이라고 생각되는 어느 날, 함석헌 선생의 강연회가 있다고 해서 나도 강의를 휴강하고 학생들과 함께 함 선생 강연을 들으러 갔다. 그런데 강연이 늦어지면서 학교 안에 긴장감이 고조되기 시작했다. 나중에 안 선생에게 들은 바로는, 함석헌 선생이 강연에 오시면서 그 풍모의 상징인 긴 수염을 깎고 나타났고, 이에 대한 호응으로 안병무 교수를 필두로 한 교수진과 학생들이 머리 깎기에 동참하느라 강연 시간이 늦춰진 것이라 했다. 이야말로 한신대학교가 반독재 민주화운동의 불씨가 된 사건이었다. 『안병무 평전』에는 이 삭발 사건이 「수유리 칼바람 소리」라는 소제목으로 1973년 이후에 일어난 일로 기록되어 있는데,* 내가 한신대학교에서 국어 강사로 있을 때 맞닥뜨린 사건이었으니 이는 1971년의 일로 생각된다. 나는 1971년까지 몇 년을 한신대학교에 나갔고, 1972년 4월에는 일본 유학을 떠났기 때문에 두 번째 삭발사건이 일어났던 게 아니라면 그전의 일일 것이다.

안병무 선생은 평안남도 안주에서 태어나 만주로 이민한 실향민이다. 독일에서 유학하며 당대의 실존주의 경향에 심취한 그는, 이것의 한국적 조화를 모색하며 민중신학을 일으켰다. 당시 1970년대 한국에서는 박정

---

* 김남일, 『안병무 평전』(파주: 사계절, 2007), 199~201쪽.

희가 유신헌법을 만들어 장기 독재체제를 강화하는 와중에 평화시장 피복공장의 노동자 전태일全泰一이 분신 사건을 일으켰는데, 이것은 서울대학교의 박종철과 연세대학교 이한열의 죽음까지 50건에 이르는 죽음의 역사로 이어졌다.

이런 상황 속에서 한국의 민중신학은 1975년에 발표된 서남동의 「예수·교회사·한국 교회」에서 구체화되어 갔고,* 그 민중의 소리는 김지하金芝何의 시가 그 의식을 촉발하는 '소리의 매체'가 되었다고 했다. 서남동은 자신의 책에서, 함석헌 선생이 1970년 이래 ≪씨알의 소리≫를 통해 거듭해서, 목이 터져라 외쳤던 이야기를 지금까지 듣고도 듣지 않았다는 것을 깨닫게 되었다고 썼다.** 그는 1974년과 1975년 아프리카 나이로비에서 열린 에큐메니칼(Ecumenical) 총회에서 김지하에 대해 묻는 외국인 신학자들에게 아무런 답변도 못했으며, 이때의 몹시 부끄러웠던 경험에 이끌려 민중의 소리를 듣게 되었다고 고백했다.

이런 민중 체험, 민중 이해는 나 자신에게도 충격적 경험이었다. 나는 1970년 초반 한신대학교에 강사로 있으면서 안 선생과 한국신학대학의 민주화 정신에 고무되고, 이것은 1980년 독일에서 열린 '세계문학의 날' 행사에 참석하며 더욱 촉발되었다. 레겐스부르크(Regensburg)라는 바이

---

* 서남동, 『민중신학의 탐구』(서울: 한길사, 1983).
** 같은 책, 32쪽.

에른 주의 13만 소도시에서
열린 이 모임은, 여러 나라에
서 온 문학가와 작가들의 강
연을 그곳의 인문 고등학교
인 김나지움(Gymnasium)의
'국어' 시간에 배당했다. 나는
고등학교 2학년 문학수업 시
간에 들어가 준비한 '미당 서

독일 김나지움에서 『춘향전』을 소개하는 모습

정주의 시 「추천사鞦韆辭」에 나타난 그네의 상징'이라는 강의를 하며 『춘
향전』을 소개하는 데 열중했다. 그러나 강의가 끝나고 이루어진 질의 시
간에 질문을 던진 세 학생 중 두 명이 김지하에 대해 물었다. 서남동이
느꼈던 부끄러움을 나 역시 느낀 '민중' 체험이 되었다. 이 일은 1960년대
이후 함석헌 선생의 강연이라면 거의 따라다녔던 내가 정말로 그분의 씨
알의 소리를 들었는지 되묻게 했다.

안병무 선생은 '민중'이 "스스로의 삶과 갈구를 지닌 자신만의 세계를
갖고 있다"고 했다. 그리고 예수는 민중 속으로 들어가 민중과 하나로 되
었기 때문에, 민중과 나뉠 수 없는 존재라고도 주장했다.* 예수는 곧 민
중이고, 예수의 수난과 죽음은 민중의 죽음을 나타내며, 예수의 부활은

---

* NCC신학연구위원회, 『민중과 한국신학』(서울: 한국신학연구소, 1982), 103쪽.

민중의 부활이라는 것이다.* 이것은 개체적인 인격 개념에 바탕을 둔 서구적 주객主客 개념과 달리, 오늘의 나의 삶을 주체적이고 일원론적으로 이해하는 것이다. 이런 점에서 오늘의 나로서 민중, 씨알과 예수를 일치시키며, 민중을 민족과 역사의 주체로 본다는 점에서 다석 유영모와 함석헌의 사상과도 일치한다.**

안병무 선생에게 민중은 규정할 수 없는 역동적 존재로, 사회와 역사 속에서 끊임없이 변화하는 존재이다. 『선천댁』(1996)은 이런 그의 민중 사상을 가장 현실적으로 그린 글이라 할 만하다. 『선천댁』은 그의 어머니의 이야기이자 한국 민중의 이야기이며, 동시에 안병무의 주관을 담은 그 자신의 민중 이야기이기도 했다. 안 선생 스스로 말한 바, "한 무명의 거의 버려졌던 여자를 이야기하는 데 이만한 분량의 이야기가 된 것"은 버려졌던 이름 없는 한 여자로서 선천댁의 이야기를 되살리는 데 그치지 않고, "이 세상에 무한히도 많은 선천댁"의 이야기를 했기 때문이리라. 이것은 곧 민중의 이야기이자 안병무 자신의 이야기로, 그의 자서전이라 할 만하다.

그러나 나와 안병무 선생의 만남은 교회 생활을 통해서 한층 구체화되어갔다. 문익환 목사가 평양에 다녀오면서 본격화한 통일 논의의 소용돌

---

* 같은 책, 180쪽.
** 박재순, 『안병무 신학사상의 계보: 유영모 · 함석헌 · 안병무』(서울: 한국신학연구소, 2005).

이 속에서, 나는 안병무 선생이 설립에 참여하고 설교자로 있던 향린 교회로 교적을 옮겼다. 민족의 화해와 통일 선교에 앞장섰던 이곳의 담임 목회자 홍근수 목사는 마침 교회 창립 40주년(1993년 5월)을 맞으며 개교회個教會로서 통일운동을 촉진하기 위해 「통일공화국헌법」(초안)을 제정하는 등 활발한 통일 선교를 준비하고 있었다. 그리고 이러한 흐름의 중심에는 안병무 선생이 있었다. 교회 창립 40주년과 한국 교회가 설정한 1995년 통일희년을 앞두고 통일운동을 촉진하는 차원에서 통일공화국 헌법을 만들어보자고 제안한 것이 안병무 선생이었기 때문이다. 그는 교회 창립 39주년 기념예배 설교를 통해서 통일헌법을 기초할 것을 제안했고, 이 일은 향린 40주년 기념사업으로 추진되었다. 또한 1993년 12월 6일에 향린 교회 통일희년위원회가 주최한 통일헌법 심포지엄에는 박원순 변호사(현 서울시장)와 전광석 한림대학교 교수가 논평에 참가해 소위원회의 초안해설과 함께 통일운동의 구체적 시발을 다짐한 바 있다.

시바 료타로 씨와의 인연

일본 당대 최고의 소설가이자 기행작가이며 역사가이기도 한 시바 료타로司馬遼太郎(1923~1996)는 내가 일본에서 만난 몇 안 되는 명사로, 유명작가이다. 그는 한국에 많은 관심을 가진 일본인으로 1980년대에는 한국 신군부로부터 내란죄로 사형선고를 받은 고 김대중 대통령의 구명에 앞장섰고, 내가 관계했던 동국대학교 일본학 연구소에도 강연회 등으로 적지 않은 도움을 준 명사이다. 크지 않은 몸집에 유난히 흰 머리칼이 독특한 인상을 풍기는 그는 오사카大坂 출신으로, 도쿄東京 중앙 문단과 관계없이 스스로 작가가 된 유일한 소설가라 한다.

내가 처음으로 일본에 건너간 1972년, 나는 시바 씨와 미국 출신 일본학자 도날드 킨(Donald Keene, 1922~)의 대담을 기록한 『일본인과 일본문화(日本人と日本文化)』(1972)란 책을 산 일이 있다. 그 머리말에서 시바 씨는 스스로를 작가라고 생각해본 일이 없으며 오히려 그렇게 생각하지

않으려고 노력한다고 했는데, 이때 작가로서 그에 대한 깊은 인상을 갖게 되었다. 이 책에 쓰인 시바 씨의 머리말과 도날드 킨 씨의 발문을 읽어 보면, 서로에 대한 평가를 통해 두 지성의 인간상을 짐작할 수 있어 절로 미소가 나온다. 시바 씨는 자신과 도날드 킨의 관계에 대해 '태평양이라는 물웅덩이를 사이에 두고 태평양 전쟁을 공동 체험했다는 뜻에서 전우戰友'라고 하는 것 외에는 별다른 것이 없다고 하면서도, 이 전쟁이 아니었다면 일본이라는 문화는 도날드 킨이라는 천재를 소유할 수 없었을 것이라고 단언했다. 그리고 킨 씨는 시바 씨와의 대담제의를 받고 스스로 명예라고 생각하면서도 내심 불안해했으나, 실제로 그를 만나고 나서는 마치 우연히 장거리 여행에서 옆자리에 앉게 된 사람들의 대화처럼 시간가는 줄 모르고 이야기를 이어나가게 되었다고 고백했다.

시바 료타로 씨는 이 무렵 ≪주간아사히(週刊朝日)≫에서 「가도를 걷다(街道をゆく)」라는 기행 에세이를 연재하고 있었다. 그가 평생에 걸쳐 쓴 이 글은 수십 권의 책으로 엮였는데, 그중 두 번째 책으로 나온 것이 바로 『한나라 기행(韓のくに紀行)』(1978)이다. 이 책의 출간을 계기로 시바 씨에 대한 내 관심에 불이 붙게 되었다. 또 비슷한 시기에 임진란 포로였던 조선인 도공陶工 심수관沈壽官 집안의 이야기를 다룬 시바 료타로의 소설 『고향을 어이 잊으리(故郷忘じ難く候)』를 접하기도 했다. 도쿄 대학교 비교문학과 히라카와 교수의 집에서 만난 아일랜드 여성 아이린은 이 소설을 자신이 영역英譯했다며 나에게도 주었는데, 원래 대중문학지 ≪문예

춘추文藝春秋≫에 발표되었던(1968) 이 작품은 마침 임진왜란의 조선 포로 자료에 관심을 기울이고 있었던 나에게 아주 흥미로운 정보였다.

대학에서 몽골어를 전공한 시바 씨는 몽골어와 같은 우랄 알타이계 언어에 조선어와 만주어도 들어 있음에도 일본인들이 조선어에 전혀 관심을 갖지 않는 데 놀라움을 표했다. 게다가 그 자신이 살고 있는 히가시오사카東大阪 시에는 조선 사람이 많이 살고 있어 전신주에도 잃어버린 강아지를 찾는다는 광고 대신 조선인의 영주권을 반대한다거나 찬성한다는 스티커가 잔뜩 붙어 있을 정도였다. 또한 그에게는 조선인 친구도 있었다. 그런 그에게 한국을 걷는 여행은 일본인의 조상이 있었던 나라를 걷는 여행이었을 것이다. 자연스레 그의『한나라 기행』은「가야 여행」,「신라 여행」,「백제 여행」과 같이 한국 옛 역사의 자취를 밟는 형식을 띠고 있었다.

시바 료타로 씨는 매년 교토에서 열렸던 재일 한국 조선 문화 심포지엄에도 강연 연사로 참여해준 적이 있는데, 서울 강연회 때는 동국대학교 일본학 연구소 총간사로 있던 내가 그를 안내했다. 시바 씨는 동국대학교 동쪽 길 건너에 있는 신라 호텔에 머물렀는데, 어느 날 그는 "오늘 아침에 '동국대학교'라는 새 한 마리를 보았다"는 농담을 했다. 이야기를 들어 보니, 그가 아침에 커피숍에 앉아 커피를 마실 때 학교가 보이는 장충단 공원 쪽으로 '한국의 길조吉鳥' 까치가 눈에 띄었다 한다. 시바 씨는 일본에 없는 그 아름다운 새의 이야기를 듣고 싶어서 차를 가져온 아가

씨에게 영어로 저 새 이름이 무엇이냐고 물었는데, 잘못 알아들은 아가씨가 "동국 유니버시티"라 대답했다는 것이다. 나는 그 이야기에 유쾌하게 웃고는 아침 까치는 귀한 손님을 불러온다는 한국 속담 이야기로 까치 이야기를 좀 더 이어나갔다.

시바 씨와의 희한한 추억은 교토의 허름한 전통 기원妓苑에서 한국 소주를 마시며 하룻밤을 보낸 기억으로 이어졌다. 나는 일본의 기원(기생집)을 한번 들어가본다는 호기심에 차 있었을 뿐인데, 이날의 추억은 그 이상으로 특별한 것이었다. 정확하게 1993년 10월 24일, 교토에서 동국대학교 일본학 연구소와 연구소 유지 재단이 공동 주최한 '한국과 일본의 유교 - 그 성립과 21세기의 전망' 심포지엄에서 시바 씨의 특별강연이 성황을 이루었고, 이후 예의 기원에서 한국 소주 파티가 벌어졌다. 일본 생활 5년을 도쿄에서만 보낸 나로서는 교토가 낯설었지만 태어나 처음으로 기원에 간다는 호기심에 동행했다.

당시 일본 왕실에서 주는 문화훈장文化勳章의 수상자로 발표된 시바 씨는 이날 언론사 기자들을 피해서 숨어 지낸다는 계획을 세워두었던 것 같다. 그의 후원 출판사에서 온

일본의 기행작가 시바 료타료와 함께

중견 간부 몇 사람의 호위를 받으며 간신히 기원에 도달했는데, 그 소용돌이 속에서도 나는 일흔 가까운 듯한 늙은 게이샤의 시시콜콜한 옛날 사설에 귀동냥을 하며 호기심에 찬 낯선 교토의 옛 정취를 체험할 수 있었다. 정말 각별한 일본 체험이었다.

북방에서 만난 사람들(1): 웨이쉬성 교수

한국과 중국이 국교를 맺기 3년 전인 1989년, 나는 일본을 거쳐 중국을 방문해 베이징 대학의 교수 몇 사람과 만난 적이 있는데, 그중에서도 이후 평생의 친구가 된 웨이쉬성章旭昇 교수와의 인연은 특별한 것이었다. 교토京都 일본문화 연구센터의 공동연구단이 열하를 거쳐 도착한 베이징 대학에서 그를 만난 것은 12월 말의 일이었는데, 24일 성탄 전야에는 중국 공산당 정부가 개혁개방의 상징으로 베이징 남천주당의 미사를 허락했다. 이 역사적인 날 우리 일행은 웨이 교수와 함께 이 남천주당 미사에 참석하는 감격스런 기쁨을 누리게 된 것이다.

일찍이 예수회 선교사 마테오 리치가 베이징에 세운 동서남북 네 개의 천주당 가운데 선무문宣武門 안에 있는 남천주당은 과거 1765년 겨울, 담헌 홍대용이 방문했던 곳이며, 다시 17년 뒤(1783)에는 이승훈李承薰이 조선인 최초로 영세를 받았던 역사의 공간이다. 이런 역사의 공간에 참

웨이쉬성 교수와 함께 베이징 남천주당에서

배하는 것만으로도 감격스러운 일이었다. 이날 이 역사적 미사에 모여든 인파는 무려 2만 명을 넘었다 하는데, 이런 특별한 날에 이런 공간에 서게 된 나의 첫 번째 중국 방문이야말로 하늘이 내린 기적이며 감격이 아닐 수 없었다. 이 역사의 땅에 우리를 안내한 웨이 교수는 난징南京의 미선계 중등학교에서부터 기독교인이 되었다는 기독교도로, 이때부터 간직해왔다는『조선어성경』을 가지고 나타났다. 이 일은 최초의 한국 개신교 교회인 솔내 교회의 신앙전통을 피로 받은 나에게 거의 기적과 같은 감동의 신앙 체험이었다.

이런 인연으로 내가 동국대학교 일본학 연구소의 총간사로 있는 동안 연구소장이던 고 김사엽金思燁 선생과 의론해 웨이 교수를 한국에 초청했는데, 그는 아마도 한중 수교 이전에 한국 땅을 공식적으로 밟은 최초의 중국 민간인일 터였다. 그리고 2~3년 뒤에 한·중 수교가 이루어졌고, 웨이 교수는 그 전후로 평양에 유학하고 한국에 여러 번 오게 된 사연을 써서『해동삼유록海東三遊錄』(2011)이라는 책으로 펴냈다. 이 일을 거든 나는 이 책의 머리말을 썼다.

그러나 이 책은 복잡다단했던 작업 과정과 출판사 사정 등으로 2011년 10월에야 겨우 햇빛을 보게 되었다. 웨이 선생은 이 책에서 주로 한반도의 남녘에서 사귄 인물과 문물에 대한 체험을 담았지만, 사실 내 기억에 더 각별하게 남았던 일은 유홍준兪弘濬 교수가 이끄는 '신연행록' 팀의 방중 때 남천주당에서 멀지 않은 곳에 위치한 230년 역사의 요리 집 샤궈쥐砂鍋居에서 웨이 교수와 함께 즐겼던 저녁식사이다. 또 웨이 교수가 처음 한국을 방문했을 때 동서양 여러 나라의 학자들이 모여 만찬을 벌였던 적이 있는데, 이때 그는 어릴 적에 익혔다는 한국민요 「아리랑」을 불러 참석자들을 감동시킨 바 있다. 20여 명의 각국 참가자들이 그의 노래에 이어 한국의 민요를 함께 불렀는데, 이 기억 또한 잊을 수 없는 감동이었다.

북방에서 만난 사람들(2): 김레호 교수

1989년 당시 아직 미수교국이었던 중국을 방문한 바 있는 나는, 이듬해 1990년 여름에 마찬가지로 미수교국이었던 소련(현재 러시아)에 들어가는 행운을 누렸다. 원래 이 해의 벽두, 나는 소련 과학 아카데미의 동양학 교수 김레호(KimRekho) 박사를 한국에 초청한 적이 있었다. 그런데 얼마 뒤 그는 나를 소련으로 초청했고, 같은 해 7월 8일부터 15일까지 모스크바에서 서쪽 페테르부르크에 이르는 여행을 안내해주었다.

나는 김레호 교수가 교토京都의 국제 일본문화 연구센터에 와 있던 때 그와 처음 만났다. 이곳 연구센터의 가미 가이토上垣外憲一 교수의 소개로 만난 그는, 평양에서 소련으로 유학해 학자로서 성공을 거둔 재소한인在蘇韓人이었다. 당시에는 이른바 페레스트로이카(perestroika)라 하는 소련의 개혁정책으로 사상의 벽이 허물어지고 있었는데, 김 교수는 이러한 흐름 속에서 서울 방문을 열망했다. 그때 마침 나는 동국대학교 일본학 연구소의 총간사를 맡고 있었기 때문에, 소장 김사엽 선생과 의론해 1990년 이른 봄에 그를 한국에 초청했다. 그는 한국에서 러시아의 한국학·동양학에 대한 강연을 하거나 경주를 여행하며 1주간을 지냈다. 그중 아직까지도 잊히지 않는 것은 처음 한국을 방문한 그가 해외에도 널리 알려진 저항 작가 김지하金芝河를 만나게 해달라고 부탁한 일이었다. 이에 나는 김지하와 더불어 당국으로부터 문제 작가라 낙인 찍혔던 문인 구중서具仲書 선배를 대동한 채, 김 교수를 안내해 갓 감옥에서 석방되었던 김지하 씨를 방문했다.

이런 인연으로 김레호 교수는 나를 러시아로 초청해 소련 과학아카데미 세계문학연구소와 일본의 문학회가 모스크바에서 공동 주최하는 가와바타 야스나리川端康成 학술 심포지엄에 합류할 수 있도록 해주었고, 이에 나는 서울에서 모스크바로 직행하는 러시아 비행기에 올랐다. 이전에도 몽골을 통해 바이칼 호수를 잠깐 본 일이 있고, 동해를 통해 안중근 열사의 단지동맹비가 있는 시베리아 동쪽 지방을 밟은 일이 있었지만, 본격적 러시아 여행은 이때가 처음이었다. 사실 이 러시아 여행은 초청장을 받고 미수교국 방문 허가와 소련 비자를 받기까지 여러 번 여행을 포기하고 싶을 만큼 절차가 까다로웠다. 마치 10여 년 전 분쟁의 땅 이스라엘 여행에 오르던 때를 연상시킬 정도였다.

설상가상으로 일주일에 한 번 왕복하는 서울 - 모스크바 KAL기 편은 나 같이 한가한 사람을 위한 자리를 남겨주지 않았기 때문에 도쿄 나리타 공항을 경유하는 JAL기의 한 자리를 어렵사리 얻어야 했다. 비행 중 소련의 하바롭스크(Khabarovsk) 상공에서 내려다본 황무지와 같은 북국의 산천은 마치 천지개벽 시대의 흑암과 혼돈을 연상케 했다. 아침 8시 반에 한국을 떠나서 모스크바 셰레메티예보(Sheremetyevo) 제2 공항에 내린 것이 모스크바 시간으로 오후 4시 반경이었다. 러시아의 관문이었던 셰레메티예보 제2 공항은 1989년 베이징 공항을 처음 밟았을 때와 별로 다를 것이 없는, 가라앉은 어둠과 사회주의적 소박함이 느껴지는 인상이었다. 입국 심사는 KGB가 이름을 부른 다음 얼굴을 뚫어지게 살펴보고, 북한식 한국어로 "남조선 사람?"이라 물어본 뒤 한 번 더 쳐다보는 것으로 끝이었다. 세월이 바뀌고 있음을 서로 확인하는 현장이었다. 그 뒤 반년 전 서울에서 만났던 김레호 교수의 포옹을 받으며, 드디어 "왔구나" 하는 안도감이 몰려왔다.

우리가 묵은 22층짜리 아카데미아 쌍둥이 호텔은 레닌 거리에 있었는데, 이곳은 모스크바 강의 남쪽 고리키 공원과 가까운 위치였다. 일요일인데도 공항으로 나와 호텔까지 짐을 실어다준 세계문화 연구소 운전사에게는 김 교수와 의론해 담배 세 갑을 선물했다. 이때 기사의 표정에서 담배 파동이 일어났다는 소련의 현실을 실감할 수 있었다. 모스크바 거리를 걷다보면 담배 한 가치만 달라고 손을 내미는 젊은 술꾼들도 적지 않게 만날 수 있었다.

러시아는 '백야白夜' 현상으로 저녁 8시가 넘었는데도 그리 어둡지 않았다. 새삼 러시아에 왔음을 실감하며 흥분했지만, 막상 호텔에서는 더운 물이 나오지 않아 고생했고, 잠자리에 든 것도 새벽 3시 반경이었으니 참으로 긴긴 하루를 보냈다 할 수 있다.

이튿날 아침에 식당으로 갔지만 줄이 길게 늘어선 데다 차려진 식사도 변변치 않아서 방으로 돌아와 친구가 사준 월병月餠으로 아침을 때웠다. 다른 손님들을 따라 근처의 빵가게에 가보기도 했지만, 어디서나 긴 줄 뒤에 서서 기다리다 물건이 떨어져 못 사는 형국이었다. 그 정도로 당시 러시아 생활 사정은 좋지 않아 보였다. 이후 모스크바에서 일본 쪽 일행과 합류했는데, 여행 단장이 동아시아 비교문화 국제회의를 함께 조직한 나카니시(中西進) 교수여서 그들과 그리 어색하지 않았다.

그날은 김레호 교수의 제자이자 동양문화 연구소의 연구원인 그루지아 출신의 미인 G. 마이야 박사가 찾아와서 나카니시 교수의 부인과 함께 시내 구경에 나섰다. 모스크바 강 유역의 아름다운 문화거리 아르바트에는 러시아 제일의 국민 시인 푸시킨의 탄생 200주년을 기념하는 동상이 현재는 박물관으로 쓰이는 그의 생가 앞에 있었다.

그해 세상을 떠난 고려인 가수 빅토르 최의 추모 벽 역시 아르바트 거리에 있었는데, 거기에는 그를 추모하는 낙서들이 가득했다. 꽃을 좋아하는 러시아 젊은이들의 꽃다발 행렬도 그치지 않았다. 1953년 카자흐스탄 출신으로 고려인 최 씨와 러시아 여인 사이에서 태어난 빅토르 최는 레닌그라드(현 페테르부르크)에서 처음 가수로서 주목을 받았는데, 이후 보컬 그룹 키노를 결성해 큰 인기를 끌었고, 1984년 모스크바에서 공연을 했을 때는 모스크바 올림픽 경기장의 성화가 다시 켜질 만큼 국가적 명성을 얻었다고 한다. 그가 무명 시절에 노래를 불렀다는 거리에 지금도 그를 추모하는 꽃다발이 그치지 않는 것은 그의 노래가 옛 소련의 사회주의 획일 체제를 비판하고 젊은이들의 사랑과 고독과 자유를 담고 있었기 때문이라 한다. 스물일곱 살의 젊은 나이에 교통사고로 죽은 그에 대한 젊은이들의 사랑은 이 추모 벽의 꽃다발로 쌓여 있었다.

7월 10일은 김레호 교수가 일하는 소련 과학아카데미 세계문학연구소 홀에서 일본의 노벨상 작가 가와바타 야스나리 심포지엄이 있었다. 연구소는 원래 귀족의 저택이었다 하는데, 이 18세기 풍의 아름다운 건물의 정원에는 고리키의 젊은 시절 동상이 세워져 있었고, 천정이 높은 홀의 정면에도 장년 고리키의 거대한 두상이 있어 깊은 인상을 주었다. 이날 러시아와 일본 학자들의 발표는 수준 높은 것이었고, 저녁에는 작가동맹 레스토랑에서 러시아 측의 초청 만찬이 벌어졌다. 3시간 이상 이어진 만찬은 훌륭한 러시아 요리와 음악 연주 덕택에 격조 높은 러시아 예술제를 방불케 했다. 1층 홀에 자리 잡은 우리 일행의 만찬 외에도 오페라 하우스 모양의 2층과 3층의 발코니 홀에서는 여러 팀들의 모임이 열리고 있었다. 술이 한 순배 돌아가고, 여기저기서 노래가 터져 나왔다. 음악을 사랑하는 러시아의 만찬 풍경이 무르익었다. 우리 일행도 이에 맞춰 노래들을 불렀는데, 나 역시 기억을 더듬어 어릴 적 북녘에서 배웠던 러시아민요 「카추샤」를 불렀다.

"라스비다냐 야부로니 꾸루쉬 ……."

아니나 다를까 현지인들의 귀에는 시원찮았던 모양인지 3층 발코니에서 50대로 보이는 집시 남녀가 우리를 향해 손을 내밀어 예의를 표하고는 듀엣으로 이 「카추샤」를 통쾌하게 뽑아주었다. 홀 안이 일체가 되어 환호했고, 우리는 러시아 예술의 저력에 함께 탄복했다. 그 남녀에게 손짓해 홀로 불러낸 우리는 미리 가져왔던 일본 술을 대접했다.

이틀간의 공식회의가 끝난 다음 날인 7월 11일, 해외 참가자들은 사과꽃이 만발하고 모스크바 강이 내려다보이는 아름다운 모스크바 언덕을 시작으로 모스크바 대학과 톨스토이 기념관 등 몇몇 장소를 관광한 뒤 모스크바 일정을 마무리했다. 특히 훗날 딸 효진이 3년간 유학하기도 했던 모스크바 대학은 100여 개 국가에서 유학생이 몰려온다는 세계 유수의 대학으로, 대학 본부의 건물이 몹시 훌륭했다.

그날 밤 11시 55분, 우리 일행은 김레호 교수의 안내를 받아 러시아의 옛 수도인 페테르부르크 여행길에 올랐다. 모스크바에서 서유럽 쪽으로 640킬로미터 떨어진 페테르부르크까지 가기 위해 직행으로 달리는 야간 특별열차를 이용했다. '붉은 화살'이란 이름의 이 침대열차는 밤 11시 55분에 모스크바의 9개 장거리 기차역 가운데 하나인 레닌그라드 역 ─ 러시아의 장거리 역은 각 행선지의 도시 이름을 역 이름으로 부른다 ─ 에서 출발했는데, 마침 여름이었기 때문에 기차 밖으로는 북유럽의 오로라가 펼쳐져 있었다. 오로라를 처음 경험했던 나는 밤새 거의 눈을 붙일 수 없을 정도로 가슴이 뛰었는데, 마침 김레호 교수와 룸메이트가 우리 자리로 와 미스 마이야로부터 받은 그루지야 코냑을 나눠준 덕에 한국 이야기를 하며 밤을 보낼 수 있었다. 차창 밖으로는 낭만적인 백야 속에서 붉은 대지와 산 하나 보이지 않는 초원, 우거진 수풀 등이 보여 톨스토이와 도스토옙스키를 통해서만 상상하던 거대한 자연에 흠뻑 취할 수 있었다. 객차 복도마다 설치된 초대형 홍차 물통은 그 이름난 러시아 홍차를 실컷 마실 수 있게 해주어 홍취를 더했다. 나는 오로라에 취하고 다시 여러 번을 마셔댄 홍차에 취해, 거의 뜬 눈으로 레닌그라드의 모스크바 역에 도착했다. 아침 8시였다.

모스크바에 있는 9개의 장거리 역과 비슷하게 레닌그라드에도 5개의 역이 있었으며, 모스크바에서와 마찬가지로 각 행선지 도시 이름을 역 이름으로 부르고 있었다. 따라서 모스크바의 레닌그라드 역을 떠난 기차는 레닌그라드의 모스크바 역에 내리게 되었다. '북방의 베니스'라고도 일컬어지는 이곳은 운하의 도시이며, '얼음이 된 음악'이라는 평에서 알 수 있듯 잠시 본 것만으로 베니스의 경치와 빈의 예술을 한데 합친 인상을 주었다. 게다가 확 트인 핀란드 만灣에 면한 브리바르티이스카야 호텔은 1979년 모스크바 올림픽 때 지어졌다는 현대식 건물인데, 우연히도 여기에서 전 고려대학교 총장 김준엽金俊燁 박사와 만날 수 있었다. 이미 그분과는 1987년 한국일보의 출판문화상 저작상을 함께 받은 인연이 있었으니 — 그때 김 총장은 자신의 학병체험을 쓴 『장정長征』으로, 나는 『홍대용평전』으로 수상했다 — 이런 역사의 도시에서 만난 것이 놀라웠다. 상을 같이 받았을 때 김 총장의 초청을 받아 성북동 자택을 방문한 일을 김레호 선생과 이야기하며 이 이국의 땅에서 만난 인연을 되새겼다.

러시아 10월 혁명의 무대가 된 페테르부르크의 무박 2일 여정은 야간 여행의 피곤 속에서도 충실하고 아름다웠다. 간단한 조반 뒤에 제일 먼저 찾은 곳은 푸시킨의 문학 카페였다. 러시아의 문학영웅 푸시킨이 임종 전 마지막으로 들렀다는 이곳은 모이가(Moyka) 강 근처 네브스키(Nevskiy) 큰길가에 있었다. 창가에는 글을 쓰는 푸시킨의 등신대 동상이 앉아 있었고, 아직 10시일뿐인 이른 아침부터 우렁찬 피아노 연주와 독창 소리가 여기저기서 들리는 가운데, 이제 막 들어선 김레호 선생은 목청을 높여 푸시킨의 시 한 수를 읊어댔다. 참으로 푸시킨의 나라, 문학과 음악을 사랑하는 예향藝鄕의 진면목에 저절로 감탄사가 터져 나왔다. 어떤 여행자의 기행문에서는 이곳 문학 카페에서 들었던 한국 가곡 「그리운 금강산」과 「아리랑」 연주의 추억이 그려져 있었다. 김 교수의 청에 못 이겨 나는 목청 높여 김소월의 「진달래꽃」을 낭송한 뒤, 내가 러시아말을 배우던 중학생 시절의 기억을 더듬어 러시아 민요 「카추샤」를 불렀고, 또 이것을 한국말로 다시 불렀다.

라스비딸리 야불로니 이 그리쉬

빠쁘일리 뚜마니 나드리꼬이
브이 하질라 나 베릭 까츄샤
나브이쇼키 베릭 나 끄루또이

사과꽃이 아름답게 피고
안개는 물 위에 흐를 때
물가 언덕에 아름다운 그대
카추샤가 노래 부르네

이후 세계문화유산으로 지정된 페테르부르크의 상징이자 자랑이라 할 수 있는 겨울궁전(에르미타슈 박물관)을 보고 니콜라이 황제가 프랑스 베르사유의 여름궁전을 본떠 만들었다는 여름궁전을 구경했는데, 144개의 분수대가 운하로 이어지는 모습이 특히 장관이었다.

여름궁전에서 김레호 교수와 함께

이때 안내인이 홀연 장난기가 발동한 듯 특별히 우리를 어떤 한 곳으로 안내했는데, 후미진 시골학교의 운동장만 한 호수였다. 러시아가 불모의 땅으로 알고 있던 알

래스카를 미국에 팔았을 때 받은 돈으로 만든 호수라 했다. 그 자조 섞인 해설과 함께 호수의 경치는 내 뇌리에 강한 인상을 남겼다. 그때로부터 20여 년이 지나도록 이야기의 사실 여부는 확인하지 못한 채이지만, 그 기억은 역사의 아이러니를 드러내는 일종의 문명비판적 일화가 아니었을까 생각해본다.

이날 김레호 교수는 내게 조선 시인 임제林悌의 서옥설鼠獄說을 러시아어로 번역한『쥐의 재판(Мышь под судом)』한 권을 선물했다. 내 러시아 여행 제일의 기념물인 이 책은 1964년 모스크바 문예출판사에서 낸 라츠코프의 번역판으로 손바닥 크기의 판면에 천연색 삽화를 곁들인 243쪽짜리 양장본이었다. 김 교수가 아끼는 장서일 터인데, 속표지에 한글로 "김태준 선생에게, 모스크바에서의 상봉기념으로"라 쓰여 있었고, "1990년 7월 8~15."라는 날짜와 사인도 있었다.

김레호 교수는 그 뒤로 한국에 여러 차례 찾아왔고, 서신 왕래가 이어졌다. 2008년 8월 1일에는 남양주의 내 시골 서재에도 방문해주었는데, 마침 이날에는 나손 학술상 관련 국문학자들의 여름 모임이 있어 소재영 교수, 조동일 교수, 이혜순 교수와 윤주필(제1회 수상자, 단국대학교), 조현설(제7회 수상, 서울대학교) 교수 등 수상자들이 함께 했다. 이때 김레호 교수는 내 방명록에 서툰 묵필을 들어 인상적 사인을 남겨주었다. "모스크바에서 온 사람, 2008. 8. 1. 김레호"

혼자 버텨서 댐을 막은 오카다 노인과
반원전 운동의 기무라 목사

일본 후쿠시마福島 제1 원전原電 폭발 사고 1주년인 2012년 3월 11일, 나는 한국의 탈핵脫核 기독교 연대 인사들과 함께 후쿠오카福岡 3·11 반원전反原電 집회에 참가했다. 동일본 후쿠시마에서 지진 해일과 함께 발생한 원전 폭발의 충격과 참상은 일본 열도를 넘어 이웃나라 한국과 세계를 공포에 빠뜨렸고, 세계 원전정책에 일대 각성을 불러왔다.

그해 3월 10일 서울 시청광장에서 1만여 명이 모인 원전 반대 집회에 참가한 나는 이튿날인 11일, '사요나라 원자력 발전(さょなら 原發)! 후쿠오카 집회'에 참가하기 위해 탈핵 기독교 연대 사무총장 양재성 목사 등 4명과 함께 일본으로 날아갔다. 이날 새벽 인천공항을 떠나 후쿠오카 공항에 도착한 우리 일행은 마중 나온 탈원전 일한시민우호연대脫原發日韓市民友好連帶 이사 구와노楸野保雄 씨 등의 안내를 받아 집회 장소인 텐신스사키天神須崎 공원으로 직행했다.

아담한 스사키 공원에는 벌써 4,000~5,000여 명의 시위대가 모여 있었다. 여기에 합류한 우리 일행은 준비된 주먹밥으로 요기를 하기가 바쁘게 1시 30분부터 2시 50분까지 '사요나라 원전' 집회에 참가했다. 주최측의 개회 선언으로 시작한 집회는 고사리 같은 어린아이들과 함께 등장한 후쿠시마 원전 피해 시민 아베 메구미阿部惠 씨와 어린 딸의 피난 체험담을 비롯해, 원전 피폭 노동자의 이야기와 제2차 세계대전 나가사키 원폭 피폭자들의 반전 연설 등으로 이어졌다. 이후 한국 참가자 대표로 양재성 목사의 '한·일 연대로 핵 없는 세상을 열어갑시다'라는 연대連帶의 연설이 있었다. 이 연설은 피해를 당한 일본 민족에 대한 위로와 함께, 오늘날 세계가 일본을 주목하고 있다는 점을 강조했다. 그리고 한국의 '핵 없는 그리스도인' 연대는 핵 없는 세상을 위한 그리스도인 신앙고백을 발표하고, "피폭자의 자리에 서서" "핵폐기물로 인한 생명파괴가 창조질서에 대한 죄악임을 천명하고, 한국과 일본 등 핵 밀집 지역인 동북아시아에서 핵 없는 생명의 연대를 이루어가자"고 강조했다. 이런 그리스도인 선언은 프로그램에도 번역문이 실려서 일본 청중들 사이에서 여러 차례 공감의 박수가 터져나왔고, 이어서 반전 노래 공연과 대회선언이 이어졌다.

3시 반이 넘어서 뉴 오타니 호텔 앞부터 규슈 전기九州電氣 본점까지 1시간 반 넘게 반원전 항의 집회가 이어졌다. 특히 이날 우리 한국 참가자 네 명(양 목사와 최헌국 목사, 최명수 장로와 나)은 붉은 글씨로 '원전이여, 안

녕!(GOODBYE, NUKES!)'이라 쓴 현수막을 들고 맨 앞에 서서 시위대를 이끌며 바로 뒤따르는 후쿠오카 시위대와 연대해 탈원전脫原電을 외쳤다. 현수막을 든 우리 선두의 바로 뒤에는 어린아이들을 안고 업은 젊은 엄마들〔'마마는 원자력 발전이 필요 없어(ママは原發いりません)' 회원들〕이 지침이 없는 소프라노로 구호를 선창했다. "원전은 필요 없다!", "아이들을 지키자", "어른이 지키자", "전기는 넉넉하다", "돈보다 생명이다"는 구호부터 "세계를 바꾸자"는 구호까지 쉴 새 없이 쏟아져나왔고, 우리 선두는 마이크를 통해 귀가 따갑도록 반복되는 이 구호들을 따라 소리치며, 이어지는 자동차를 피하며 앞장서서 행진했다.

그리고 4시가 가까워서 시위대가 집결지인 규슈 전력九州電氣의 본점을 에워싸자 분위기가 한결 고조되었다. 경찰도 많아졌고, 시위에 반대하는 우익右翼 분자 20여 명이 검은 양복 차림에 커다란 일장기日章旗들을 받쳐 들고 우리를 위협했다. 양 시위대 사이에서는 정복 경찰이 몸을 사슬로 엮어 엄중히 막고 서서 충돌에 경계했다. 이런 대치 속에서 우리 시위대는 규슈 전력 본관을 향해서 다시 구호를 외쳐 퍼포먼스로 대미를 장식하고, 무리지어 서서 후쿠오카 국제교회 기무라 코이차木村公一 목사 등의 결의에 찬 마침 인사로 행사를 끝냈다.

시위가 끝난 뒤 1년 동안 이 전기회사 앞에서 천막 농성을 이어온 농성자들이 천막을 걷었고, 우리 한국 팀은 기무라 목사와 시위 행사의 진행자 아오야기(青柳行信) 씨 등 7~8명과 함께 간단히 저녁을 했다. 후쿠오카

성공회로 가서 짐을 풀 때쯤에는 9시가 넘어 있었다. 이곳 성공회의 신부님들과 함께 일본 교단의 신부 부족 등의 주제로 밤새 토론을 이어나갔다.

특히 반핵 환경운동과 반전 평화운동가로 이름난 기무라 목사는 좌중의 화제를 이끌며 내게 깊은 인상을 주었다. 후쿠시마 원전 사고와 관련해 한국의 ≪서울신문≫에 그의 인터뷰 기사가 실린 바 있었는데, 기무라 목사는 그때의 기사를 언급하며 "후쿠시마의 원전 사고는 인재人災"이며 한국 등 이웃나라 피해에 배상해야 한다는 점을 강조했다.

귀국 후 인터넷을 검색하니 그의 이름과 함께 1년 전의 ≪서울신문≫ 기사가 떴고, 그가 시무하는 후쿠오카 국제교회를 소개하는 글이 검색되었다. 그는 2003년 이라크 전쟁을 막기 위해 바그다드에서 '인간방패'를 자처하기도 한 반전 평화주의자로, 지금도 '핵, 우라늄, 핵무기 폐기 캠페인 카'의 공동대표를 맡고 있다고 했다. 1980년 이후 데모를 통해서 자신의 생각을 알리는 정신이 일본에서 사라졌다며 한탄했던 그는, 이번 원전 사건으로 일본 젊은이들 사이에서 변화가 보인다는 점에 주목했다. 3월 11일 후쿠시마 원전 사고 이후 4월 10일 원전반대 시위에 도쿄에서만 1만 명이나 모였고, 후쿠오카에서는 '마마는 원전이 필요 없어'라는 반원전 단체에 젊은 엄마들이 200~300명이나 모였다고 했다. 그날 후쿠오카 거리 데모의 선두에 서서 하루 종일 소리 질러 구호를 선창한 젊은 엄마들이 바로 이들이었다. 그리고 ≪아사히신문≫의 여론조사에 따르면,

일본인 중 원전에 반대하는 사람이 사고 전에는 28%였는데, 사고 뒤에는 41%로 늘었으며, 반대로 원전을 늘려야 한다는 의견은 13%에서 5%로 크게 줄었다고 했다. 그리고 그는 라틴아메리카를 중심으로 하는 해방신학과 구미를 중심으로 하는 에콜로지 신학이 서로 교류하지 않는 것을 안타까워했는데, 나는 환경운동과 평화운동의 연대를 강조하는 그의 사상과 활동에 크게 감명을 받았다.

우리는 다음날 일본의 환경 모델도시를 추진하고 있는 구마모토熊本현 미나마타水俣 시로 향했다. 과거 이 지역에 있던 일본 최대의 질소공장에서 바다로 방류한 수은에 많은 사람들이 중독되면서 이곳의 이름을 딴 '미나마타병'이 유명해진 바가 있다. 우리는 이 도시의 친환경 먹거리 생산 운동을 이끄는 환경창조 미나마타 실행위원회의 회관에 짐을 풀고, 그들의 환경 창조 운동의 여러 경험을 공유했다.

이곳에서 특히 환경 사진가 야마시타 도시오山下俊雄 씨를 만난 것은 큰 기쁨이었다. 그는 환경사진첩 『그러나 이쓰키에 살다(しかし五木に生きる)』로 유명한데, 이것은 구마모토 현의 남부 가와베川辺 강 댐 건설 계획을 홀로 막아낸 이 산골의 주민 오카다尾方 노인(91세)을 찍은 기록 사진첩이다. 그는 이 먼 산골까지 우리를 안내했고, 자신의 사진첩에 사인을 한 뒤 우리 일행에게 기증했다. 혼자 버텨서 댐과 원전을 막은 오카다 노인의 삶은 기무라 목사의 반원전 운동과 함께 우리 평화기행에서 경험한 감동의 절정이었다.

서방에서 김지하를 생각하다

1984년 11월 로마 시대의 고도古都인 독일의 레겐스부르크(Regens-burg)로 여행했다. 내 두 번째 유럽 여행으로, 이때 찾은 레겐스부르크는 독일 남부 바이에른 주의 수도이자 도나우 강변에 발달한 인구 13만의 아름다운 중세 도시였다. 나는 이곳을 중심으로 열리는 '세계문학의 날' 행사에 초청을 받았는데, 이는 레겐스부르크 대학교에서 한국학 강의를 맡고 있던 김영자 박사(Dr. Beckers-Kim)의 소개로 이루어졌다. 2006년 도시 전체가 세계문화유산으로 지정될 만큼 아름다움으로 이름난 이 도시에 대해서 내가 아는 것이라고는 로마의 황제 마르쿠스 아우렐리우스(Marcus Aurelius Antonius, 121~180)가 첫 번째 로마 제국회의를 여기에서 열었다는 정도로, 이 도시의 언덕길에는 그의 서명이 새겨진 작은 석비 하나가 지금껏 유적으로 남아 있었다.

세계문학의 날 행사는 레겐스부르크 대학 총장 한스 분게르트(Hanse

Bungert)와 레겐스부르크 신문사의 사장 비베르거(Biberger) 씨 등을 중심으로 시작된 국제행사였다. 사람들은 이 행사를 구성하는 여러 크고 작은 모임에서 시를 외고 이야기하며, 매일 열리는 각종 음악회와 미술 전시회를 즐길 수 있었다. 그야말로 세계인의 문학 축제이다. 나는 '미당 서정주의 시 「추천사」(1955)에 나타난 그네의 상징'이라는 제목으로 한국을 대표하는 사랑의 문학 『춘향전』을 소개할 요량이었다. 서정주의 시 「추천사」를 중심으로 그네의 미학과 한국 여인의 사랑의 고뇌를 이야기한다는 생각이었다.

그런데 정작 레겐스부르크에 가서 보니, 내 강연은 시내 김나지움(인문계 고등학교)의 국어(독일어) 시간에 배정되어 있었다. 약간 당황스러웠지만, 그 발상이 참신했다. 독일답다고 해야 할지 합리적 발상이라 해야 할지, 인문계 대학에 들어갈 엘리트 학생들에게 내 전공이며 우리 고전 중의 고전 『춘향전』을 소개할 수 있게 되었다고 내심 쾌재를 불렀다. 작곡을 전공한 큰아들 효성曉星이 9년이나 공부한 나라였건만 정작 독일 학교 교육의 현장을 직접 접할 기회는 없었기에 더욱 기대에 찼다.

김나지움에서 나의 강의는 김영자 박사의 통역을 통해서 이루어졌는데, 통역하는 김 박사에게도 낯선 나라의 고전문학을 듣는 독일 고등학생들에게도 희한한 체험일 터였다. 그리고 학생들의 반응과 강의 뒤의 질문을 걱정했던 나에게는 긴장되는 한 시간이었다.

김나지움 한국문학 특강의 결과는 질문 시간에 극명히 드러났다. 내

기억으로 그때 세 학생이 질문을 했는데, 그중 두 개는 강연 내용과 직접적인 관련이 없는 '김지하'에 관한 것이었다. 독일 고등학생들의 질문에 나는 제대로 대답하지 못했다. 이 예상 밖의 질문은 한국문학을 소개하러 간 내가 오히려 한국문학에 대해 더 깊이 생각하는 계기가 되었음을 고백해야겠다. 사실 한국의 1970년대를 말할 때 빼놓을 수 없는 두 사람이 전태일(1948~1970)과 김지하이다. 1970년 11월 전태일의 분신 사건은 그 뒤 한국의 모든 노동 · 민주화 · 진보운동의 화두였다. 이보다 먼저 같은 해 5월에는 김지하가 ≪사상계思想界≫에 담시譚詩 「오적五賊」을 발표해 국가보안법으로 투옥되었는데, 나중에 그가 다시 1972년 가톨릭계 종합잡지 ≪창조≫에 발표한 글 「비어蜚語」는 한국의 문화예술계뿐 아니라 한국 사회, 나아가 세계에까지 반향을 일으킨 사상 충격이었다. 그는 또한 1974년 이른바 민청학련 사건의 배후조종자로 지목되어 긴급조치 4호 위반혐의로 사형을 선고받았던 민주화운동의 상징이기도 했다.

피복 노동자 전태일의 분신 사건은 한국의 민중신학을 한국 신학의 주제로 끌어올린 한국 민주화의 횃불이었다.[*] 서남동徐南同의 '김지하 체험'도 시사하는 바가 컸다. 감리교 신학대학의 교수였던 서남동은 1974년 말부터 이듬해에 걸쳐 아프리카에서 열린 세계 에큐메니칼 회의에 참석했는데, 이때 김지하에 대해 쏟아진 외국인 신학자들의 질문에 시원스

[*] 안병무, 「민족 · 민중 · 교회」, ≪기독교사상≫, 203호(1975), 78~84쪽.

런 답을 하지 못했다. 그리고 훗날 이 부끄러운 그리스도 체험을 고백했다. 그는 이런 김지하 체험을 통해 그 스스로의 민중신학의 형성에 박차를 가하게 되었다.[*]

대학 졸업반이었을 때 4·19 혁명에 앞장선 후배들의 뒤를 따라 경무대까지 달려갔던 나는 4·19 세대라 할 수 있다. 유신시절 장준하 선생이 박정희 군사독재에 맞서 목숨을 걸고 내던 ≪사상계思想界≫를 가슴에 품고 다니며 자주 눈물로 읽곤 했던 4·19 제1세대였다. 그러나 전태일이 분신했던 그 청계천변 사촌 누님의 피복 가계에서 숙직을 하며 학교에 다니면서도, 전태일의 그 절규에 귀 기울일 줄 몰랐던 나는 귀머거리였다. 그런 내가 레겐스부르크의 김나지움 학생들에게 『춘향전』을 소개하고 김지하의 질문에 맞닥뜨렸던 사건은 내 서방 여행의 부끄러운 문학 체험이 아닐 수 없다. 어느 사상사 관련 책에서 독일 근대 철학의 대가 헤겔(1770~1831)이 대학 교수가 되기 전인 1808년부터 1816년까지 뉘른베르크 김나지움의 교장으로 재직하며 '교양이란 무엇인가?'라는 주제로 강연을 계속했다는 이야기가 떠올랐다.

그리고 1990년 봄, 러시아 과학아카데미 김레호 교수를 한국에 초청했을 때 그는 반체제 작가 김지하 씨를 만나고 싶어 했다. 그 덕에 나는 자진해서 만날 생각을 못했던 그를 만날 수 있었다. 문학평론가 구중서

[*] 서남동, 「현재적 그리스도」, ≪연세논총≫ 5호(1968), 141~165쪽.

선배에게 부탁해 함께 방문했는데, 김지하 씨는 오랜 감옥생활과 고문으로 몸이 성치 않은데도 기꺼이 우리를 맞아주었다. 이렇게 그의 사상과 투쟁을 가까이서 확인하는 행운을 얻을 수 있었다.

김레호 교수, 구중서 선생과 함께 찾은 김지하 시인 (왼쪽부터 필자, 김레호 교수, 김지하, 구중서 선생)

세월이 흘러 이 글을 쓰는 2012년, 그 김지하는 자신을 사형수로 만든 친일 독재자 박정희의 딸의 대선 선거전에 지원자로 나섰다. "여자가 나서야 할 때"라며 박근혜 후보를 지지하는 성명을 내고 뉴스에 오르내렸다. 이런 그의 행보에 대해서는 대표적 진보 인사 진중권 동양대 교수의 비판이 널리 알려졌다. "삶의 일관성이라는 주제미학의 관점에서 볼 때 기어이 말년을 지저분하게 장식하는 것 같아 안타깝다." 중진 시인 안도현은 앞으로 김지하 시인의 "타는 목마름으로(민중가요)는 못 부를 것 같다"며, "90년대 이후 문학적으로 긴장을 많이 잃어버린 분"이라고 평했다.* 사상思想이란 통일된 견해나 일관된 태도를 필요로 하기 때문이다.

---

* 이종찬, "앞으로 〈타는 목마름으로〉 노래 못 부를 것 같다", ≪오마이뉴스≫, 2012년 11월 30일 자, http://www.ohmynews.com/NWS_Web/View/at_pg.aspx?CNTN_C-D=A0001808288(검색일: 2013년 4월 20일).

임진란 400년을 가다

1992년은 임진왜란壬辰倭亂이 일어난 지 딱 400년이 되는 해였다. 이 해를 맞아 나는 임진왜란과 관련된 두 가지 계획에 관여하며 바쁜 두어 해를 보냈다. 하나는 몇몇 관련 학자들과 임란 관련 문학사를 정리하는 일이었고, 다른 하나는 이 전쟁으로 남은 역사적 · 민족적 앙금을 평화적으로 이해하기 위한 문화통신사를 일본에 파견하는 일이었다. 임진왜란이라는 역사는 한민족으로서는 일제의 조선 침략과 함께 민족적 · 감정적으로 민감한 주제였다. 게다가 이와 관련된 문학 작품이 부지기수임에도, 정작 그것들에 대한 연구는 미진했다. 또한 나로서는 1970년대 초 일본에 유학하던 시점부터 이 주제가 이미 중요한 관심사 중 하나였고, 이런 관심의 개략을 『임진왜란과 한문화의 동점東漸』(1977)이라는 이름으로 엮거나 「일본에서 이순신의 명성」* 등의 글로 쓴 적이 있다.

임진왜란은 한일 두 나라의 관계는 물론, 근세 동아시아의 평화를 파괴하고 역사를 뒤바꾼 처참한 전쟁이었다. 섬나라 일본은 대륙진출을 꿈꾸며 이웃나라 조선을 괴롭혔고, 1592년 중국으로 가는 길을 빌린다는 명분으로 시작된 임진년의 조선 침략은 명明나라까지 조선 땅으로 끌어들여 7년간 이어졌다. 10만을 헤아리는 조선인들이 포로로 끌려갔고 축성築城, 도자기, 인쇄 기술 및 각종 서적에 대한 문화적 약탈이 자행되었다. 이 임진왜란을 문학 중심으로 연구한 보고서가 바로『임진왜란과 한국문학』(1992)이다. 내가 연구책임자였으며, 황패강黃浿江, 조동일趙東一, 정재호鄭在鎬, 설성경薛盛璟, 소재영蘇在英, 신동욱申東旭이 공동연구자로 참여했다. 황패강 교수는 이 연구에서 쌓인 원고를 가지고 따로『임진왜란과 실기문학』(1992)이란 단행본을 낸 바 있고, 이에 앞서 나는 소재영, 이혜순李慧淳 교수와 함께 몇 해 동안 조선통신사의 문학을 공동으로 연구했다. 이혜순 교수는 이를 발전시켜『조선통신사의 문학』(1996)을 단행본으로 출간했고, 그 작업은 그 제자들에게로 이어졌다.

한편 임진란 400년이 되는 1992년 '92 한국문화통신사'를 일본에 파견하기로 정부방침이 정해졌을 때, 나는 한일 두 나라의 학자가 20명씩 참여하는 '한일문화 포럼'의 조직에 관여한 바 있다. 초대 문화부장관 이어령 선생 때 결정된 이 포럼의 조직과 협의를 위해 나는 문화부 담당관과 일본에 파견되었다. 도쿄 대학교 교수로 국제비교문학회 회장을 역임한

---

* 金泰俊,「日本における李舜臣の名聲」, ≪東大比較文學研究≫, 第40號(1981).

바 있는 하가 교수, 일본에 체재 중인 지명관池明觀 교수 등 관련 학자들과 만나 행사에 관해 의논했고, 6월 30일부터 3일간 한국 측 대표단 학자 20명, 일본 측의 20명과 함께 '한일 문화포럼'을 개최·진행했다. 한국의 인간문화재 김소희, 이매방의 안무와 오정숙, 안숙선 씨 등이 연출·출연한 〈심청전〉 공연과 가야 문화 전시회로 시작한 문화포럼은 '생활문화, 그 색과 형태', '선비사회와 무가사회', '종교적 에토스와 그 사회적 배경'을 주제로 이어졌고, 이어령 교수와 엔도 슈사쿠遠藤周作 작가의 문화강연, 재일 사학자 이진희李進熙 선생과 일본국제문화 연구소 소장 우메하라(梅原猛) 교수의 학술강연 등도 이루어졌다.

한일문화 포럼의 공식 일정이 끝난 뒤 나는 이 포럼에 참여한 몇몇 학자들과 함께 남쪽으로 임진란 400년 기행 길에 올랐다. 주로 조선통신사의 옛길을 따라 답사한다는 계획이었는데, 마침 통신사 연구의 전문가인 재일 사학자 신기수辛基秀 선생의 안내를 받기로 교섭이 되고, 한국 문화부 쪽에서도 우리를 배려해주었다. 그리하여 서울대학교의 김용직, 이광규, 조동일 교수와 숭실대학교의 소재영 교수, 그리고 나와 신 선생 등 6명이 일행이 되었다. 일정은 신 선생의 계획에 따라 히로시마의 가마가리蒲刈, 도모노우라鞆浦, 오카야마岡山의 우시마도牛窓와 오사카大坂를 거쳐, 사가佐賀 현의 나고야名護屋 성터와 임진란 유적을 본다는 계획을 세웠다. 우리 일행은 한양대학교 김용운 교수의 제의로 먼저 그가 자란 땅이기도 한 히로시마廣島로 가서 하루를 묵고 본 답사에 들어가기로 했다.

히로시마는 제2차 세계대전 때 원폭의 피해를 입은 비극의 땅인 동시에 김용운 교수가 자란 생장의 땅이기도 해서 우선 이곳의 평화 공원을 방문한 뒤, 일한친선협회와 함께 한일 평화포럼을 여는 계획으로 히로시마에 우선 머물렀다.

히로시마에서 우리를 안내해 줄 신기수 선생과 합류해 니가타仁方 역을 떠나는 페리 편으로 20여 분을 달려 시모가마가리下蒲刈에 닿았다. 이곳은 역대 조선 사신이 머문 곳으로, 신유한申維翰 일행이 하루 동안 꿩 300마리로 접대를 받았던 곳이자 1711년 조태억趙泰億 정사 일행이 여정 가운데 음식이 가장 좋은 곳이라고 썼던 역사의 땅이었다. 우리는 여기에서 옛날 조선통신사가 접대받았던 그대로의 요리를 즐기는 행운을 누렸다. 우리는 다음 방문지인 후쿠야마福山 시 도모노우라로 옮겨 이곳 바닷가에서 하룻밤을 지냈는데, 옛 통신사 일행이 '일동제일경승日東第一景勝'이라고 쓴 액자가 지금껏 걸려 있는 바로 그 항구였다. 이곳에서는 통신사를 본받아 하이쿠排句를 읊었는데, 시인이기도 한 김용직 교수의 첨삭을 받기도 했다. 이날은 마침 이 항구에서 문어축제가 있는 날이어서 문어와 술자리로 흥에 겨웠다.

다음날 7월 5일은 일요일이었지만 이곳 시장 미요시(三好章) 씨의 초대를 받아 간담회에 참여한 뒤 점심 대접을 받았고, 그해에 다시 지었다는 역사박물관에서 조선통신사 특별전을 관람했다. 이곳의 소장 자료 가운데 하나인 「한객사화韓客詞華」 두루마리에는 이봉환李鳳煥 등 9명의 친필

한시가 적힌 것을 볼 수 있었다. 게다가 이곳에 히라가 겐나이平賀源內의 생비生碑가 있는 것을 보고 놀랐다. 18세기 일본의 이름난 실학자 겐나이는 그 연구 분야가 식물학에서 서양의학, 자연과학에 이르기까지 폭넓었다. 또한 소설을 쓰거나 서양화를 그리거나 조선 인삼을 재배하기까지 했던 희한한 박물학자인 동시에 상해죄로 옥사獄死한 희대의 반역아이기도 했다. 한일 비교실학의 관점에서는 물론, 도쿄 대학교 하가 교수의 저서『平賀源內』(1981)와 강의를 통해서도 내게 깊은 인상을 준 인물이다.

　다음 행선지 우시마도는 오카야마 현의 해변마을로, 일찍부터 조선통신사의 기항지로 이름난 곳이다. 1719년에는 조선통신사의 배와 접대하는 일본의 배들로 선박 845척이 이 항구에 한꺼번에 모여 장관을 이루었다 한다. 이곳 해유문화관海遊文化館에는 조선통신사 자료실이 따로 갖춰져 있었고, 특히 무형문화재로 지정되어 있는 당자춤〔唐子踊〕은 매해 10월 조선통신사를 주제로 한 축제 때 실연된다고 했다. 이곳에 도착한 우리는 임진란 때 표류해온 조선 여인을 기념해 만들어진 '조센바님〔朝鮮場樣〕'이라는 유적을 찾아 묵도를 올렸다. 유적의 표지판에는 'Korean Shipwreck Memorial'이라 쓰여 있어, 임진왜란 때 무덤의 주인공인 조선 여인이 이 해안에 표류해 묻힌 사연을 짐작케 했다. 이 사적을 설명하는 '조센바님의 유래'에 따르면 1594년 늦가을의 어느 날, 외국배를 타고 이 해안에 표류해온 한 귀부인을 히가시하라東原란 관원이 구해냈지만, 파도와 허기에 지친 그 여인은 곧 숨을 거두었다. 이 관리는 작은 산비탈에 무덤을 만들고 작은 사당을 지어 자손 대대로 제사를 지내게 했다고 한다. 우리 일행은 엎드려 그 영을 위로하며, 이 또 하나의 임진란 사에 오열했다. 그리고 이 무덤을 고국으로 옮겨 이 영혼이 영원히 안식을 누리도록 하리라고 다짐했다.

조센바님 유적을 안내하는 표지판

다음날인 7월 7일, 오전에 오사카 인권역사자료관에서 열리는 임진왜란 400년 기념 전시회인 '왜란倭亂'의 개막식과 기자회견에 참가하고, 때맞춰 왜란의 역사를 한곳에서 관람하는 행운을 얻었다. 전시회 이름을 대범하게도 '왜란倭亂'이라 했는데〔보통 일본 쪽에서는 임진왜란을 '분로쿠의 역(文祿の役)' 또는 '조선 출병'이라 부른다〕, 전문가이며 수집가인 신기수 선생의 수집품이 중심이 된 만큼 그 노고가 존경스러웠다. 오후에는 교토京都로 가서 임란의 상징물이라 할 코무덤(鼻塚) 등 임란유적을 답사하고, 신칸센 편으로 하카다博多로 내려갔다.

7월 8일부터 이틀 동안은 우리 일행 다섯 명만이 이곳 사가 현에서 임란 기행을 이어갔다. 신기수 선생의 소개로 만난 사가 현 교육청 문화과의 야마구치(山口久範) 주사의 안내로 먼저 사가 박물관을 관람했다. 나는 그곳의 철저한 안내 일정과 커다란 규모에 먼저 놀랐고, 모든 안내서들이 한글로 정리된 것과 대부분의 안내가 한국어로 진행되는 것에 다시 놀랐다.

한 시간 20분 동안 안내를 받고 점심을 먹은 뒤에는 사가 현 사가 시 동쪽 교외의 아마타사 절에 잠든 조선 출신 유학자 홍호연洪浩然의 무덤을 찾았다. 열두 살 때 경상도 진주에서 포로가 되어 평생 고국에 돌아가지 못한 채 이곳 영주의 서기로 일했던 그는 이 땅에 유학儒學의 씨를 뿌린 이름 있는 학자였다. 이어서 나고야名護屋 성터와 진적陣跡을 돌아보았다. 나와 소재영 교수는 여러 번 와본 곳이지만, 이곳의 자세한 안내는 다시 들어도 내게 깊은 인상을 주었다. 또 새로 건설 중인 방대한 규모의 현립 나고야 성적城跡 자료관의 안내를 받을 때는 만감이 교차했다.

7월 9일은 현 교육청에서 히로세 실장과 후지쿠치 주임이 나와 가라츠唐津 성과 도자기 굽던 터를 안내해주었다. 높은 언덕 위에 자리한 가라츠 성 자료실에는 도요토미 히데요시豊臣秀吉가 조선 침략 때 들고 있었다는 동아시아 지도가 그려진 부채 한 자루가 있었다. 히데요시의 미친 꿈을 오늘에 보니 섬뜩함이 느껴졌다. 20만의 침략군을 조선으로 출항시켰다는 조그만 항구 요부코呼子는 다시 찾은 한국의 방문자를 무심히 맞고 있었다. 이곳을 마지막으로 우리 일행의 임란 400년 기행은 끝났다. 문화통신사라는 우리의 임무에 걸맞은 뜻 깊은 여정이었다.

쓰시마에서 한일 관계를 생각하다

1.

쓰시마는 일본의 서쪽 마지막 땅으로, 한국 본토(부산)와는 49.5킬로미터 밖에 떨어지지 않은 위치에 있다. 이것은 일본 본토에서 가장 가까운 오키隱岐까지의 거리 157킬로미터의 3분의 1밖에 되지 않는다. 큰 섬 2개와 작은 섬 109개로 이루어진 이 섬은 울릉도의 10배에 해당하는 709 제곱킬로미터의 넓이로 일본에서 세 번째로 큰 섬이지만, 농경지가 3.4% 밖에 없고 상록수로 울창하기 때문에 주로 왜구倭寇의 소굴로 이용되었다. 고려 우왕禑王 재위 14년간에 이곳을 통한 왜구의 침입이 378회나 있었다 하며, 결국 세종 원년(1419년)에는 이종무李從武의 쓰시마정벌이 이루어졌다. 여말 선초, 왕조가 바뀌는 와중에도 세 번에 걸쳐 이루어진 쓰시마정벌은 대일 외교의 한 전기를 마련한 역사로 평가된다. 게다가 1420년에는 강화교섭을 계기로 쓰시마가 조선의 속주屬州가 될 것을

자청했다. 조선 조정은 쓰시마를 경상도의 속주屬州로 삼고 매년 쌀 200
석씩을 보내 이후 오랫동안 이어지는 평화체제를 보장받게 되었다. 그래
서 통신사행에 관련했던 조선학자들은 "대마도는 조선 땅이다"고 주장
한 기록을 남기기도 했고, 초대 대통령 이승만도 대마도는 한국 땅이라
며 일본에 여러 차례 반환을 요구한 바 있다. 18세기 일본의 저명한 지리
학자 하야시 시헤이林子平(738~1793)는 『삼국접양지도三國接壤之圖』에 독
도와 함께 쓰시마를 조선 땅으로 표기했는데, 이 지도는 일본이 미국과
다퉈 오가사와라 등 여러 섬을 차지할 때 근거로 쓰인 지도였다.

    그러나 쓰시마는 임진왜란 뒤의 한일 관계에서 덕천막부德川幕府(에도
막부)로부터 특수한 지위를 인정받았고, 일본 쪽 섭외를 담당해 조선과의
무역권을 독점했다. 그리고 1592년 임진왜란이 일어나자, 쓰시마는 전쟁
의 향도嚮導와 수습을 빌미로 조선통신사행朝鮮通信使行을 불러들여 포로
쇄환과 통교무역을 중재하는 등 온갖 수단으로 살길을 모색했다. 그러나
임진왜란 이후 일본의 덕천막부가 그 말기까지 200년 이상 유일한 수교국
가인 조선의 사신을 일본에 받아들인 횟수는 열두 차례에 지나지 않았고,
특히 조선 조정은 대마도주 종씨宗氏가 임란壬亂의 침략에 앞장서고, 임란
뒤에 조선통신사행을 끌어들이기 위해 네 차례나 일본 국서國書를 거짓으
로 꾸민 사실 등으로 대마도를 경원敬遠하고 의심했다.

                — 김태준, 『임진란과 조선문화의 동점』, 46~50쪽.

그러나 조선으로서도 10만이 넘는 전쟁 포로를 쇄환刷還하는 일이 급한 터였기 때문에 세 번에 걸친 쇄환 사절에 이어 통신사를 띄우기에 이르렀다. 이로써 대마도 중심의 무역외교의 길이 열린 것이다. 임란 이후 260여 년 동안 일본으로 조선통신사를 보낸 횟수는 총 열두 차례이다. 이것은 같은 기간 조선이 중국에 연행사를 700여 차례나 보낸 것에 비해 대단히 미미하고 제한된 외교 관계였다. 그러나 18세기에 이르러서는 신유한申維翰(1681~1752)의 『해유록海游錄』과 같은 우수한 통신사 일기가 나오게 되었고, 일본 당대 최고의 학자이자 정치가인 아라이 하쿠세키新井白石(1657~1725), 쓰시마의 뛰어난 유학자 아메노모리 호슈雨森芳洲(1668~1755) 등이 나타나 문인 외교의 길을 활짝 열었다. 비록 신유한은 하쿠세키와는 만나지 못했지만, 일본에 머무른 200여 일 동안 한시를 무려 6,000수나 써서 문명을 떨쳤다.

호슈는 에도 막부의 실력자 아라이 하쿠세키의 동문 후배로, 두 사람은 유학자 기노시다(木下順庵) 밑에서 함께 학문을 익혔다. 스승의 추천으로 일찍이 스물여섯에 대마도의 서기가 된 호슈는 이후 63년간 대마도에서 조선무역 등 외교 관계를 전담했다. 그가 직접 조선통신사를 맞았던 적은 1711년과 1719년 두 번뿐이지만, 그는 『조선풍속고朝鮮風俗考』, 『교린수지交隣須知』 등 조선 관련 책을 지어 성신교린誠信交隣을 표방한 18세기 한일 외교의 주역이었다.

2.

제2차 세계대전으로 일제가 패망하고 대한민국 정부가 수립된 후 이승만李承晩 대통령은 '대마도'가 한국 영토라 주장하며 반환을 요청했으나 뜻을 이루지 못했다.

세월이 흘러 2002년 한·일 월드컵을 한국과 일본이 공동개최하게 되었을 때, 이 대회의 성공적인 개최를 기원하고 새천년 시대의 성숙한 한일관계를 정립하자는 취지에서 한국의『한국일보』와 일본의『요미우리신문讀賣新聞』이 연속 교류 좌담회를 공동으로 기획했다. 김대중 대통령의 문화개방 정책에도 힘입은 바 있는 이 교류 좌담회는 '한일 이해의 길'을 주제로 두 나라를 오가며 1999년 말부터 2002년 5월까지 여섯 차례 모임을 갖기로 하고, 그 첫 번째 좌담회를 1999년 11월, 쓰시마에서 개최했다.

이 첫 번째 좌담은 11월 7일부터 3일간 이즈하라嚴原의 벨포레 홀에서 열렸는데, 한국 쪽의 좌장으로 이어령李御寧 새천년준비위원장과 일본통의 소설가 한수산韓水山 씨, 그리고 내가 참여했고, 일본 쪽 좌장으로 일본 펜클럽 회장 우메하라 다케시梅原盂 씨와 한일관계 전문가인 가미가이도 겐이치上垣外憲一 데츠카야마 대학 교수, 그리고 친한파로 알려진 여배우 구로다 후쿠미黑田福美 씨가 참여했다. 또한 진행요원으로 한국일보 편집국 임철순 국차장(당시 주필)과 요미우리의 후루카와 히로시 국차장이 참여했다. 아마도 이어령 선생의 자문 아래 이루어진 큰 기획이었다고 생각되지만, 쓰시마가 첫 번째 만남의 자리로 선택되었다는 것은 상징적인 뜻이 컸다고 할 만하다. 이는 쓰시마의 지리적 조건은 물론, 한일 사이의 역사적 조건에서도 그러하다. 그래서 첫 번째 좌담회의 주제를 '한일 교류의 바람직한 상태'로 하고, 조선통신사의 행적과 선각자 아메노모리 호슈 등의 주제로 글을 써온 가미가이토 교수와 내가 첫 번째 쓰시마 회의에 참여하게 되었다.

일본 쪽 좌장인 우메하라 씨는 먼저 메이지明治 시대 중기부터 1945년까지 50여 년간 일본의 한국 지배라는 대단히 불행한 역사가 이어졌음을 상기한다며 말문을 열었다. 그는 이 시기 특히 한국에서는 한恨의 시대가 이어졌으리라 생각된다고 말하면서, 그럼에도 전후 반세기가 지난 지금 한일 월드컵 공동개최와, 김대중 대통령의 일본문화 개방 정책으로 한일 사이의 새로운 관계가 크게 기대된다고 말했다. 이에 대해 한국 쪽 좌장으로 온 이어령 교수는 어린 시절 고구마를 먹으며 자란 경험을 화두로 이야기를 시작했다. 고구마는 조선통신사가 쓰시마에서 가져온 귀중한 작물이며, '고구마'라는 명칭도 일본의 '고코이모(孝行芋)'에서 유래된 것이라고 설명한 그는, 이것이 조선통신사를 통해 이루어진 한일 간의 도덕적 관계를 보여주며, 쓰시마의 외교관이었던 아메노모리 호슈가 주장한 성신誠信 외교의 정신을 상기시킨다고 말했다. 이어서 우메하라 씨는 유럽에서 오랫동안 적대관계에 있던 독일과 프랑스가 EU 경제공동체를 이룬 보기를 들며 한국과 일본이 문화적 공통성을 바탕으로 한 새로운 공동체를 이루어가야 할 당위성을 강조했다. 이에 대해 이어령 선생도 최근 한일 사이에서 나타나는 문화적 동질성을 통해 임란 이후 조선통신사의 통신通信의 패러다임을 새롭게 되살리는 평화의 한일관계를 이룩할 가능성을 제시했다.

나는 18세기 동아시아의 문화교류, 특히 한국이 중심에 서서 중국으로 매년 수백 명씩 연행 사절을 보냈고 일본으로도 통신 사절을 보냈던 공동 문명권의 시대를 평가했다. 이런 중세적 평화의 정신을 오늘에 되살리는 근대 극복의 가능성을 제시한 것이다. 그리고 특히 평화의 정신을 홍대용이나 박지원 등이 강조해 마지않았던 바, 붕우유신朋友有信이 오륜의 끝에 있어 다른 사륜四倫을 감싸고 완성하는 '교우론交友論'의 논리를 강조했다.

이때 우리 일행은 시간을 내어 쓰시마 문화기행도 곁들였는데 이곳 향토사학자로 『쓰시마의 역사탐방對馬の歷史探訪』을 썼던 나가도메 히사에永留久惠(1920~) 씨의 안내를 받았다. 이곳에서 나고 자란 그는 훤칠한 키에 웃음을 띤 신사로, 한일 두 나라 사이에 자리한 쓰시마의 역사지리를 인상 깊게 설명해주었다. 특히 쓰시마에서 부산까지의 거리가 일본 본토까지의 거리의 3분의 1인 50킬로미터도 안 되는 거리여서 어릴 때는 치통이 나면 부산으로 달려가 치료를 받았다는 이야기가 잊히지 않는다. 그로부터 13년이 지난 2012년, 동국대학교 원로교수회의 쓰시마 여행 때 뜻밖에도 나가도메 선생을 초청해 해후한 뒤 하루 동안 일정을 함께 하며 그분의 해설을 들었는데, 감개가 깊었다. 2012년 당시 아흔셋이라는 선생의 건강은 젊은이와 같았고, 우리는 그분이 새로 낸 저서『쓰시마 문화사』(전 3권)도 구할 수 있었다.

한·일 월드컵 공동개최를 위한 쓰시마의 첫 번째 좌담회를 시작으로 한일 교류 연속 좌담회는 쓰시마 - 강화, 나라奈良 - 경주, 도쿄 - 서울을 오가며 2002년까지 총 여섯 차례 이어졌고, 나는 특히 이 모임을 주관한 한국일보의 임철순任哲淳 국차장과 가깝게 사귀어 오늘에 이르렀다. 이런 인연이 ≪한국일보≫에 연재된 칼럼집으로 묶이게 된 것을 기뻐해 마지않는다.

정산 정익섭 선생과 호남의 '문학지리'

정산靜山 정익섭丁益燮(1924~1993) 선생은 「호남가단연구湖南歌壇研究」 (1975, 동국대학교 박사학위 논문) 등 한국 시가연구로 우리 문학 연구에서 지방문학, 문학지리의 영역을 개척한 국문학자이다. 나에게는 학문의 길을 열어준 스승이시기도 한데, 내가 문학자의 길을 걷는 데 직접적이고 가장 큰 영향을 준 분이 바로 정산 선생이시다. 1·4 후퇴 때 고향 장산곶을 떠난 나는 백령도를 거쳐 1년 만에 전라도 해남으로 피란해 그곳에서 몇 해 머물렀는데, 정산 선생은 6·25 때 나보다 한두 해쯤 먼저 피란해 그곳 고등학교 국어 선생으로 4년을 일하셨다. 충청도 음성陰城 출신인 정산 선생은 동국대학교 국문과를 1회로 졸업하자마자 피난길에 올랐다. 이후 해남 기독교 청년회관에 가족과 함께 머무시며 고등학교 교사로서 국어를 가르치는 한편, 이준묵 목사가 시무하는 해남읍 교회에서 성경도 가르치셨다. 나는 그분과 훗날 목사가 되신 한제호韓濟鎬 선생님의 깊은 신앙과 참된 인격에 크게 감화를 받았다. 정 선생님의 영향으로 문학의 길로 진로를 정한 나는 그분을 통해 명성을 익히 들어온 무애 양주동 선생 등의 교수진으로 이름난 동국대학교 국문과로 진학할 각오를 굳혔다. 게다가 그때 해남에는 훗날 경기대학교 교수가 되신 김태균金泰均 선생, 정열파 시인으로 이름이 높았던 남창원南昌原 선생, 해남이 고향으로 해학의 달인이었던 윤주훈尹柱勳 선생 등 동국대학교 국문과 출신들이 국어 교사를 도맡고 계서서, 그 명성은 나의 운명을 결정했다고 할 만하다. 나는 대학에 들어가기 전에도 광주에 가거나 서울에 올라갈라치면 어김없이 정 선생님 댁을 찾아 묵기도 하며 신세를 많이 졌다.

세월이 흘러 내가 동국대학교에서 대학원까지 졸업하고 대학에 진출하면서 스승님이 나와는 다른 고전시가 분야, 그중에서도 특히 호남가단湖南歌壇이라는 독특한 분야를 개척하고 계시다는 이야기를 듣고 깊은 감명과 자극을 받았다. 정산 선생은 1980년 5·18 광주민주화운동 때 희생타가 되어 군부에 체포되고 대학에서 해직을 당하셨는데, 그때에는 한동안 모교 동국대학교의 강사 등으로 일하며 거우 연명하셨다.

이런 감내하기 어려운 정치적 소용돌이 속에서 정산 선생님은 불치의 암에 걸리시고 서울 큰 아드님 댁에 머무셨다. 나 역시 가끔 연락드려 뵙기도 했지만, 군사 독재가 점점 기승을 부리는 현실 속에서 스승님은 울분을 속으로 삭이시며 민주화에 대한 염원으로 고통의 나날을 감내하셨다. 선생님의 학부 동기생이며 가장 믿을 만한 친구인 허당虛堂 이동림李

東林(1924~1997) 선생은 늘 그분을 격려하셨는데, 가끔은 허당 선생의 사모님이 운전하시는 차에 이 제자까지 불러내시어 네 명이 함께 덕소德沼 쪽 한강변을 산책하기도 했다. 정다산丁茶山 묘소를 비롯해 허당 선생이 자주 가시던 양수리 막국수 집 등에서 회포를 풀었던 기억이 있다.

그럼에도 정산 선생의 병은 깊어져갔고, 서울의 문명은 스승님에게 견디기 어려운 고독을 주었다. 불충한 제자에게 전화를 주신 것도 그 때문일 터이다. "김 선생, 내가 지금 노량진으로 가려는데……"라며 나를 불러낸 스승님은 약해진 모습으로 "아픈 것은 참을 수가 있는데 …… 외로운 것은 참을 수가 없었다"고 탄식하셨다. 정치적 · 사회적 소외와 병마로 지치신 스승님이 얼마나 고독감으로 힘드셨을지 생각한 이 불초 제자는 오열嗚咽을 참을 수 없었다. 선생님은 후리후리하게 크신 체구에 긴 머리를 남들과 달리 오른 가르마로 가르셔서, 말씀이 상기하신 때에는 긴 머리칼을 힘주어 뒤로 올리시는 모습이 인상 깊었다. 1987년 12월의 어느 날, 사모님 이경숙 권사의 회갑연에 참여하게 되었을 때 선생님의 가장 신실하신 모습을 볼 수 있었다. 그 자리에서 정 교수님은 6 · 25 때 큰 따님을 데리고 해남으로 피란해 4년을 고생한 일, 그 때문에 전남대학교 교수가 되어서도 70년대까지는 형편없는 보수를 받으며 셋방에서 가난하게 생활한 일, 일곱 번이나 거처를 옮겨다닌 일, 광주민주화운동으로 해직되어 4년이나 수감자와 실업자로 살며 고생한 일을 회상하시며 다섯 남매를 키우느라 고생하신 사모님의 인내에 진심어린 감사와 존경을 감추지 않으셨다. 사모님의 회갑연이었으니 아내 이경순 권사에게 드리는 감사의 인사였을 터이지만, 다섯 자녀에게도 같은 미안함을 나타내시던 가난한 선비 가장의 충심이 눈물겨웠다.

내가 만난 최고의 스승 정익섭 교수님은 인간상뿐 아니라 학문을 통해서도 내게 큰 영향을 주셨다. 나는 노경에 들며 교직에서 물러났는데, 이때 학문적 마무리로서 『문학지리, 한국

정익섭 교수 내외분의 생전 모습

인의 심상공간』(2005) 상중하 3권을 내고 여기에서 문학지리학을 표방한 바 있다. 이것은 내가 명지대학교에서 18년, 동국대학교에서 19년을 봉직하며 만난 권희돈(청주대학교), 조현설(서울대학교), 와타나베 나오키(도쿄 무사시 대학교), 박성순, 김수연 박사(동국대학교) 등 제자들과 공동으로 꾸민 논문집이지만, 이 책에 담긴 발상의 뿌리를 찾는다면 정산 정익섭 교수님의 『호남가단연구』가 단연 첫손에 꼽힐 것이다. 근대가 역사의 시대였다면 탈근대의 새 시대는 단연 지리학의 시대이며, 그것은 지방화와 세계화의 흐름을 포괄할 학문 문화의 한 좌표이기도 하리라. 정산 선생은 연고가 별로 없는 호남에 피란해 자녀 대까지 호남과 인연을

가지게 되셨지만, 6·25 전쟁이라는 민족사의 비극 속에서 일찍이 '지방 문학, 호남가단'을 발견하고 보듬어 탈근대 시대 학문 문화의 새 길을 예비하셨다. 1980년 5월, 광주민주화운동의 '민주항쟁'에 연좌되어 해직되고, 4년의 감옥살이와 유랑을 거쳐 복직된 뒤에는 『개고 호남가단연구』(1989)를 세상에 물으셨다. 이것을 통해 스승님은 '호남가단'의 개념정립에서부터 호남이라는 지방문학이 한국문학사에서 차지하는 위치를 극명하게 체계화해, 문학지리의 선편을 잡으셨다. 정산 선생의 이 작업은 지방문학, 문학지리의 중요한 방법을 제시했고, 이 불초 제자 역시 그것과 맥이 이어지는 문학지리학의 가능성을 학계에 물은 바 있다.

사람에게 고향이 있듯이 문학에도 고향이 있다. 내 고향이 '장연'이라면 『춘향전』의 고향은 남원이며, 민요 「아리랑」의 고향은 한민족의 마음이다. 고향은 땅이다. 땅은 사람이 태어나고 살아가는 공간이며, 오고가는 길이다. 그것은 자리〔空間〕이며 지리地理이다. 이 자리와 지리를 얻어서 문학은 자기의 세계를 해석하고 무한한 우주와 호흡한다. 지리는 내가 선 자리〔實地〕에서 가장 현실적이다. 그것은 사실의 땅이며 사건의 현장이다. 고향 시골, 지방과 국토, 바다와 자연환경, 동서와 남북, 세계와 우주, 길과 지도地圖 등등 문학의 공간과 주제에서 학문의 새로운 가능성으로, 문학지리는 심상공간心象空間에 이른다.

　　　　　　　　　　― 김태준 편저, 『문학지리, 한국인의 심상공간』, 책머리에

그리하여 '문학지리'는 우리의 문학과 학문의 다양한 층위에서 이 공간, 곧 지리에 대한 관심으로 탈근대의 유용한 경험과 인문학적 대안을 지향한다. 이런 지리적 관심은 도시 중심, 문명 중심에 대한 반성을 통해 지방, 자연, 환경의 지리적 중요성에 관심을 갖고, 우리의 삶(생명)의 문제에서 생태사상, 생명사상으로 눈을 돌릴 수 있도록 할 터이다.

방목하는 '테우리' 선생과 '청출어람'의 제자들

　'긴내'라고 자호自號한 사람은 고향이 황해도 장연長淵인데 국문학을 공부하는 사람이나 주위 사람들이 간혹 '장연 선생'이라는 애칭으로 불러주었다. 국문학으로 이름을 떨쳐 온 동악東岳에서 고전문학을 배우게 만든, 동악 고전문학의 상징으로 일세를 풍미한 무애 양주동 선생은 올챙이 학자 긴내를 "고향 친구, 장연 친구"라고 아껴주서서 긍지를 북돋우어주셨다. 무애 선생은 해주海州에서 태어나 세 살 때 장연으로 이사하셨다는데 스스로 장연을 고향으로 삼고 「해곡삼장海曲三章」을 써서 동향의 천재 문학소녀 강경애姜敬愛에게 바쳤던 사연을 자찬 약력에 써서 고향을 기린 분이었다.

　대학 4학년이던 1960년, 무애 선생이 연세대학교로 옮기시며 대신 향가 강의를 맡았던 나손 김동욱 선생은 제자에게 장연章淵이란 호를 내려 액자까지 써주셨다. 그러나 내 이를 감당하기 버겁다고 생각해 우리말로 풀어서 '긴내'라고 썼다. 나는 이후 대학원을 마치면서 바로 대학 강단에 서게 되었는데, 내 수업방식이 애초부터 발표수업에 구두시험 방식으로 굳어버려 수강생들에게는 적이 방목放牧하는 무책임한(?) 선생이 되었던 모양이다. 유학과 도쿄 외국어대학의 초빙교수까지 5년의 해외출장을 포함해 명지대학교에서 18년, 동국대학교에서 19년을 봉직하는 내내 이런 선생이었는데, 동국대학교에서 내 제1호 제자였던 조현설趙顯卨 교수는 나손학술상羅孫學術賞 수상 연설에서 이를 공론화해서 당사자로서도 잠시 놀란 바 있었다.

그리하여 저를 조랑말에서 호마로 만든 에너지가 있었다는 것을 말씀 드리지 않을 수 없습니다. 그것은 다름 아닌 제 스승의 제자에 대한 방목적 사유입니다. '알아서 수초를 찾으라!' 이 한 마디가 드넓은 방목장의 유일한 나침반이었습니다. 저는 가끔씩 속으로 양식을 주지 않는다고 투덜거리는 조랑말이었지만, 이 방목이 아니었더라면 제 유목적 신체는 노새로 퇴화할 수밖에 없었을 것입니다. 이 방목이 저로 하여금 얽매임 없는 불안에 가까운 학문적 자유를 누리게 했고, 저를 신화로, 비교신화학으로 아시아에 대한 관심으로 나아가게 했던 것입니다. 이런 점에서 본다면 방목적 사유를 이미 감득하고 계신 제 스승 역시 유목적 인간이 아닌가 하는 생각도 가져보게 됩니다.

　　　― 조현설, 「제8회 나손 학술상 수상 소감: 유목민의 학문과 학문의 유목」

사실 조현설 박사는 고려대학교 출신 전교조 해직 교사로 어느 날 동악으로 내 연구실을 찾아와서 "전교조 회원 선생들 가운데 동국대학교 출신이 많아 이곳에 발길이 닿았다"며 내 연구실에서 한동안 글을 읽다가 동국대 대학원에 입학했고, 현대시론으로 석사를 하고 고전산문으로 박사를 받았다. 그 뒤에 내가 갈 예정이던 베이징 외국어대학교 한국어과 객원교수로 가 2년 동안 가르치며 비교신화학의 동맥을 발견했다고 생각된다. 그는 티베트, 몽골, 만주와 한국 신화의 비교를 다룬「건국신화의 형성과 재편에 관한 연구」라는 논문으로 박사학위와 더불어 나손상을 받았다. 내가 비록 나손학술상을 제정하고 20회까지 관여하긴 했지만, 내 제자 중 이것을 받은 사람은 조 박사가 유일했다. 그는 이 논문을 보완해『동아시아 건국신화의 역사와 논리』(2003)라는 제목으로 엮은 뒤 서남재단이 후원하는「서남동양학술총서」로 냈다. 이 책을 다시 열어보니 서문에 지도교수에 대해 말하기를, "이 저술을 가능케 한 중국행을 충동하고 인도해주신 선생님의 은덕"이라 했으니, "청출어람"이라 할 터이다. 2005년 내 정년을 맞아서 동국대학교 한국문학연구소와 함께『문학지리, 한국인의 심상공간』을 기획·출간하고, 따로 지도학생 10여 명과 함께 장연학회라는 공부 모임을 만들어『불교와 서사문학』(2005)을 출간한 것도 조 박사가 주도했다고 생각된다. 내가 모교 동국대학교로 옮겨 배출한 박사 제1호이자 비서울대 출신임에도 서울대학교 국문학과 교수로 초빙되어 화제가 된 학구인 그는 도남陶南 조윤제 박사의 가계이기도 하며, 내 두 아들들과는 초중등학교의 선후배 사이로 학계로 나온 작은 아들 효민(고려대학교) 교수와는 대학까지 동문인 관계이다. 가히 "방목하는 '테우리(주로 들에서 많은 수의 마소를 방목해 기르는 사람을 가리키는 제주 방언)' 선생에 청출어람"이라 할 만하다.

동국대학교 국문학과 한문학 교수가 된 김상일金相一 교수는 내 지도 제자는 아니지만 같은 고전문학 전공일 뿐 아니라 조현설 교수에 이어 베이징 외국어대학교 객원교수와 일본 교토 대학교 객원교수로 추천한 인연에다, 동국대학교 고전팀에서 이종찬ㆍ임기중 교수와 내가 차례로 정년한 뒤 한동안 홀로 일을 맡은 덕에 자연히 만나는 횟수가 잦아졌다.

내 연구실에서 공부하고 학위를 받은 제자들 중 모교의 연구교수인 박상란朴相蘭 박사는 신화와 여성학 방면을 연구해『신라와 가야의 건국신화』(2005)를 낸 바 있는 여성 연구자들의 대모이자 후배들의 비평가이다. 이광우 박사는 일찍이 중국으로 진출해 베이징 제2 어언대학 한국어과의 교수로 자리 잡았다. 원효 연구로 학위를 받고 자신의 논문을『불교설화의 미학』(1999)으로 낸 오대혁吳大爀 박사는 대학 강의와 불교 언론 등에서 활약하고 있다. 사범대학 국어교육과의 중진 교수인 김승호 선생은 나와 함께 고소설을 전공한 고 김기동 교수(1924~1986)의 제자인데, 내가 그 후임으로 부임하자 자신의 저서에서 나를 언급해 놀란 적이 있다. 와타나베 나오키渡辺直紀 일본 무사시武藏 대학교 부교수는 비록 내가 직접 지도한 제자는 아니지만, 조현설 교수가 내 연구실을 드나들던 때 함께 자주 얼굴을 비친 유학생으로 나는 일종의 그의 보증인이었다. 훗날 부산 색시를 얻어 한국의 사위가 되었고, 나의 오랜 친지인 무사시 대학교 도리이 구니오鳥居邦朗 교수 주재의 공동연구에 오랫동안 함께 하며 실력을 인정받고 유대가 깊어져 무사시 대학교의 교수로 초빙되었다. 그리고 2006년 이래 그의 무사시 대학교 연구실에서 이루어지는 '인문평론연구회'는 일본의 한국학 혹은 동아시아학의 한 거점이 되었다.*

내 지도 학생 중 박성순朴成淳 석사는 성실성과 총명함으로 대내외에서 촉망받았는데, 담헌 홍대용 연구로 일가를 이루었다. 특히 담헌의 사상과 삶에 몰입해 그 학문의 본령인 실심실학實心實學을 삶의 태도로서 견지한 때문일 터, 학위과정 10여 년이 지나도록 학위논문을 내지 않는 그의 '실심'에, 담헌 연구의 선배인 지도교수로서 책임을 통감하며 많이 배운다.

적절한 비유는 아니겠지만, 문학사상 연구자의 실사實事라고 할 수 있는 문학 연구가 역사 · 지리 · 인물이라고 하는 실지實地에서 꽃 피운 것이 바로 역사문학, 문학지리, 전기문학이라고 하는 실업實業이라 하겠습니다. 오늘에 되살린 실심실학의 참 열매입니다. …… 그러니 실심실학이 선

---

* 와타나베 나오키 · 황호덕 · 김응교 엮음, 『전쟁하는 신민, 식민지의 국민문화』(서울: 소명출판, 2010) 참조.

비의 삶과 학문의 본령이라고 하여도 전혀 실상에 부합될 것입니다.

— '스승님께'에서

　전화는 거의 안 받고 가끔 장문의 편지를 보내는 이 제자의 강의는 충실하기로 소문난 명강의로, 한동안 실시된 '명교수 명강의상'을 지도교수에 이어 받아서 화제가 되기도 했다. 함께 나라 안팎으로 여행해 멀리 티베트의 라싸에 이르렀을 때와 연행 길에 의무려산鑿巫閭山에 올랐을 때의 감동이 그의 고단한 실학자의 길에 한 버팀목이 되었을 듯.

　93학번의 김일환金日煥 박사는 연구실을 가장 오래 지킨 조교이며 내 후반의 연행록, 여행문학 연구, 문학지리 연구의 의발衣鉢을 넘겨받은 내 막내 제자라 할 터이다. 그는 박성순 석사에 이은 학구學究로, 공부의 넓이와 실력과 건강과 부지런함을 두루 갖춘 건각健脚이어서 늙어가는 선생의 든든한 버팀목이다. 여러 해에 걸친 연행노정燕行路程 연구의 한 결과물인『문명의 연행길을 가다』(2005)는 동아일보가 기획 선정한 "문학예술 답사기 30" 시리즈의 제1번으로 선택·소개된 바 있다.* 특히 김일환 박사는 2005년 내가 정년으로 연구실을 비울 때까지 5년여를 내 연구실 조교로 함께 생활했을 뿐 아니라, 이「중국 내 연행노정 답사 연구」

* 서경석, "[문화예술답사기 30선] 〈1〉 문명의 연행길을 가다", 《동아일보》, 2007년 4월 3일.

보고서가 나오기까지 여러 해를 이 연행노정 연구에 함께 몰입한 실무책임자였다.

특히 이 연구를 본격적으로 수행한 2002년은 한·중 수교 10주년이 되는 해였다. 이때 「중국 내 연행노정 답사 연구」를 시작한 우리는 그 일환으로 이듬해 겨울 방학과 여름 방학을 틈타 각각 열흘씩 연행길에 올랐고, 2005년 1월에 보고서를 확인하는 여행을 한 차례 더 했다. 이 여행에서 적지 않은 영감을 얻은 김일환 박사는 이승수, 박성순 등과 함께 이 연구 작업을 계획·진행하고, 뒤이어 보고서를 정리해 560쪽에 이르는 방대한 분량의 『조선의 지식인들과 함께 문명의 연행길을 가다』(2005)를 펴냈다. 그는 이 모든 과정의 계획 및 조사와 보고서 작성을 성공적으로 수행해냈다. 그가 여기서 얻은 개인적인 소득으로는 박사학위 논문 「병자호란 경험의 재화再話 방식과 그 의미」를 들 수 있을 것이다.

인터넷 검색창에 뜬 『문명의 연행길을 가다』의 책 소개에서 이런 대목이 눈에 띄었다.

김태준, 이승수, 김일환 세 사람은 길 위에서 만났다. 나이와 고향과 종교와 학교는 모두 다르지만 역사와 길과 북방의 드센 기운을 좋아한다는 점에서는 뜻이 통한다. 사람이 지나면 길이 나고, 그 길에는 세월과 사연이 쌓이는데, 그 세월을 헤치면서 옛 사연들을 탐색하는 것이 이들의 작업이다…….

약간 감상적이기까지 한 이 문구는 낭만주의자 이승수 교수의 필치가 느껴지지만, 일찍이 여행문학과 문학지리에 열중했던 지도교수를 따라 함께 가장 많은 길을 걸었던 길동무 김일환 박사는 문학지리의 발군拔群이며, 방목하는 선생 밑에서 난 청출어람이다.

명지대학 시절의 인연 ≪누에실≫과
정대구 시인의 「약수터에서」

　　동악東岳의 교단으로 옮기기 전, 나는 명지대학교에 18년을 재직했다.
이 기간에 유학으로 혹은 객원교수로 일본에서 5년을 지낸 바 있었다.
석사를 받고 서른이 되기도 전인 1968년에 대학 강단에 섰던 만큼, 나는
뭘 가르치려 하기보다는 학생들에게 과제를 주어 발표하게 하고, 질문과
토론을 통해 이해에 이르도록 했다. 그러면서 한편으로 당대에 유행하던
실존주의 사상이나 수용미학受用美學과 같은 이론을 공부해 학생들을 자
극했고, 해외로 유학할 길을 찾아 1973년에는 도쿄 대학교 대학원에서
비교문학·비교문화 과정을 연찬했다. 그리고 3년 뒤에 복직해 비교문
학과 그 방법론을 활용해 학생을 지도하고 논문을 쓰기 시작했다. 그때
중학교 교사이자 내 대학원 지도학생이던 정응수鄭應洙 박사는 내 추천
으로 도쿄 대학교 대학원 비교문학과에 유학하고 귀국해 남서울 대학의
일문학과 교수가 되었다. 그는 학부 때 내가 담당한 교양강좌에서 김동

인의 단편소설「붉은 산」을 논하는 발표를 하고 내게 혹평을 받은 적이 있었다. 정응수 박사는 이에 반발해 다음 시간에 다시 발표를 하면 안 되겠냐고 물었고, 그 오기傲氣를 가상히 여긴 나는 동의했다. 그리고 그는 다음 시간에 정말로 놀라운 변화를 보여 나를 감탄하게 했다. 어떻게 일주일만에 그렇게 달라졌느냐고 물었더니, 작품을 열세 번인가를 읽었더니 내용이 줄줄 풀리면서 생각이 솟아났다고 답했다. 그보다 한참 선배인 권희돈權熙敦 박사는 초등학교 교사이면서도 야간 대학원에 진학해 학위를 받은 인물로, 일찍이 대학으로 진출해 청주대학교 교수로 정년한 학구이다. 대학원 때는 내 제자가 아니면서도 나와 가까워져서 그때 함께 실존주의에서 수용미학에 이르는 유행에 민감한 주제들을 자주 논했다. 훗날 권 박사는 내가 기획한 『문학지리, 한국인의 심상공간』(2005)을 공동 집필했고, 최근에는 충청북도와 함께 기획한 「충북의 문학지리」를 논하며 그 보고서를 정리한 바도 있다. 여주대학교의 이진호李鎭浩 교수 또한 가사문학 전공으로 근대 역사소설을 전공한 김치홍金治弘 박사, 서울 문리사대 시절의 선배 평론가 구중서 교수, 시인 정대구 교수 등과 함께 어울려 '신실학회'라는 모임으로 공부와 여행을 즐기며 평생을 사귀었다. '신실학'이라는 이름은 젊은 후배들이 붙인 이름이었는데 생각과 삶의 지향을 실학에 둔다는 뜻이었을 터이며, 아마도 담헌 연구를 해 온 내 지향과, 구성원들의 삶의 뜻이었으리라. 김치홍 박사는 명지대학교 시절 문예동인지 ≪누에실≫을 창간했는데, 공부보다도 동인지 작업에 더 몰두할 정도였다. 게다가 그 작업을 하는 와중에 강사로 나오시던 미당 서정주 선생, 혜산今山 박두진 선생, 나중에는 부산에서부터 목욕재계하고 강의하러 올라오신다는 초현실주의 시인 조향趙鄕(1917~1984) 선생까지 모시고 참으로 열심히 활동했다. 학위를 받고 대학 강사와 고등학교 교사로 정년한 뒤, 나와는 통일 관련 강연회나 통일 기행을 함께 하며 자주 만나는 친구가 되었다. 고향도 나와 같은 황해도여서 '고향 친구'로 통한다.

한편 정대구 시인은 시가 좋고 사람이 참되어 말이 향기롭고 사람을 평화롭게 감싸 들인다. 그는 정년을 하고 멀리 초량 양산대학교에서 한문을 가르쳤는데, 첫 시간에 반한 어느 만학도가 자기의 모든 기술과 재산을 다해 정 선생의 시비를 학교의 양지 터에 세우기로 결심했다. 학교 당국을 설득하고 이탈리아산 돌을 주문하고 선생의 시를 받아 시비 제막식을 한다고 해서 구중서 형과 내가 함께 초대되어 하루 묵으며 이 시비 제막식에 참여했다.

삼각산을 닮은 값비싼 돌, 시처럼 아름다운 이탈리아 대리석은 시를 떠받치고 오늘도 노래하리라.

약수터에서

찬 새벽이라야

물이 차고

차고 시린 맑은

정신이 돈다……

　그는 새벽 2시면 일어나는 늘 깨어 있는 시인, 이른 새벽, 오늘도 찬 새벽 약수 같은 정신을 긷고 있으리라.

긴내가 50년을 산 노량진과 「노량진 아리랑」

긴내 선생이라 자호한 한 사람이 한강 남쪽 노량진鷺梁津에서 산 세월
이 하마 50년이 되었다. 노량진은 수산시장으로 이름나서 마을의 간판
이라 할 노량진 전철역이 수산시장과 이어지는데, 이곳은 또한 공무원이
나 교사 시험 준비생들의 학원가, 고시촌으로 이름난 곳이기도 하다. 나
는 1950년대 말에 서울에 정착했고, 60년대 초부터는 시외버스 정류장
이 있는 노량진에 자리 잡아 아내는 영등포 쪽으로, 나는 시내로 한강을
건너 통근하며 반세기를 한 동리에서 살아왔다. 노량진으로 이사오던 그
시절만 해도 이 지역은 물이 많아서, 이곳의 어느 젊은 초등학교 교사가
"마누라 없이는 살아도 장화 없이는 못 산다는 노량진" 운운하는 글을 학
교 신문에 썼다가 학부형들의 여론에 밀려 다른 곳으로 쫓겨 갔다는 이
야기가 있을 정도였다. 하긴 "마누라 없이는 살아도 장화 없이는" 운운하
는 물고장 이야기는 우리나라 곳곳에 있기 마련이라, 서울의 염리동과

여의동, 구리시 수택동의 이촌말, 수원시 팔달구 지동, 제천 수산면 다불리 등 물고장이라 불리는 삶의 현장이 지방마다 널려 있다.

그러나 노돌나루는 예로부터 임금님이 수원에 행차할 때 지나던 길목이자 우리 철도의 발상지이다. 지금도 지하철 1호선과 7호선, 9호선 세 노선이 이곳을 지나며, 경부선·호남선과 함께 경춘선의 시발역인 용산과 한강을 가운데에 끼고 이어진 교통의 요지이다. 제1 한강 대교를 건너 노량진 남단에 있는 노량진 1동 주민센터 쪽으로 가보면 용양봉저정龍驤鳳翥亭이라는 정자와 함께 승교사升橋司 터 표지석이 서 있다. 이곳은 정조正祖 임금이 죽은 아버지 사도세자思悼世子의 무덤에 제사를 갈 때 머물던 행궁行宮 자리이며, 그때마다 배다리〔舟橋〕를 세우던 풍습을 보여준다. 사육신묘死六臣墓와 함께 한강에서 노돌나루로 이어지는 이 길목은 경제 특구 여의도와 이웃해 있어 사통팔달의 요지로 주목할 만하다.

노돌나루의 역사가 오래된 만큼 이곳에 대한 문학 작품도 적지 않게 전해진다. 이름난 시인의 시 한수를 꼽자면, 인조 때 명신이자 유학자로 이름을 날린 계곡 장유(1587~1638)의 「노돌나루도강시」를 들 수 있다(이상현 옮김).

나루터 언덕 머리 온통 푸른 들풀들

비바람 강에 가득 배 한 척 외롭고녀

모래톱 저 백로는 어찌 그리도 한가한고

부연 손길 독점하고 유유히 떠가는 나

春草茸茸遍渡頭 滿江風中一孤舟 沙邊白鳥閑如許 長占煙波自在浮

    세월이 흘러 1906년, 이곳에 노량진 교회가 한강 건너의 도성을 바라
보며 세워졌다. 이 교회 창립에 관여한 서양 선교사 헐버트(Homer
Bezaleel Hulbert, 1863~1949)는 이보다 훨씬 전인 1889년, 우리 민요 중
의 민요 「아리랑」을 처음으로 채보採譜하고 알파벳으로 가사를 적어 우
리에게 전해준 노돌나루 사람이다. 그의 행적은 이제 우리 한민족 문화
의 표상表象이자 민족 제1의 민요가 된 「아리랑」의 역사 제1장이라 할 만
하다. 헐버트 선교사가 노량진 교회 창립에 관여했다는 기록과 함께 조
선 민요〔鄕土音樂〕의 음악사와 「아리랑」이 유행하는 사회상을 보여준
"포구浦口의 어린애들도 부르는 「아리랑」"이라는 그의 기록은 우리가 그
의 작업을 특히 노돌나루와 관련해 말할 수 있게 해준다. 헐버트는 1886
(고종 23)년 조선 왕실이 세운 교육기관 육영공원育英公院의 교사로 초빙
된 언어학자이자 역사학자로, 한글로 된 지리 사회 교과서 『사민필지四
民必知』(2권 1책)를 만들어낸 한국학자이기도 했다.

    이미 여러 문화 방면에서 공헌한 바 있는 그는 특히 음악에도 조예가
깊어 『한국 소식(Korea Repository)』에 「한국의 향토음악(Korea Vocal
Music)」이란 글을 썼다. 그는 "「아리랑」은 조선 사람의 희로애락이 녹아
있는 노래이며, 조선 사람은 즉흥곡의 명수"라 하여, 노량진 포구에서 널

리 불리던 근대 「아리랑」의 역사, 향토음악의 모습을 전해주었다.

국악에서는 "귀를 열어야 입이 열린다"고 한다. 「정선 아라리」와 「밀양 아리랑」, 「진도 아리랑」과 같은 지방 민요를 아우르는 「아리랑」은 앞사람이 "아리랑 아리랑 아라리요"하는 메기는 소리를 부르면 이를 받는 뒷사람은 신세 한탄에서 사랑 고백, 항일 운동과 민족 통일에 이르는 개개인의 이야기를 할 수 있다. 이른바 '아리랑 문화'이다. 「아리랑」은 개인적 한恨 풀이부터 민족적 풍류에 이르기까지 모든 문화 현상을 노래할 수 있는 탈장르적 내용과 통합적 형식을 포괄하는 한국 사람의 종합문화이다.

나는 해주에서 멀지 않은 황해도 장연(지금의 용연) 출생이어서 「해주 아리랑」을 맛깔스럽게 부르는 데 관심이 있다. 「밀양 아리랑」은 감아야 맛이 있고, 「해주 아리랑」은 잡아놓고, 끊고, 나아가야 제 맛이라는 가르침을 받으면서, 우리는 함경도·강원도·경상도 지역의 메나리조나 평안도·황해도 지방의 수심가조, 서울·경기 지방의 창부타령조와 전라도 지역의 육자배기조 같은 지역적 문화의 특징을 살리면서 「아리랑」이라는 통합문화, 표상을 이룩했을 터이다.

한국의 문화인 「아리랑」은 이제 세계의 문화가 되었고, 북한 최성환의 관현악곡 「아리랑환상곡」은 세계 100대 교향악단이 연주한 명곡으로 이름났다. 한국의 향토 민요에서 시작해 시와 소설과 연극과 영화는 물론, 관현악과 오페라와 북녘의 집단체조까지, 이제 「아리랑」은 한민족 문화의 상징, 남과 북을 하나로 묶는 한민족의 표상表象이자 세계문화 유산으로 자리 잡았다. 사람들은 바야흐로 세계화의 시대라 하고, 어떤 이는 그에 못지않게 지방화의 시대가 왔다고 한다. 세계나 지방, 또는 특정 지역에 대한 관심은 새로운 시대가 이전 시대에 비해 지리학적 관심을 고조하고 있다는 뜻으로 이해할 수 있다. 내 학문적 관심이 오랜 역사적 관심에서 자연스럽게 지리로 옮겨갈 때, 나는 「문학지리」를 표방하면서 「아리랑고개」론을 쓴 바 있다(『문학지리, 한국인의 심상공간』). 또 이것이 직접적인 계기가 되어 『한국의 아리랑문화』의 저자들 중 한 사람이 된 것을 기쁘게 생각한다. 그리고 내가 50년 살아 지금에 이른 노량진이 「아리랑」 발전의 중시조가 되었음을 널리 알리고 발전에 이바지하고자 한다. 그리하여 헐버트가 채보해 가사와 함께 전해준 근대 아리랑이 노량진의 강가에서 어린이들이 부른 「노량진 아리랑」임을 새삼 기쁘게 기억해 마지않는다.

70년의 세월

긴내

1.

피난길을 떠나듯 이 세상에 온 몸이 하마 고희古稀를 훌쩍 넘긴 나이에
이르렀다. 이 세월에 이르도록 하늘의 은혜와 땅의 도움이 넘치고 또 넘
친다. 북녘 땅에서 태어나고 자라며 공산 치하에서는 기독교인으로 핍박
을 받았고, 6·25 전쟁 때에는 미군기의 폭격을 피해 몽금포夢金浦 수산
중학교까지 이어진 12킬로미터 통학로를 숨어 다녔다. 1·4 후퇴 때 남
으로 향한 피난길에서는 인민군의 포탄 세례에도 목숨을 부지했고, 남하
南下한 피난길에서는 남녘 동포들의 도움으로 굶어죽는 자리에 이르지
않았다.

그러나 중학교 하교 길이 그대로 피난길이 되어 60년을 넘은 분단의
역사가 되고, 그 현실 속에 남북이 적대하는 민족사가 슬프기 그지없다.
1951년 1월 13일, 1·4 후퇴의 파도가 장산곶 가까운 우리 마을까지 이르

렸을 때 나는 아버지 형제분의 뒤를 따라 길을 나섰는데, 이것이 그대로 어머니와의 작별이 되었다.

눈보라 몰아치는 겨울날의 황혼, 이제 막 하교해 교복 차림이던 내게 할아버지가 입으시던 두루마기를 씌워주시며 눈물을 감추시던 어머님은 벌써 이 세상을 뜨셨다는 기막힌 소식과 함께 고희古稀 잔칫상을 받는 쓸쓸한 모습의 사진 한 장으로 남쪽의 아들 곁에 이르셨다. 이후에도 여섯이나 되는 형제자매들 가운데 단 하나뿐인 남동생이 영양실조로 저 세상 사람이 되었다는 기막힌 소식이 그 아이의 환갑잔치 사진과 함께 전해졌다. 막내 여동생을 두만강 건너 남의 나라 땅에서 잠시 만난 것이 고작인 사연 또한 분단 60년의 서글픈 민족사가 아닐 수 없다.

2.

일제의 식민지 시대에 태어나 초등학교 2학년에 조국의 해방을 맞고, 60년을 분단 조국에서 다사다난한 사건과 경험의 연속 속에 살아왔다. 이러한 삶의 사건과 경험이야말로 다른 주체와의 관계 속에서 이루어지는 온생명이자 '사건을 통한 구원'이라는 신학자 안병무安炳武의 사상은, 그와 한신韓神 대학 강단에서 처음 만난 이래 그가 세운 향린香隣 교회에 20여 년을 나가면서 내게 삶의 한 지침으로 자리 잡았다. 소학교 2학년에 고향 땅에서 해방을 맞고, 열네 살에 피난길에 올라 귀향의 기약이 없는 나그네는 60여 년 세월을 길 위에서 떠돈 평생 나그네였다.

나는 정축丁丑년 6월, 황해도 장연長淵에서 김찬원金讚元(1914~1999) 장로와 강화옥姜花玉(1916~2009) 여사 슬하의 7남매 중 장남으로 태어났다. 일제 식민지, 해방과 분단, 6·25 전쟁과 사선死線을 넘은 피난길은 이산離散 60년으로 이어졌고, 사진 한 장과 함께 돌아가신 어머니의 소식을 접한 것이 내게 허락된 유일한 남북교류였다. 어머니를 다시 뵙기 위해서 불효자는 "요단강 건너가 만나리"라는 찬송가의 한 구절을 되뇐다. 아. 어머니, 사진으로라도 잊지 않고 불효자를 찾아 38선을 넘어오신 어머니. 나는 그 어머니의 흑백 사진 한 장을 아버님이 묻히신 교회 묘지 한 자락에 합장하고, 비석을 고쳐 세운 뒤 무덤 앞에 엎드려 곡하며 두 번 절했다. 천당에 계실 선친께서도 선비先妣와 함께 기뻐 마지않으시리라.

3.

김해 김씨 백령白翎 서기공파嶼起公派 사람들은 벽란도碧瀾渡와 강화도, 교동도가 바라보이는 바닷가에 살았다. 이후 가문의 학문이 실학에서 서학西學으로 기울며 박해를 받게 되자 이를 피해 10대 전에 백령도의 서쪽 항구 중화동中和洞에 정착했다. 훗날 개신교 선교사 언더우드는 이곳에 중화동 교회를 세웠는데, 내 증조할머니인 조수재趙守才(1863~1949) 여사가 바로 그곳의 교인이셨다. 그분은 머리가 하얗게 세고 허리가 많이 굽은 뒤에도 지팡이에 의지해 평생 전도 활동을 쉬지 않았던 평신도 전도자셨다. 유학자이신 내 조부 성聖 자 윤允 자 할아버지(1884~1948)는 맏아들인 나의 부친 찬원 장로가 만 두 살이 되는 해에 뭍으로 나와 장연군 해안면海安面 병산리屏山里의 시골 마을에 정착하셨다. 보신숙普信塾과 덕동 소학교를 설립하신 할아버지는, 1908년에는 그 어머니를 위해 덕동 교회를 세우기도 하셨다. 교회와 학교를 세우는 것은 일제가 싫어하는 일로, 기독교인인 할아버지는 일제뿐 아니라 공산당 정권에게도 모진 핍박을 받으셨다. 나는 4대를 이어온 기독교 모태신앙으로 조상대대로 이어온 신앙의 유산을 신앙심 깊은 자녀들에게 전하고자 한다.

초등학교 2학년에 해방을 맞은 나는 덕동 교회에서 인근 유지와 교인들이 해방의 감격 속에서 태극기를 걸어놓고 애국가를 부르던 모습을 보며 조국에 눈떴다. 이날 선친을 중심으로 교회 청년들이 결성했다는 항일 결사대의 상기한 모습과 도쿄 유학생이었던 이웃 마을 김 아무개가 오르간으로 애국가를 연주하던 모습에서 민족에 눈떴다.

나그네의 속성일지, 늘 눈물이 많으셨던 할머니를 닮은 나는 사람들의 이야기에 늘 잘 감동하고, 미인도 영웅도 아니면서 눈물이 많았다. 처가쪽으로 조상이 되는 고려 시인 익재 이제현 공이 평생 나그네의 삶을 살며 읊은 시 한 수를 자주 중얼거렸다.

나그네 길에 명절 되면
여러 번 외로웠다
客裏良辰屢已孤

4.

민족이 해방되고 처음으로 받았던 국어 수업 때는 교과서도 없이 '구두, 모자, 보자기'라는 세 낱말을 배웠는데, 다음 날 외워 쓰기 시험에서 '보자기'를 채 못 써서 담임 한순창 선생에게 회초리 세 대를 맞아 아프고 부끄러웠던 기억을 지금껏 잊지 못한다. 뒷날 내가 국어국문학을 공부하게 된 인연과 무관하지 않을 모국어 체험의 한 실마리였다고 할 만하다. 고향의 초등학교를 졸업하고 12킬로미터 떨어진 지방 명문 몽금포 수산중학교에 입학했는데, 대형 실습선을 타고 한 주간을 서해 위에서 지낸 첫 여름방학의 해양체험은 바다에 대한 감격과 함께 바깥 세계를 향한 꿈을 갖게 했다. 이 학교는 희한하게도 졸업논문으로 단편소설 한 편을 내야 했는데, 만일 6·25 전쟁이 일어나지 않았다면 나는 필시 마도로스 아니면 소설가가 되었으리라 생각한다.

그러나 중학교에 들어간 지 1년여 만에 곧바로 한국전쟁의 소용돌이 속에 휘말린 나의 중등학교 시절은 남북의 여러 학교를 전전하며, 러시아어도 영어도 제대로 배우지 못하는 약소민족의 슬픔 속에 힘겨웠다. 한글 전용과 한문 교육정책에 흔들리고, 입학시험까지 구두시험으로 치른 북쪽과 사지선다형의 극단을 달리는 남쪽의 시험정책에 휘둘리는 분단 시대를 살면서, 가장 초라하다고 느낀 것이 바로 교육환경이었다.

그러나 북한 체제 아래서 겪은 1년 반의 길지 않은 중학교 생활은 그 신앙적 박해로써 나를 단련시켰고, 내가 불의에 저항하는 신앙적 용기를 체험할 수 있게 했다. 6·25 전쟁 전 다니던 중학교에서는 전교생 조회시간에 예수 믿는 학생들을 하나씩 불러내어 배교背教를 선언케 하고 학생들 앞에서 성경과 찬송책을 불태우게 했는데, 그때 겪었던 시련이 아직도 잊히지 않는다. 내 차례가 되었을 때는 특이하게도 조회시간이 아닌 수업 중에 비상사이렌을 울려 전교생을 운동장에 집합시켰다. 교장은 교단 위에 올라서서 갑자기 내 이름을 불러댔고, 예상은 했지만 예고 없이 맞은 이 사태에 나는 당황하고 화가 났다. 절대 이에 응할 수 없다고 결심한 나는 소리 내어 울기 시작했다. 여러 차례 교장의 채근을 당했지만, 그럴수록 나는 더 크게 울어댔다. 황당해하는 교장과 사태 수습을 위해 올라온 훈육주임이 위협적으로 타일렀지만, 나는 그 말을 따를 수도 따를 리도 없었다. 이런 황당한 종교재판에서 체면 없이 울어대는 내 모습에 당황한 교장은, 결국 사태를 수습하기 위해 내가 크게 반성하기 때문에 이렇게 울어대는 것이라며 비상 조회를 끝낸다고 선언했다. 나는 선배 형들처럼 성경 찬송을 불태우지도 않고, 이른바 자아비판도 하는 일 없이 위기에서 헤어날 수 있었다.

그러나 사태는 그것으로 끝나지 않았다. 내 선친 김찬원 영수領袖의 장로 장립식 날, 몽금포 중학교의 전교생은 방공호 파기 작업에 참여하라는 지시가 내려졌다. 이에 나는 치통齒痛을 핑계로 결석계를 내고 학교에 나가지 않았지만, 나와 같은 분단에 속한 7~8명의 학생들이 날 데리러 들것[擔架]을 들고 12킬로미터를 달려왔다. 그날 나는 내 아버지의 장로 장립식은 물론이려니와 땅굴 파기에도 참석하지 못했음에도 그저 분단 分團의 전원 출석률을 채우기 위해 몽금포까지 12킬로미터를 달려가야 했고, 초죽음이 되어 집으로 돌아왔을 때는 이미 밤이 깊어 있었다.

5.

그러다가 6 · 25 전쟁이 일어났고, 1 · 4 후퇴 때 나는 아버지 형제분과 피난길에 올라 맨 먼저 백령도에 머물렀다. 백령도에서 1년이 못되는 시간 동안 피난 생활을 하며 우리 세 사람은 각각 진촌과 중화동과 사곶에 있는 친척 댁에서 신세를 졌다. 이후 세 사람은 서해 여러 섬의 피난민을 뱃길로 실어 나른 남하南下 정책 덕택에 호남에 배치되었고, 이곳에서 나는 남녘의 예술 정서와 비판정신에 눈 뜨게 되었다. 우리가 배치를 받은 해남은 윤고산尹孤山과 정다산丁茶山과 남도민요의 문향文鄕이었고, 시골의 허름한 이발소에도 남농南農의 소나무 그림 한 점쯤 걸어놓는다는 예향藝鄕이었다. 특히 내가 만난 해남의 기독교는 비판적 진보 교단인 기장基長 소속이었고, 이곳 교회의 근로 학생이던 나는 해남의 성자聖者로 존경받았던 해암海巖 이준묵李俊默(1911~2000) 목사의 비판적 설교와, 자유당 부패정권에 굽힘 없이 항거하는 반정부 운동에 고무되었다. 비판정신의 기수였던 함석헌 선생과 기독교장로회를 창도한 김재준金在俊 목사의 거침없는 강연에 감격한 곳이 이 해남읍 교회이며, 해남 YMCA였다. 이준묵 목사는 교회 장로였던 아버지 형제분을 받은 뒤 곧 등대원이라는 고아원을 열었는데, 특히 내 선친은 이곳에서 40년을 봉사하셨다. 그 덕에 나는 늘 혼자였지만, 생각하면 이것도 하늘의 뜻일 터이다.

해남에서 겪었던 수많은 이야기 가운데 하늘이 시키신 일 하나를 덧붙이지 않을 수 없다. 아버지 형제분이 봉사하셨던 해남 등대원에 어느 날 편지 한 통이 배달되었다. 그 내용은 지금 정서로 말하자면 '하느님과 소통한 사나이의 이야기'로, 지금은 전설이 되었을 정도로 꽤 널리 알려진 일화이다.

(해남) 등대원 출신으로 전설적 인물이 있다. 바로 한신대학 신학 교수이자 목사인 오영석 박사이다. 오영석 목사는 1955년 해남군 사정리에서 편모슬하에서 어려운 시절을 보내고 있었다고 한다. 너무 가난해서 공부를 할 수 없음을 한탄하고, 자신의 애끓는 사연을 장문의 편지로 써서, 수신인을 '하느님 전상서'라고 하여 우체통에 넣었다. 편지들을 수거하던 우체부는 한동안 어리둥절하다가 이것을 해남읍 교회 이준묵 목사에게 가져왔고, 이준묵 목사는 어린 소년의 향학열에 감동하여 등대원에서 공부를 시켰다. 그는 성실한 자세와 우수한 성적으로 한신대학을 졸업하고, 곧 스위스 바젤 대학으로 유학하여 신학박사 학위를 받고 모교에서 교수로 재직하고 있다.

— 『해남읍교회의 역사』(1993)에서

오 교수는 훗날 한신대학교 총장을 지낸 신학자이자 행정가로, 나에게도 장문의 편지에 무궁무진한 이야기를 담아 보내주곤 했다. 지금도 재미있는 세계의 화제들을 들려주는 열혈 지성인데, 그가 보낸 긴 편지 덕에 한동안 나오지 않던 우리 집의 가정문집 《망향기》 3집이 4년 만에 다시 나오기도 했다. 또한 2013년 국어국문학회 전국대회에서 '학문 세대 사이의 소통을 위한 국어국문학'이라는 주제로 내가 강연을 맡은 적이 있는데, 이때 난 오 총장을 대동해 "하느님과 소통한 사나이"라고 특별 소개하고 마지막 회식시간까지 하루를 함께한 바 있다.

그 밖에도 해남에서 피난 중에 중학교 교사였던 정산 정익섭(1924~1993) 선생을 만나 감화를 받았는데, 그는 동국대학교 국문학과 1회 출신으로, 『호남가단연구』로 문학지리학을 선편한 훌륭한 국문학자였다. 그는 5·18 광주민주화운동 때 선언서를 발표한 죄로 해직된 민주화운동의 한 상징이었고, 나는 그분의 영향으로 동국대학교 국문학과로 진학했다. 정 교수와 동기생인 김태균 선생님은 해남중학교에서 정 선생님과 함께 피난민인 내 입학금을 내주신 담임이기도 하셨는데, 이 두 분은 얼마 뒤 모두 대학의 교수로 떠나신 실력파 국문학자, 국어학자 선생님이셨다.

6.

나는 이상만으로 중등학교 교사를 거쳐 20대에 대학 교수가 되었지만,

좋은 학자로 남을 만한 저서를 남기지 못했다. 그러나 향가鄉歌 연구의 대가인 무애 양주동, 퇴경退耕 권상로權相老 선생을 비롯한 혜성 같은 스승들을 만나 학문을 닦았고, 만해 한용운, 지훈芝薰 조동탁趙東卓 등 선배들의 기개와 선비 정신, 열정을 동악東岳에서 배웠다. 그 무렵 유행한 '동대 문학의 밤' 때는 천여 명이 모여들었다는데,* 이때가 되면 수많은 인파가 남산에서 필동筆洞에 이르는 거리를 가득 메웠다.

그 후 세월이 흘러 내가 모교의 교수로 동악에 돌아왔던 1980년대는 학생운동의 절정기로, 나는 평교수회를 결성해 학생회와 함께 학원 민주화를 모색했다. 그때 학생회장이던 최재성(불교학과) 국회의원은 이 일로 퇴학 처분을 당했는데 나는 뜻을 같이하는 교수들과 함께 항의 농성을 시작했다. 11월의 추위 속에 연구실에서 2주간 농성을 했고 여기에 10여 명의 교수들이 동조 농성을 해주며 사건이 원만히 해결되는 데 이바지할 수 있었다.

내가 자란 기독교 가정과 불교 대학에서 받은 가르침이 둘이 아니라 하나임을 깨달을 때까지 오랜 시간이 걸렸지만, 다석 유영모의 사상에서 큰 빛을 보았다. 특히 그가 믿었던 유일신 하나님은 '없이 계신 하나님'으로 '없음'을 강조하는 불교와 더불어 말할 수 있는 바탕이 되었다. 일찍이

---

* 송욱, 「문학지망생의 정열」, 『동국대학교 국어국문학과 50년』(서울: 동국대학교), 121쪽.

다석은 깨달음을 얻었던 중생象生의 날에 "주는 누구시요? 말씀이시다. 나는 무엇일까? 믿음이다"라고 고백했다. 유동식柳東植 교수의 풍류신학風流神學과 김경재金敬宰 교수의 대승기독교론大乘基督敎論 같은 문화신학은 이를 부연하며 자기 구원의 빛을 찾도록 도왔다. 특히 부활, 대속代贖 등 '믿음(Pistis)' 신앙보다는 "내 속의 빛으로 게시는 하느님" 곧 '깨달음(Gnosis)'을 강조하는 대목은 내게 큰 힘을 주었다.

이러한 내 신앙으로 인해 아직 가족들과 조화하지 못하고 있지만, 종교적 독단에 빠지지 않고 종교를 통해 스스로를 비우며, 그 내면에 있는 참다운 나를 찾는 길에 정진해 나아가야 할 것이라는 믿음에는 변함이 없다. 성경의 하느님은 스스로 "나는 나다"라고 했고, 김경재 교수는 대승기독교론을 통해 "하느님은 사랑이시다"고 했으며, 폴 틸리히(Paul Tillich)는 하느님을 "존재 자체"이며 인간이 지구상에 출현해 하느님에 관해 질문하기 이전부터 하느님이셨다고 말했다. 나는 내 수첩 속표지에 이런 성경구절을 써놓고 자주 되뇐다.

아직까지 하느님을 본 사람은 없습니다. 그러나 우리가 서로 사랑한다면 하느님께서 우리 안에 게시고, 또 하느님의 사랑이 우리 안에서 이미 완성되어 있는 것입니다.

—『요한1서』4장 12절

7.

명동의 향린 교회에 출석하게 된 것은 내 생애의 후반을 결정한 사건이었다. 내가 20여 년 넘게 나가던 교회를 떠나기로 작정했을 때, 한신대학교 총장을 지낸 외우畏友 오영석 교수가 향린 교회를 추천했다. 향린 교회는 1980년대 초 내가 한신대학교의 국어 강사로 나갈 때 나를 추천한 안병무 선생이 창립에 참여했던 교회였다. '자유인의 교회'를 표방한 향린의 신앙은 민주화운동, 평화 통일운동과 같은 진보적 신앙공동체 운동과 깊은 연관을 맺고 있었다.*

내가 처음으로 향린 교회에 나갔던 1991년 2월 무렵, 그곳에서는 담임이던 고 홍근수洪根洙 목사가 이른바 조국통일범민주연합 남쪽 본부 준비 위원회 결성과 관련해 국가보안법 위반 혐의로 감옥에 갇히는 일이 있었다. 이에 향린의 교인들은 감옥에 갇힌 홍 목사의 석방을 위해 주일마다 명동거리에서 시위하며 공안정국을 규탄했다. 이러한 투쟁은 1년을 넘게 이어갔다. 그 기간에 안병무 교수는 가끔 강단에 서서 민중신학을 이야기하며 통일을 논했다. 내가 예전에 나가던 교회에서는 문익환 목사의 시 「통일은 벌써 된 거야」 한 편을 교회회지에 실은 것이 문제가되어 당회에서 배포 보류를 결정했던 적이 있는데, 그것과는 아주 대비되는 교회상이다.

---

* 조헌정, 『자유인의 교회』(파주: 한울, 2013).

1992년 8월 24일 홍근수 목사가 1년 6개월의 형기를 마친 뒤 석방되고 민주화운동이 치열해지면서, 나는 그의 권유로 통일운동의 말석에 참여하게 되었다. 마침 향린 교회는 창립 40년이 되는 1993년 말에 청년회 '통일희년위원회'를 중심으로 '통일헌법 심포지엄'을 열고, 2014년 현재 서울 시장을 맡고 있는 박원순 변호사 등을 강사로 초청해 「통일공화국 헌법」(초안)의 평가회를 하는 시점(1993년 12월 6일)이었다. 이러한 향린의 통일운동은 안병무 선생이 촉발한 것이다. 이때 청년들을 중심으로 선포된 『통일헌법 자료집』(향린 교회 통일희년위원회)은 지금도 펴보면 새삼 향린 교회의 역동성을 느끼게 해준다. 고 안병무 교수, 홍근수 목사 등의 통일을 향한 염원과 헌신, 향린 청년들의 열의 덕택에 통일운동은 향린의 실천적 신앙운동의 한 중심이었다.

그 뒤 1996년 9월 30일에 열린 '민족회의 상임의장 - 집행위원 연석회의'에서는 대중적 통일 전문잡지 ≪통일샘≫의 발간이 논의되었고, 이사로 문규현 신부, 효림 스님, 홍근수 목사, 도서출판 한울의 김종수 사장이 선출되었다. 1997년 4월 발기인 제2차 회의부터는 나도 박창일 신부와 함께 이사로 참여했고, 이사들은 300만원씩을 출자해 통일잡지 발간 작업에 들어갔다. ≪통일샘≫의 사장이 된 김종수 사장 역시 향린 교우였기 때문에, 이사 가운데에는 홍근수 목사와 나까지 총 세 사람이 향린 교인이었던 셈이다. 이렇게 교회가 열심을 다했던 통일운동은 2000년 6월 15일 김대중 대통령과 김정일 조선민주주의 인민공화국 국방위원장의 '6·15 남북공동선언문' 발표로 이어졌고, 이것은 다시 2003년 향린 교회 창립 50주년에 '희년 통일선언'으로 이어졌다. 그 뒤 홍 목사와 문규현 신부 등이 중심이 되어 조직한 평통사(평화와 통일을 여는 사람들, 1994~, 현 대표이사는 향린교우 강정구 교수)와 뒤에 발족한 남북평화재단 산하 통준사(통일을 준비하는 사람들, 2010~) 또한 최명수 장로 등 향린 교회의 인적 관계 속에서 이룩되었다. 나는 고 홍근수 목사의 퇴임기념문집 간행위원회 위원장을 맡아 진관 스님 등 40명의 글을 받아 『평화와 통일의 실천마당』(2003)이란 책을 만들어 증정했다. 60년 이산가족인 내게 통일의 염원과 사상을 일깨워준 동갑내기 부산 출신 고 홍근수 목사에게 작은 선물로 보답한 셈이다. 나를 향린 교회로 이끄신 하느님은 안병무 교수와 홍근수 목사, 그리고 향린 교회를 통해 결국 나를 향린의 민중신학과 통일운동으로 이끄셨다고 믿고 감사한다.

이 퇴임기념문집에 부록한 통일의 선구자 고 문익환(1918~1994) 목사의 「교회라는 그릇이 감당할 수 없는 인물」이라는 글은 이 책을 위해서 쓴 글이 아님에도, 목회자로서 통일의 선봉에 섰던 홍근수 목사에 대한 결론적 평가의 일편이라 할 만하다. 그는 홍 목사가 목사로서 교회 목회보다는 역사에 관심이 있고, 민족의 통일에 관심이 있는 사람으로, "통일문제를 가지고 교회뿐 아니라 사회전체가 감당하기 어려울 정도로 설쳤다"고 전제했다. 그리고 그 결과로 "이 (통일)문제의 역사가 앞으로 열리게 되었다"고 평가하고, 이 통일운동이 정치적인 의미를 넘어 신학적인 뜻, 신앙적인 차원, 곧 기독교적 평화의 복음의 구체적 차원으로 발전했다고 평가했다.

한편, 이때 향린 교회는 새로운 신앙고백을 토대로 '교회갱신을 위한 제안'(1993)을 발표하고, 그 첫 목표로 "한국 교회의 예배와 문화가 민족 정서를 담을 수 있도록 갱신해야 할 것"을 선언한 바 있다. 이와 관련해 향린이 처음으로 이룬 결과물이 2003년에 낸 『국악찬송가』(초판 172곡, 2판 236곡 수록)였다. 이것은 국악찬송가 수집과 가사 공모 등의 노고를 거쳐 이룩한 결과물이었는데, 그중에서 '향린 희년 신앙고백'으로 가장 널리 불리게 된 217장 「이 땅의 향기로운 이웃」이 가사 문제로 논란의 소용돌이에 휩싸였다. 이것은 향린 신앙고백을 가사화한 국악 찬송인데, 주일 예배에 오래 출석했던 한신대의 이름 높은 신약학新約學 교수 한분이 이 가사의 내용에 대해 「왜 뒷북을 치느냐?」라는 제목의 글로 신학적 문제를 제기한 것이다. 이 일로 교회 임시공동회의가 열리고, 신학 논쟁의 핵심이라 할 이 찬송의 '음송吟誦' 대목 가사를 개정하는 사건이 벌어졌다. 이러한 사정은 개정판 『국악찬송가』 217장 아래에 해설로 붙었는데, 이런 일이 벌어진 뒤로도 이 곡은 변함없이 애창되는 향린의 애창곡이 되었다. 「이 땅의 향기로운 이웃」에 얽힌 이야기는 내 향린 생활에서 가장 잊을 수 없는 사건 중 하나로, 참으로 향린다운 사건이었다.

성가대 지휘자 조계연 집사가 작곡한 「이 땅의 향기로운 이웃」의 후렴 대목은 부를 때마다 감동에 눈물겹다. 특히 "나를 살리고 너를 살리는 생명의 숨결"이란 구절에서 "나를 살리고"가 "너를 살리고"보다 앞에 있다는 점이 특히 나를 미소 짓게 한다. 아, 나의 불신앙이여. 그러나 후렴의 결론 대목은 눈물 없이는 부를 수 없는 향린 신앙고백의 몸통으로, 이것이야말로 향린이 지향하는 공동체의 정신일 터이며, 초대교회 시대부터 교회가 지향해온 신앙공동체의 이상이라 할 터이다.

> 우리는 예수의 몸과 맘
> 이 땅의 향기로운 이웃
> 나를 살리고 너를 살리는 생명의 숨결
> 성문 밖으로 낮은 자리로 새 하늘 새 땅으로
> 새 하늘 새 땅으로 새 하늘 새 땅으로
> 아멘

8.

한편, 오랜 감옥생활과 쌓인 병마로 여러 해 병상에서 고통당했던 홍근수 목사는 이 땅의 평화 통일을 보지 못한 채 하늘의 부르심을 받고 세상을 마쳤다. 고 홍근수 목사의 사모 김영 목사와 홍 목사 후원모임을 이끌어온 향린 교회 안정연 권사와 더불어, 남양주에 거처하는 나는 마석 모란공원에 홍 목사의 유택을 마련하기 위해 동행했다. 마침 평통사의 살림꾼 박석분 집사의 응원이 있어 우리는 모란공원 초입의 민주열사 묘역을 한눈에 조망할 수 있는 동남향의 묘역, 바로 고 문익환 목사의 묘지 옆으로 나란한 곳에 홍 목사의 묘택墓宅을 정할 수 있었다. 이렇게 평화와 통일의 두 사도는 정년 뒤에 내가 머물러온 남양주, 모란공원에서 길 건너 묘역에 누운 고 안병무 선생과 그 아래의 고 전태일, 전 열사의 어머니 이소선(1929~2011) 여사 및 수많은 민주 통일 열사들의 묘지를 굽어보며 평화 통일 묘역의 흙이 되었다.

9.

평생 문학을 말하고 생각하며 나와 너, 사람과 자연, 눈에 보이는 세계와 영靈의 세계 사이의 관계를 이해하고, 이 '관계' 속에서 '다름'을 극복하려는 노력은 내 공부의 주제인 동시에 내 지향이었다고 할 터이다. 담헌 홍대용의 『을병연행록』을 중심으로 18세기 조선 실학자의 여행과 체험 연구를 학위논문으로 쓰면서 내 연구와 삶의 모든 주제는 '관계'에 집중되었다고 할 수 있다.* 특히 조선 실학자의 중국 여행 체험을 다룬 학위논문을 일본어로 쓰며, 자연히 나의 학문적 관심이 동아시아 비교연구로 넓어졌다. 역사에 대한 내 관심은 동아시아의 여행 문학을 연구하며 문학지리학이라는 구체적인 방향을 가리키게 되었고,** 사회문제와 농

---

* 金泰俊,「虛學から實學へ」,≪東洋史研究≫, 第48卷 2號(1988), pp.374~386.
** 김태준 외,『문학지리 - 한국인의 심상공간』, 상·중·하(서울: 논형, 2005).

사에 대한 관심 속에서 생명사상에 눈뜰 수 있었다.

나는 유목민의 피를 지닌 듯 한곳에 머물지 못했다. 어느 중년의 날에 울란바토르 교외의 초원에서 몽골 소녀가 끌어주던 말에 올라 유목민의 피를 느꼈던 경험이 학생들을 방목하는 적이 무책임한 선생을 만들었다고 스스로 반성한다. 그러나 일세의 천재이며 동향의 문학자인 무애 양주동 선생과 퇴경 권상로 선생으로 이름난 동국대학교에서 문학의 '맛'과 '멋'을 배우고, 대학원장으로 부임한 바 있는 최재서 선생에게서 비교문학을 들으며, 또한 나손 김동욱 선생, 정산 정익섭 선생의 지음知音을 얻고 수많은 제자들과 만나면서 나의 삶은 적이 넉넉했다. 비록 살아간 시대는 다를지언정 18세기 조선 실학자 홍대용 역시 나를 크게 일깨워주었다. 한국학의 좌표이자 민족이 이어나가야 할 사회사상인 그의 실심실학實心實學은, 그 내용적인 면에서 내가 4대를 이어받은 기독교의 가르침과 다르지 않음을 다시 확인하게 해준다.

약관에 대학 교수가 되어 도쿄 외국어대학교에서 객원교수로 지낸 2년을 포함해 명지대학교에서 18년을, 모교 동국대학교에서 19년을 가르쳤지만, 땅은 사람 때문에 이름이 난다는 말이 나로 인해 빛을 잃을까 두렵다. 그러나 한편으로 준재들을 제자로 맞는 기쁨이 소담했다. 동국대학교에서 내 첫 제자가 된 조현설趙顯卨 교수는 전교조全教組 출신으로 서울대학교 교수가 되었고, 박성순朴成淳 석사는 홍담헌과 실심실학으로 스승인 나를 깨우쳤으며, 박성란 박사는 고전소설로, 김일환 교수는 연행록 연구에서 두각을 나타내며 스스로 섰다.

여러 제자가 대학의 교수와 연구원으로서 자기 길을 찾았으니 이를 보람으로 여긴다. 명지대학교에서 인연을 맺고 죽마고우가 된 구중서 박사, 정대구 시인과 김치홍 박사, 권희돈 교수, 이진호 교수, 정웅수 교수, 이승후 부총장은 '신실학회'라는 모임을 통해 뜻을 함께했고, 내가 후원해온 최재성 의원(불교학과)은 동국대학교의 학생회장을 역임하고 국회 3선 중진 의원으로 이 나라 정치 발전에 크게 이바지했다. 도쿄 출신으로 동국대학교에 유학한 와타나베 나오키渡辺直紀 교수 또한 일본 무사시 대학교의 교수가 되어 그곳에서 일본의 한국학을 이끄는 청출어람의 젊은 리더이다.

작은아들 효민 박사가 중국에서 유학하며 중문학을 전공한 뒤 모교의 교수로 가학을 이어 홍담헌의 『의산문답』을 함께 펴낸 것 또한 한 보람이다. 그가 베이징 대학에서 유학하던 시절에는 마침 한중수교가 10주년을 맞이했는데, 문화답사의 거장 유홍준 교수는 명지대학교 국제한국학연구소 소장을 맡아 중앙일보와 공동 주관한 '신연행록新燕行錄' 연행길에 내 동행을 제의했다. 나는 마침 유학 중인 아들 효민 교수를 나의 자제군관子弟軍官이란 이름으로 자비를 들여 동행시켰는데, 중국학을 공부한 그에게 잊지 못할 체험이었을 터이다.

효민 교수는 이 책『간내 선생의 문향文香』원고를 교정하고 「발문」을 써주었는데, 지금 고등학교 1학년인 그의 아들이자 내 장손 여산麗山은 유치원에 들어가기도 전부터 이 할아버지와 함께 금강산과 백두산을 오르고 열하까지 연행사의 노정답사에 동행하더니, 여행 작가를 꿈꾸면서 국문학과를 지망한다고 한다. 벌써 써놓은 여행기가 여러 편에 그 기골 또한 장대하니, 가학을 이을 손자여, 정진하기를.

10.

삶이란 참으로 내 것이 아니고, 하늘과 땅이 잠시 내게 맡긴 기氣의 흐름일 따름이다. 내 삶이란 긴 무한 속에 잠시 부쳐 사는 나그네 길이다. 그래서 노년에 머물게 된 물골안〔水洞〕 긴내 산방의 상량문에는 구약성서 시편의 한 구절을 따서 이렇게 새겼다.

나그네살이 하는 이 내 집에서 주의 뜻을 노래로 따르리이다

— 『시편』 119편 54절

선배 구중서 선생의 서체로 새겨 붙인 이 글귀는 내가 매일 되뇌는 기도가 되었다.

11.

나는 본디 가슴은 좁고 키만 멀쑥한 약골인데다, 중학교에 들어간 지 1

년 만에 시작된 평생의 피난살이와 게으름으로 몸을 돌보지 못했다. 평생 4시면 깨시던 선친을 생각하며 5시에는 일어났지만, 평생을 책상에 앉아 이룬 학문이 적고, 나의 충언忠言은 나라와 민족의 통일에 별 도움이 되지 못했다. 평화 통일 선교를 표방하는 향린 교회에 20년 출석하며 고 홍근수 목사, 함세웅, 문규현 신부, 김종수 사장 등과 더불어 ≪통일샘≫을 발간하고 통준사(통일을 준비하는 사람들)와 평통사(평화와 통일을 여는 사람들)에 관여했으나 이룬 일이 적으며, 고향에 돌아가지 못한 세월이 일흔 평생에 60년을 넘었다.

4대로 이어받은 기독교 신앙으로 교회에 다녔으나, 깊은 산 절집 거닐기를 좋아하고, 어느 해 중국 여행에서 구했던 도법자연道法自然이란 도가의 말을 여기저기 찍어 날랐다. 요사이는 교회에서 『국악찬송가』 217장의 후렴 "공동체로 우리를 부르시고"를 부를 때마다 자꾸 소리가 잦아듦을 느낀다. 교회는 과연 공동체인가? 어떤 공동체인가? 초대교회의 다락방에서 나눔의 정신을 배웠던 '야훼 공동체'인가? 향린 초창기 선배들의 평신도 신앙공동체인가? 그것은 '아나키즘'의 '공동체' 정신으로 "높은 수준의 인격적 친밀, 정서적 깊이, 도덕적 처신, 그리고 시간적 연속성"에 비길만한 정신인가? 이생에 부쳐 사는 동안 삶을 잘 사는 것이 죽는 일 또한 잘 마무리하는 방도일 터이다.

40여 년 근무한 교직에서 물러나면서 약간의 책을 끌고 들어온 물골안 긴내 산방에서, 남의 땅을 일구어 심은 옥수수와 고구마 밭에 풀을 뽑으며, 매월당의 시를 자주 되뇌었다.

내 밭 몇 마지기
산골짝에 붙어 있네
콩 심고 잡초 뽑지 않아
풀만 무성하고 콩은 드믈다오
하늘을 우러러 콧노래 부르며
가만히 옛 사람들 생각해보네.

통일염원 70년(2014년) 7월

긴내

못난 막내아들의 군소리

김효민(고려대학교 세종캠퍼스 중국학부)

내가 갓 석사과정에 들어갔을 때의 일로 기억된다. 난생 처음 정식 논문도 아닌 엉성한 연구노트를 하나 써서는 스스로 대견했는지 그 길로 아버지 앞에 달려가 자랑스레 뵈었다가 되레 따끔하게 혼쭐만 났다. 문장이며 문단이며 도대체가 글의 기본이 안 되었다는 호된 꾸지람이었다. 이제 막 공부를 시작한 막내로서 학자 아버지께 칭찬 한번 받아보겠다던 것이 그만 마음의 '깊은 상처(?)'로 남고 말았던 것이다. 좀 '강하게' 훈련시켜 보겠다는 가르침의 일환이셨겠지만, 본래 타고난 글재주라고는 없었던 심약한 내게 그 후로 글쓰기는 늘 두려움의 대상으로 남아 있다.

그런 내게 진작부터 이번 개인 문집의 발문을 쓰라는 아버지의 말씀은 이만저만 부담을 준 게 아니었다. 글을 쓰고 있는 지금도 그 중압감을 떨쳐버리지 못하고 있지만, 이제 희수를 맞이하신 아버지의 학문과 삶이 두루 녹아 있는 문집 내용을 일별해보고 나서야 그 속뜻을 다소나마 짐작하고 겨우 펜을 들 수 있게 되었다. 재주 없음을 빤히 아시면서도 보잘 것 없는 막내의 글로 의미 깊은 문집의 마지막을 장식하고자 하신 그 뜻에 이미 '치유의 토닥거림(?)' 이상이 담겨 있겠구나 하는 생각에서였다. 더욱이 아들로서 아버지의 문집에 발문을 쓰는 복을 누릴 수 있는 사람이 세상에 몇이나 될까, 또 언제 다시 이런 기회를 얻을 수 있겠나 하는 생각을 가져보니 그저 감사함이 돋아났다. 여기서 작은 용기를 얻어 이번 문집 출간을 함께 기뻐하며 천학비재淺學非才한 것의 부끄러움을 무릅쓰고 감히 몇 마디 개인적인 감상을 사족으로 덧붙인다.

이 책에 담긴 글들은 모두 짧은 단편들이기는 하지만 전체적으로 보자면 지난 세월 아버지의 학문적 관심과 삶의 길, 깊은 사귐이 오롯이 담겨있다 할 것이다. 우선 이 책의 1·2·3부는 이 땅의 역사에 아로새겨진 인문人紋의 소중한 페이지들에 대한 이야기가 주를 이루고 있다. 원래는 우리 고금의 명문名文들을 이야기와 함께 하나씩 소개한다는 취지로 시작했던 연재 칼럼을 모은 것으로 아는데, 오랫동안 동아시아를 포괄하는 학제적 관심을 이어오신 아버지 개인의 인문적·학문적 온축이 어우러지면서 주제들이 한결 다채롭게 엮일 수 있지 않았나 생각한다. 또 평소 일관되게 지니셨던 비판정신이 신문이란 매체의 시의성과 적절히 만나면서 옛것을 통해 오늘을 되돌아보고, 오늘의 눈으로 옛것을 새롭게 인식하는 좋은 본보기들이 풍성하게 한데 엮일 수 있었다고 하겠다.

책의 4부는 비교문학자로서 아버지의 삶의 궤적과 학문적 발자취, 특별한 체험과 기억들, 또 그 속에서 귀한 인연으로 맺어진 사람들에 대한 이야기로 가득하다. 개인적인 회고담의 성격이 짙은 글들이어서 아버지와 아무 연고가 없는 독자들은 어떻게 보실지 잘 모르겠다. 다만 적어도 이 못난 자식이 보기에 아버지는 세상 욕심이 없고 참되시며 학행이 일치하는 삶을 사는 데 치열한 분이셨던 만큼, 되돌아보신 옛 이야기와 만남들 가운데서 함께 공감하고 얻어갈 대목들이 결코 적지 않으리라 믿는다. 여하튼 내 개인적으로는 한 인문학자이자 인간으로서 아버지의 면면이 고스란히 드러나 있는 글들을 보면서 마음이 촉촉이 젖어오는 대목이 많았다. 더욱이 아들로서 아버지에 관해 미처 잘 모르고 있었던 부분들까지 솔찬히 알게 되었으니 가장 소득이 많은 독자가 아닐까 싶다.

그 가운데서도 정익섭 선생님을 비롯한 여러 스승을 추억한 충심어린 글들이 특히 깊은 울림으로 다가와, 평소 스승을 잘 모시지 못하는 자신의 불초함을 반성하는 거울로 삼을 수 있었다. 하지만 무엇보다도 실향과 이산의 아픔으로 "60여 년 세월을 길 위에서 떠돈 평생 나그네"라 자임하며 "유목민의 피를 지닌 듯"하다고까지 자평하신 대목에서 어릴 적부터 고향 이야기만 하시면 울먹이시던 아버지의 모습이 떠오르며 가슴이 먹먹해졌다. 그러나 아버지 스스로가 "이 세월에 이르도록 하늘의 은혜와 땅의 도움이 넘치고 또 넘친다"고 말씀하셨듯, 바로 그런 나그네와도 같은 삶 속에서 동아시아를 아우르는 비교문학자로서 학문을 꽃피우고 지금껏 복되게 살아오신 것은 가문을 통해 대대로 이어온 신앙의 힘이 컸다고 믿는다. 그럼에도 아버지 마음 한구석에 아직도 남아 있을 그 큰 아픔에 함께 가슴 아파하며 오늘도 온전한 치유와 회복을 기도한다.

마지막으로 개인적 감상 하나를 보탠다. 나는 글을 논할 줄도 모르고 아버지의 저작들을 다 읽어보지도 못했지만, 이 책의 제목처럼 아버지의 글에는 특유의 그윽한 향기가 있다. 그것을 음미해볼 수 있는 것도 이 책의 또 하나의 미덕이 될 것이다. 그것은 뭐랄까. 한자어와 한글 어휘가 묘한 조화를 이루며 풍겨나는 예스러운 멋과 더불어 진부한 틀에서 벗어난 문장의 역동적인 구성과 흐름이 자아내는 감칠맛 같은 것이다. 수사가 없지 않되 그 속에서 평소 자연을 닮기 좋아하시는 아버지의 성품이 은연중에 감지되는 것은 글의 바탕에 깔린 '참 마음〔實心〕' 때문이리라. 고전을 연구하면서도 늘 오늘의 새로운 성과들을 열린 마음으로 배우는 데 열심이고, 현실에 대한 참여정신을 잃지 않는 순수한 열정이 있어 그것들이 또한 글쓰기 기저의 다이내믹한 역학구도를 이루어왔을 터이다.

언젠가는 나도 이런 글쓰기를 조금이라도 배워 제법 괜찮은 발문을 써 드릴 수 있을까. 이제 곧 팔순을 앞두고 계시지만, 앞으로도 오래도록 강녕하시어 새로운 인문의 향취를 긴 내처럼 이어가실 수 있기를 온 마음으로 축원하며 이만 졸필을 거둔다.

2014.7

불초자 삼가 씀

지은이_김태준

황해도 장연長淵 출생, 동국대학교 명예교수
도쿄 대학교 대학원 문학박사(비교문학·비교문화)
명지대학교 교수, 도쿄 외국어대학교 객원교수 역임

주요 저서, 역서 및 논문:『한국의 아리랑 문화』(공저, 2011), *Korean Travel Literature*(2006),『한국의 여행 문학』(2006),『문학지리: 한국인의 심상공간』상·중·하(공편저, 2005),『한국문학의 동아시아적 시각』1·2·3(1999~2004),『을병연행록: 산해관 잠긴 문을 한 손으로 밀치도다』(공역, 2001),『홍대용 평전』(1987),『여행과 체험의 문학: 국토기행』(공편, 1987),『여행과 체험의 문학: 일본편』(공편, 1987),『여행과 체험의 문학: 중국편』(공편, 1987),『춘향전비교연구』(공저, 1979),『의산문답(醫山問答)』(공역, 2008),『일본문학사 서설』1·2(공역, 1995),「虛學から實學へ」(1988),「임진란과 조선문화의 동점」(1977).

긴내 선생의 문향

ⓒ 김태준, 2014

지은이 김태준 | **펴낸이** 김종수 | **펴낸곳** 도서출판 한울
편집 박준규

초판 1쇄 인쇄 2014년 12월 5일
초판 1쇄 발행 2014년 12월 15일

주소 413-120 경기도 파주시 광인사길 153 한울시소빌딩 3층
전화 031-955-0655 | **팩스** 031-955-0656 | **홈페이지** www.hanulbooks.co.kr
등록번호 제406-2003-000051호

Printed in Korea.
ISBN 978-89-460-4929-1 03810(양장)
     978-89-460-4930-7 03810(반양장)

※ 이 책에 들어간 삽화의 저작권은 한국일보(copyright@hk.co.kr)에 있습니다.
※ 책값은 겉표지에 표시되어 있습니다.